# 한국 초사 문헌 집성 下

본고는 중국 국가사회과학기금 중대과제 "東亞楚辭文獻의 發掘과 整理 및 研究"(번호: 13&ZD112), 중국 국가사회과학기금 청년과제 "韓國楚辭學研究"(번호: 16CZW016) 등의 지원을 받은 연구 성과이다.

한국초사문헌총서 4

# 한국 초사 문헌 집성 下

가첩·허경진·주건충

보고사
BOGOSA

# 머리말

『초사(楚辭)』는 전국시기부터 동한시기까지 오랜 역사시기 동안 유안(劉安)과 유향(劉向) 등 여러 사람들의 손을 거쳐 점차 편집되었으며 굴원의 시가 작품과 송옥 등 문인들이 소부(騷賦)를 모방하여 창작한 작품들을 수록하였다. 한·당부터 명·청까지 수백 종의 『초사』 주석본이 간행되었으며 각 주석본은 또한 시대의 변천에 따라 누차 번각되거나 중각되었다. 현재 중국의 초사학계에서 편찬한 초사서목의 해제에 서양과 일본에서 간행된 초사 문헌에 대해서는 매우 상세하게 기록되어 있지만 한국의 초사 문헌에 대해서는 소개된 것이 매우 적다. 그러나 사실 초사 작품은 일찍 『사기(史記)』, 『문선(文選)』의 전파를 통해 이미 삼국시기에 한국에 전파되었고 그 후 조선시기의 번성한 인쇄업과 과거시험의 필요에 의해 왕일(王逸)의 『초사장구(楚辭章句)』, 홍흥조(洪興祖)의 『초사보주(楚辭補注)』, 주희(朱熹)의 『초사집주(楚辭集注)』·『초사후어(楚辭後語)』·『초사변증(楚辭辯證)』, 임운명(林雲銘)의 『초사등(楚辭燈)』, 굴복(屈復)의 『초사신주(楚辭新注)』 등 많은 중국의 초사 간행본이 조선에 지속적으로 유입되었으며, 동시에 조선에서도 초사 복각본이나 중간본들을 대량으로 간행하였다. 한국의 초사 문헌은 상당히 많은 수량이 존재하며 문헌 가치와 학술 가치도 상당히 높다. 하지만 현재 초사 학계에서는 일본과 서양의 초사 문헌에 대한 연구는 어느 정도 이루어졌으나 한국의 초사 문헌에 대해서는 연구가 아직도 매우 미비한 상태이다. 중국이나 한국의 학자들은 아직 한국의 초사 문헌에 대한 관심이 적고 자료에 대한 조사와 발굴도 거의 없는 상태이다.

그러므로 한국의 초사 문헌에 대한 전면적이고 체계적인 연구가 매우 필요한 시점이다. 이런 필요에 의해 필자는 오랜 연구를 통해 2017년에 박사논문을 완성하였으며 이에 기초하여 저서 『한국 초사 문헌 연구』를 출판하였다. 이제 한국 초사 문헌의 전파와 간행 상황을 더욱 직관적이고 구체적으로 보여주기 위해서 『한국 초사 문헌 집성』이라는 영인본을 출판하기로 하였다. 이 영인본 자료의 수집과 출판은 필자와 연세대학교 국문과 허경진 교수, 중국 남통대학교 초사연구센터의 주임 주건충 교수와 공동으로 수행하였다. 이 영인본은 초사 연구 학계와 연구자들에게 기초 자료를 제공하고 더욱 발전된 연구성과를 위한 기초작업의 일환이 되기를 희망한다.

한국에 현존하는 초사 문헌과 여러 문헌 속에 기록되어 있지만 현재는 유실된 간인본과 필사본, 그리고 초사의 영향을 크게 받은 기타 문헌자료 등에 대한 전반적인 통계와 연구를 통해 필자가 수집한 한국의 초사 문헌은 총 148종이다. 그중에 초사의 중국 간인본은 28종, 일본 간인본은 7종, 한국 간인본은 12종, 한국 필사본은 101종이 있다. 본서는 이상 수집한 자료 중에서 문헌적 가치가 높은 자료들을 선별하여 영인을 진행하였다. 여기서 본서의 영인 자료에 대해 약간의 설명을 하겠다. 한국 간인본 중에서 『초사후어』(연세대학교 소장, 청구기호: 고서(귀) 282-0, 권1-권6)와 『초사집주』(국립중앙도서관 소장, 청구기호: 일산貴3745-42, 권1. 고려대학교 소장, 청구기호: 화산貴180-2, 권2.

규장각 소장, 청구기호: 南雲古69, 권3)는 잔권인데 조선 초기 목판본으로서 귀중한 자료이므로 전부 영인하였다. 일본 내각문고(청구기호: 別43-6)에 소장된 『초사집주』·『초사변증』·『초사후어』 1429년 이후 목판본(경자자 복각본)은 한 세트이므로 역시 전부 영인하였다. 즉 본서 목차에서의 처음 3종이다. 이 외의 초사 문헌 자료는 본문 내용은 모두 주희의 『초사집주』·『초사변증』·『초사후어』와 동일하지만 판식이나 서발문 등 판본과 서지상의 차이가 있으므로 전부 영인하지 않고 목차, 권수면, 권말, 서발문 등 필요한 부분만 영인하여 판본을 구분하여 볼 수 있도록 하였다. 『선부초평주해산보(選賦抄評注解删補)』 관판본과 방각본은 초사와 관련된 부분만 선취하여 영인하였다. 비록 부분적으로 영인하였으나 매종 자료에 대해 모두 해제를 붙였다. 그리고 간행 연도의 순서에 따라 차례로 배열하였다.

이 외에 또한 한국 문집 속에 실린 초사 관련 서발문을 모두 정리하여 표점본을 만들어 함께 실었다. 이 서발문들은 한국의 초사 연구에 있어 역시 매우 귀중한 참고 자료이다.

초사 문헌 자료를 수집하고 연구하고 또한 영인 허락을 받아 이 책을 완성하기까지는 많은 분들의 도움이 있었기에 가능했다. 국립중앙도서관, 규장각, 장서각, 고려대학교, 연세대학교, 일본 내각문고(內閣文庫), 일본 존경각(尊經閣), 일본 궁내청(宮內廳) 서릉부(書陵部)의 자료보본관리팀의 선생님들, 연세대학교 이윤석(李胤錫) 교수님과 임미정(林美貞) 선생님, 성균관대학교 김영진(金榮鎭) 교수님, 중국 남통대학교 서의(徐毅) 교수님과 천금매(千金梅) 교수님, 최영화(崔英花) 선생님, 중국 산동이공대학교 최묘시(崔妙時) 선생님, 중국 국가도서관 유명(劉明) 연구원, 대만 보인대학교 진수새(陳守璽) 교수님, 북경 울렁(伍倫)

국제경매회사 정덕조(丁德朝) 선생님들께서는 초사 문헌의 조사와 수집을 진행할 때에 저에게 큰 도움을 주셨다. 그리고 무사시노 미술대학교 고천청(顧倩菁) 선생님, 남통대학교 유우정(劉宇婷) 선생님도 일본 자료의 수집과 번역에 많은 도움을 주셨다. 이 자리를 빌려 그동안 저를 이끌어주시고 도움을 주신 모든 분들께 깊이 감사드린다.

마지막으로 수익성도 없는 이 책을 〈총서〉로 출판해주신 보고사 김흥국 사장님, 박현정 편집장님, 이순민 책임편집자님께도 감사드린다.

2018년 3월

엮은이를 대표하여

가첩

# 序

『楚辭』中的作品是戰國至東漢時期, 由劉安, 劉向等人逐漸增補彙編而成, 其中包含屈原作品, 以及宋玉以下文人模仿騷體而創作的擬騷作品. 自漢唐到明清, 有數百種『楚辭』注本被刊行, 而每種注本經時代變遷又被多次翻刻, 重刻. 目前, 中國楚辭學界編寫的楚辭書目解題中對日本, 歐美楚辭文獻已有詳細的記錄, 但關於韓國楚辭文獻的介紹甚少.

事實上, 楚辭作品最早在韓國的三國時期, 依託『史記』,『文選』等文獻傳入韓半島. 此後, 受朝鮮時期繁盛的印刷業以及科舉考試的影響, 在王逸『楚辭章句』, 洪興祖『楚辭補注』, 朱熹『楚辭集注』·『楚辭後語』·『楚辭辯證』, 林雲銘『楚辭燈』, 屈復『楚辭新注』等中國楚辭文獻不斷流入東國的同時, 大量的朝鮮刊楚辭覆刻本、重刻本被刊印. 因此, 韓國現存有數量可觀的楚辭文獻, 並具有很高的文獻價值和學術研究價值. 正因楚辭學界對日本, 歐美楚辭文獻已有一定的研究, 對韓國楚辭文獻幾乎沒有得到中韓兩國學者的重視. 所以, 韓國楚辭文獻亟待全面系統的研究.

鑒於此種研究現狀, 2017年筆者撰寫完成的博士論文對其進行專門研究, 并基於博士論文出版『韓國楚辭文獻研究』一書. 同時, 爲直觀展現韓國楚辭文獻的傳播與刊行情況, 欲出版『韓國楚辭文獻集成』影印本. 此影印資料的收集, 整理, 出版經筆者, 延世大學國語國文學科許敬震教授, 中國南通大學楚辭研究中心周建忠教授共同完成, 其影印內容將爲楚學界同仁提供基礎的文獻資料.

筆者對韓國現存的楚辭文獻, 已散佚但在文獻中被記錄的韓國楚辭文獻, 以及受楚辭影響較大的韓國文獻等資料進行全面統計與深入研究. 筆者發現, 韓國的楚辭文獻共148種中, 其中有中國刊印本28種, 日本刊印本7種, 韓國刊印本12種, 韓國筆寫本101種. 在以上調查的148種韓國楚辭文獻中, 我們選取有價値的文獻進行影印.

以下對本書中影印文獻的體例做簡要說明. 在韓國刊印本前三種中, 第一種『楚辭後語』(延世大學藏本, 請求番號: 고서(귀) 282-0, 卷1-卷6) 與第二種『楚辭集註』(國立中央圖書館藏本, 請求番號: 일산貴3745-42, 卷1. 高麗大學藏本, 請求番號: 화산貴180-2, 卷2. 奎章閣藏本, 請求番號: 南雲古69, 卷3) 雖是殘卷, 但爲朝鮮初期珍貴的木板本, 故本書對其進行全部影印. 第三種日本內閣文庫藏『楚辭集註』·『楚辭辯證』·『楚辭後語』(請求番號: 別43-6) 爲1429年以後刊行的木板本(庚子字覆刻本), 因是善本故全部影印. 之後, 若影印的楚辭文獻與朱熹『楚辭集注』·『楚辭辯證』·『楚辭後語』內容一致, 只在版式, 序跋文等有所不同, 則不全部影印. 但爲反映不同文獻間的區別, 我們僅影印與書誌學有關的目錄, 卷首頁, 卷末, 序跋文等. 就『選賦抄評注解删補』官版本與坊刻本僅影印與楚辭有關的部分. 同時, 在目錄中每種文獻按照刊行時間的順序進行排列, 並對每種文獻都加以解題. 此外, 本書亦收錄韓國文集中記載有關於楚辭文獻的序跋文, 並對其進行整理. 此類序跋文是韓國楚辭文獻研究中非常重要的參考資料.

總之, 楚辭文獻資料收集, 整理, 研究, 以及獲得影印出版許可, 是經多方學者相助才得以完成. 首先, 要感謝國立中央圖書館, 奎章閣, 藏書閣, 高麗大學, 延世大學, 日本內閣文庫, 日本尊經閣, 日本宮內廳書陵部的古籍保護管理老師們同意影印楚辭文獻的請求. 其次, 在韓國文獻調查與收集中, 延世大學李胤錫教授, 林美貞老師, 成均館大學金榮鎮教授, 中國南通大學徐毅教授, 千金梅教授, 崔英花老師, 中國山東理工大學崔妙時老師, 中國國家圖書館劉明研究員, 台灣輔仁大學陳守璽教授, 以及北京伍倫國際拍賣有限公司丁德朝先生給予我們很多幫助. 日本武藏野美術大學顧倩菁先生, 中國南通大學劉宇婷老師在日本文獻調查與日語翻譯方面亦鼎力相助. 因此, 借此機會衷心感謝以上一直以來關心本書出版的學者.

最後, 還要感謝寶庫社社長金興國先生, 編審朴賢貞先生, 責任編輯李淳敏先生, 其爲本書免費出版, 不勝感激.

2018年 3月

編者代表

賈捷

# 차례

## 한국 초사 문헌 집성 下

### 제2장 초사의 한국 필사본



### 제3장 기타 한국 초사 문헌자료

# 目錄

## 韓國楚辭文獻集成 下

### 第2章 楚辭的韓國筆寫本



### 第3章 其他韓國楚辭文獻資料

# 해제

## 제2장 초사의 한국 필사본

### 1. 『초사』 필사본

한국 국립중앙도서관에 소장된 안정복의 필사본 『초사(楚辭)』(청구기호: 한古朝45-나8)는 1책 68장 분량으로 책 크기는 20.0×19.4cm, 표지에 "楚辭 單"이라 제첨(題簽)하였으며, '廣州安鼎福百順順庵', '朝鮮總督府圖書館藏書之印', '國立中央圖書館藏書印' 등의 장서인이 찍혀 있다. 「목록」 다음에 서문도 없이 본문이 시작되며, 발문이 없다. 본문의 주석은 난상주(欄上注)나 협주(夾注) 형태이고, 본문 속에 가끔 교어(校語)가 있다.

목록에 소개된 편명은 총 67편이고, 편명 아래에 저자명이 있다. 목록의 순서는 주희의 『초사집주(楚辭集注)』·『초사후어(楚辭後語)』와 완전히 일치하지만, 실제 본문에서는 이 중 28편만 필사하였다. 필사하지 않은 부분은 목록에서 편명 아래에 '不録' 또는 '不'이라고 표시하였으며, 저자가 같은 경우는 '仝人'이라고 썼다. 「이소경(離騷經)」 아래에 저자를 굴원이라 적어놓고, 「대초(大招)」에는 '景差 不録'이라 적어놓았으며, 「구가(九歌)」에는 '仝人'이라고 하였다. 그러나 본문에는

「이소경」이 실려 있지 않다. 이는 『초사』 필사본이 낙질이거나 필사자가 잘못 적은 것이라고 생각된다.

또 목록에 따르면 「금조(琴操)」 아래에 '不錄'이 아니라 '仝人'으로 표기되어 있는데, 본문에는 이 시가 없고 「향나지(享羅池)」와 「초해고(招海賈)」의 시구가 이어져 있다. 이 두 편 사이에 「금조」를 삽입해 넣을 수 없었기에 '不錄'이라 해야 하지만, '仝人'이라고 잘못 표기한 것이다. 또 끝부분에 『당류함(唐類函)』, 『당시품휘(唐詩品彙)』, 『초사변증』 등을 필사하였지만 이들 편명은 목록에 적어 넣지 않았다.

이 필사본은 『초사집주』(「대초(大招)」, 「조굴원(吊屈原)」, 「애시명(哀時命)」은 필사하지 않음), 『초사후어』(「추풍사(秋風辭)」, 「장문부(長門賦)」, 「자도(自悼)」, 「사현(思玄)」, 「비분시(悲憤詩)」, 「호가(胡笳)」, 「등루부(登樓賦)」, 「귀거래(歸去來)」, 「명고가(鳴皐歌)」, 「인극(引極)」, 「산중인(山中人)」, 「어산영송신(魚山迎送神)」, 「복지부(復志賦)」, 「향나지」, 「초해고」, 「추풍삼첩(秋風三疊)」, 「의초(擬招)」)를 필사하였는데 한 면에 12행이고 행간은 가지런하지 않다.

그 다음에 『당류함』 중 심약(沈約)의 「망추월(望秋月)」, 『당시품휘』 중 노조린(盧照鄰)의 「회선인(懷仙引)」, 송지문(宋之問)의 「동소인(冬宵引)」, 「하산가(下山歌)」, 왕무경(王無競)의 「화송지문하산가(和宋之問下山歌)」, 진자앙(陳子昂)의 「춘대인(春臺引)」, 황보염(皇甫冉)의 「월주가(月洲歌)」, 「강초가(江草歌)」, 사공서(司空曙)의 「영신곡(迎神曲)」, 「송신곡(送神曲)」, 유장경(劉長卿)의 「등오고성가(登吳故城歌)」를 골라 필사하였는데 모두 1장 분량이고, 첫째 반엽은 23행이고 둘째 반엽은 24행으로 되어 있다.

그 뒤로 또 『초사변증』 중의 「구가」 "或問魂魄之義", 「구가」 해제, 「원

유」 “屈子載營魄之言” 및 이익(李瀷)의 『성호사설(星湖僿說)』 중의 『천문』의 “啓棘賓商”을 논한 것과 주희가 『초사』를 집주하게 된 동기 등을 필사해 놓았는데 총 반엽 분량이며 23행으로 되어 있다.[1]

이 필사본은 『초사』의 각 편명 다음에 소서(小序), 본문, 주해 순서로 필사하였는데 대부분 『초사집주』, 『초사후어』, 『초사변증』, 『당류함』, 『당시품휘』, 『성호사설』의 원문을 간략하게 줄여서 옮겼다. 예를 들면 「대사명(大司命)」의 “나는 임과 함께 나란히 달려서 천제를 모시고 하늘에 오르리라.(吾與君兮齊速, 導帝之兮九坑.)”[2]에 대하여 주희는 “제속(齊速)은 가지런하고 신속하다는 뜻이다.(齊速, 整齊而疾速也.)”라고 주석을 달았는데, 안정복은 “제(齊)는 가지런함이다. 속(速)은 빠름이다.(齊, 整也. 速, 疾也.)”라고 간략하게 적어 두었다. 그는 주희 외에도 왕일(王逸), 홍흥조(洪興祖), 이익 등의 주석을 함께 인용하였다.

또, 본문을 필사할 때 구절의 순서가 바뀌어 잘못된 것은 각각 “上” “下” 또는 “ ˋ ” “ ˊ ”로 표기하여 바로잡았다. 또 “○”로 시구의 구절을 표시하였는데 「산중인」, 「추풍삼첩」을 보면 알 수 있다. 또 필사한 시의 누락된 시구를 “○”로 표기하기도 하였다. 예를 들면 필사본 4쪽 「상군(湘君)」에 “새는 지붕에 깃들고, 강물은 집 아래를 맴돌도다.(鳥次兮屋上, 水周兮堂下)”라는 구절을 보충할 때 사용하였다. 또한 『초사』 중에 단어의 주석 내용이 중복되어 나타나는 것에 대하여 주희는 “見上”이라고 하였지만 안정복은 앞부분의 주석에 근거하여 보충하였으며,

---

1 安鼎福, 『楚辭』, 國立中央圖書館藏本, 136쪽.

2 유성준, 『楚辭』, 惠園出版社, 1992, 62쪽. 본서의 『楚辭』 원문 번역은 주로 이 책의 번역을 참조하였으며 그 외에 또 김장환, 『중국문학의 갈래』, 차이나하우스, 2010; 張基槿, 河正玉, 『新譯 屈原』, 明文堂, 2015를 참조하기도 하였다.

잘 쓰이지 않는 글자는 한국어로 음을 달아 놓기도 하였다.

국립중앙도서관에 소장되어 있는 『초사』 필사본은 명인(名人)이 필사한 것으로 일반 필사본과 다르지만 이미 훼손되어 있고 서문과 발문이 없다. 그래서 필사 시간과 목적을 추정하기 어렵다. 여러 자료들을 함께 살펴본 결과 안정복의 필사본 『초사』 및 『군서병문』 중에 필사한 초사와 관련된 내용들은 문헌적 가치가 매우 높다. 첫째, 이 필사본은 현존하고 있는 『초사집주』와 『초사장구』 판본에 새로운 자료를 보충할 수 있다. 두 번째, 『초사』 필사본은 통행본의 내용을 보충할 수 있다.

안정복의 초사 필사본에는 그의 스승 이익의 초사에 대한 관점을 따랐으며 그것을 『초사』와 『백선시』 주석에 인용한 것을 보면 두 사람의 초사에 대한 관점이 서로 부합하였음을 알 수 있다.

## 2. 『경전해』 필사본

『경전해(經傳解)』는 장서각에 소장되어 있는데 필사본이다. 장서각 홈페이지에는 서명을 『이소경해(離騷經解)』(청구기호: D1-3)라고 하였다.

장서각의 해제에 의하면 이 필사본은 서명이 "이소경해"이고 저자가 굴원이며, 필사연대는 미상, 3권 1책이고 모두 47장이며, 책 크기가 23.7×17.0㎝, 표제에 "經傳解"라는 제첨이 있고 '李濟翊印'이라는 장서인이 있으며 「백이전해(伯夷傳解)」가 부록되어 있다고 하였다. 그러나 직접 열람하며 목록과 원문내용을 검토한 결과 이 필사본은 굴원의 창작이 아니라 사실은 조선후기 문인이 저술한 『경전해』라는 책임을 확인하였다. 『경전해』에 수록되어 있는 「백이전」의 전문에 구결

현토가 붙여 있는데, 이로부터 보아 이 필사본은 조선시기의 문헌이지 중국의 문헌이 아니다.

이 책은 12행 27자이고 무계(無界)이며 총 47장이고 표지에 "經傳解"라고 쓰여 있다. 『경전해』 중의 "經"은 「이소경(離騷經)」, "傳"은 「백이전(伯夷傳)」을 가리키며 "解"는 이 두 작품에 대한 해석을 뜻한다. 이 책의 목록에 의하면 「이소경해」는 「이소경해 상」, 「이소경해 중」, 「이소경해 하」, 「이소후설(離騷後說)」 네 부분이 있고, 「이소후설」에는 또 「애원설(哀怨說)」, 「사한설(四恨說)」, 「장학설(莊學說)」, 「사전설(史傳說)」 등 네 편의 작품이 포함되어 있다. 그런데 실제 이 책의 본문에는 「애원설」 한 편만 수록되어 있고 기타 세 편은 보이지 않는다. 또한 「백이전해」는 목록에는 보이지 않는데 본문에는 부록되어 있다. 그러므로 『경전해』는 원래 「이소경해」과 「백이전해」 두 부분으로 이루어졌을 것인데 현재 장서각의 이 필사본은 일부 내용이 누락되어 있는 것이다.

장서각 소장의 필사본 『경전해』는 그 저자가 조선후기의 문인이며 편찬 시기는 1779년 이후이다. 이 필사본은 현재까지 한국에서 발견한 「이소」의 주석본 가운데 그 주해가 전면적이고 체계적인 것으로서는 유일한 자료이다.

「이소경해」의 편찬방식을 보면, 우선 「이소」의 제목의 뜻을 풀이하였는데 즉 역대의 주장 가운데서 "이우(離憂)"설과 "별수(別愁)"설을 긍정하였다. 다음으로 전체 문장의 단락을 나누었는데 저자는 「이소」의 문장을 "장(章)"을 기본단위로 하여 "단(段)-장(章)-층(層)-상하절(上下節)-상하조(上下條)-상중하절(上中下節)-장(章)-상하련(上下聯)/상하절(上下節)-상하구(上下句)" 등의 층차로 나누어 단락과 대의를 획분하였다. 여기서 저자는 「이소」를 세 개 단락과 아홉 개 부분으로 획분하였는데 사마천이 말한 “한 편에서 세 번 뜻을 밝혔다.(一篇之中三致志)”라는 기준에 따라 나누었다. 그리고 “수덕(修德)”과 “도행(行道)”을 중심사상으로 단락 대의를 총결하였다. 그다음에는 전체 문장에 대해 주석을 가했는데 주로 매 장을 중심으로 교감(校勘), 변음(辨音), 석사(釋詞), 단의(段義) 등 네 가지 방면의 내용에 대해 주석을 가했다. 그러나 매 장에서 이 네 가지 측면이 동시에 포함되는 것은 아니었다. 다만 석의 즉 단락의 의미 분석 부분은 반드시 포함되어 있다. 끝으로 마지막에 「이소후설(離騷後說)」을 부록하였는데 목록에 기록한 네 편 중에서 오직 「애원설(哀怨說)」 한 편만이 수록되어 있다. 이 「애원설」에서 저자는 굴원의 원망은 인정과 이치에 부합되는 것이라고 긍정하고 사마천의 「이소」는 “어지럽지 않다(不亂)”이라는 관점을 부정하였다.

「이소경해」의 의미 분석의 특색은 다음과 같은 세 가지로 종합해볼 수 있다. 첫째, 저자는 “수덕”과 “도행”으로 전체 문장의 의미를 개괄하였다. 이는 저자 본인의 유학적 입장에서의 지행관(知行觀)을 보여주고 있다. 둘째, 조선시기의 이덕홍, 이익, 안정복의 「이소」에 대한 주석에 비해, 이 「이소경해」는 선현을 뛰어넘은 점이 있다. 셋째, 「이소경해」의 삼분법은 중국의 청대 이전의 학자들의 분단법과 다르다. 이 책의 분단법은 근거가 있고 이치가 있으며 독창성이 있다. 동시에 중국의 전통적인 「이소」 분단법의 영향을 받았을 가능성이 있다. 이상으로 종합하여 볼 때, 「이소경해」는 단락 대의의 분석을 위주로 하고 있음을 알 수 있다. 이 책은 조선시기 초사학(楚辭學)의 연구사에서 매우 중요한 문헌적 가치를 갖고 있다.

# 제3장 기타 한국 초사 문헌자료

## 1. 『선부초평주해산보』 관판본(권1 「이소경」)

『선부초평주해산보(選賦抄評注解删補)』의 권말에 "경오팔월안동부개간(庚午八月安東府開刊)"이라는 간기가 있는데 이로부터 안동부 관아에서 간행한 지방관판본임을 알 수 있다. 『선부초평주해산보』 관판본의 처음 간행 시간은 아마도 1630년 혹은 1690년일 것으로 추정된다. 현재 연세대학교, 고려대학교, 용인대학교, 원광대학교, 계명대학교, 규장각, 사우당종댁(四友堂宗宅) 등지에 모두 관판본이 소장되어 있다. 그중 연세대학교 소장본에는 "權正珍"이라는 장서인이 날인되어 있다. 가첩 선생도 『선부초평주해산보』 관판본과 방각본을 소장하고 있는데 고서 경매회사에서 구매하여 얻은 것이다. 한국의 여러 도서관 소장의 판본과 대조해본 결과 동일본임을 확인하였다. 그러므로 본서에서는 편의상 가첩 선생의 소장본을 영인하였다.

이 관판본은 목판본이며 모두 4책 9권이다. 책의 첫머리에 서문 「선부초평서(選賦抄評序)」가 있다. 그 다음은 「선부초평주해산보목록(選賦抄評注解删補目錄)」이다. 목록은 권1에서 권9의 차례를 열거해 놓았을 뿐만 아니라 "삭제한 13편의 목록"도 열거해 놓았다. 또 목록에서 각 권, 각 편은 각각 한 행씩 차지하였다. 권수제는 "選賦抄評注解删補卷之一"이라고 쓰여 있고 다음 행에 "文選 蕭统撰集", 그 다음 행에 "離骚經"이라고 쓰여 있다. 『선부초평주해산보』 정문과 『문선』의 주소(注疏) 방식은 기본적으로 동일하다. 즉 작품, 작자의 해제와 문본(文本)의 주석을 포함한다. 사주 쌍변, 유계, 상하 내향 이엽화문 흑어미로 반엽광곽이 16.7cm × 20.0cm이고 각 책 크기는 20.8cm × 29.2cm이다. 목록은 매 반엽이 8행 16자로 판심에는 "選賦抄評目錄及頁數"라고 새겨져 있다. 본문은 매 반엽이 10행 20자로 소자쌍행(매행 20자)이다. 판심에는 "選賦卷之幾及頁數"라고 새겨져 있다.

제1책에는 「선부초평서」, 목록, 권1(「이소경(離騷經)」, 「서도(西都)」, 「동도(東都)」, 「남도(南都)」), 권2(「서경(西京)」, 「동경(東京)」)가 차례대로 수록되어 있다. 제2책에는 권3(「촉도(蜀都)」, 「오도(吳都)」, 「위도(魏都)」), 권4(「감천(甘泉)」, 「적전(籍田)」, 「자허(子虛)」, 「상림(上林)」, 「우렵(羽獵)」, 「장양(長楊)」, 「석치(射雉)」), 제3책에는 권5(「북정(北征)」, 「동정(東征)」, 「서정(西征)」, 「등루(登樓)」, 「천태산(天台山)」, 「무성(蕪城)」, 「추흥(秋興)」, 「설(雪)」, 「월(月)」, 「복(鵩)」, 「앵무(鸚鵡)」, 「초료(鷦鷯)」, 「자백마(赭白馬)」, 「무학(舞鶴)」), 권6(「유통(幽通)」, 「사현(思玄)」, 「장문(長門)」, 「탄서(歎逝)」, 「과부(寡婦)」, 「한(恨)」, 「별(別)」, 「문(文)」)이 수록되어있다. 제4책에는 권7(「금(琴)」, 「생(笙)」, 「소(嘯)」, 「신녀(神女)」, 「호색(好色)」, 「낙신(洛神)」, 「북산이문(北山移文)」, 「귀거래사(歸去來辭)」), 권8(「(七發)」, 「칠계(七啓)」, 「칠명(七命)」), 권9(「애강남(哀江南)」, 「부자묘(夫子廟)」)가 차례대로 수록되어 있다.

『문선』에 수록된 선부 작품은 31가(家) 56편인데[3] 『선부초평주해산보』 관판본은 그중 43편을 실어 놓았다. 그리고 「남도부(南都賦)」를 「동도부(東都賦)」의 뒤 「서경부(西京賦)」의 앞에 놓았다. 수록하지 않은 13편은 「영광전부(靈光殿賦)」, 「경복부(景福賦)」, 「해부(海賦)」, 「강부(江賦)」, 「풍부(風賦)」[4], 「한거부(閑居賦)」, 「귀전부(歸田賦)」[5], 「사구부(思舊賦)」,

3 본서의 『選賦抄評注解刪補』와 격식이 일치하여 반고의 「兩都賦」를 2편으로 하고, 左思의 「三都賦」를 3편으로 간주하였다.

4 「風賦」 밑에 주를 달아 "오른쪽 5편은 이전에 「蕪城」의 아래 「秋興」의 위에 있었다"라고 밝혔다.

「회구부(懷舊賦)」[6], 「동소부(洞簫賦)」, 「무부(舞賦)」, 「장적부(長笛賦)」[7], 「고당부(高唐賦)」[8]이다.

「선부초평서」에서 알 수 있듯이 이 13편은 대부분 후세 사람들에게 지적을 받았기 때문에 삭제된 것들이다. 동시에 『선부초평주해산보』 관판본의 편찬자는 「이소경」이 부류(賦類)의 시조이기에 『문선』에서는 소류(騷類)에 수록되어 있는 「이소경」을 『선부초평주해산보』의 첫 번째에 놓았다. 이 외에도 「선부초평서」를 통해 알 수 있듯이 편찬자가 『문선』의 서류(書類) 중의 「북산이문」, 사류(辭類) 중의 「귀거래사」, 칠류(七類) 중의 「칠발」, 「칠계」, 「칠명」이 부체(賦體)의 특징을 갖고 있다고 여겨 그것을 권7과 권8 중에 보충하였다.[9] 그리고 비록 우신(虞信)의 「애강남부」, 왕발(王勃)의 「익주부자묘(益州夫子廟)」가 『문선』에 수록되지 않았지만 유명한 부편(賦篇)이므로 편찬자는 권9에 부록의 형식으로 이 두 편을 수록하였다. 그리하여 『선부초평주해산보』 관판본은 『문선』 부편을 바탕으로 하여 삭제와 보충을 거친 후 최종

---

5 「歸田賦」 밑에 주를 달아 "오른쪽 두 편은 이전에 「思玄」의 아래 「長門」의 위에 있었다"라고 밝혔다. 『文選』에 따라 賦類인 「思玄賦」 아래 「長門賦」의 위에 있고 먼저 「歸田賦」가 있고 뒤에 「閑居賦」가 있었다. 이 「目錄」 중 두 편의 순서가 뒤바뀌었다.

6 「怀旧賦」 밑에 주를 달아 "오른쪽 두 편은 이전에 「長門」의 아래 「歎逝」의 위에 있었다"라고 밝혔다. 『文選』에 따라 「長門賦」 아래, 「歎逝賦」의 위에는 「思舊賦」 1편만 있었는데 이곳은 "오른쪽 두 편은 이전에 「長門」의 아래 「寡婦」의 위에 있다"라고 고쳐야 한다.

7 「長笛賦」 밑에 주를 달아 "오른쪽 3편은 이전에 「文」 아래, 「琴」 위에 있었다."라고 밝혔다.

8 「高唐賦」 밑에 주를 달아 "오른쪽 1편은 이전에 「嘯」의 아래, 「神女」의 위에 있었다"고 밝혔다.

9 鄭王順의 「現存韓國刊行『文選』版本考」에 따르면 "제1권에서 8권까지는 주로 『文選』 賦篇 중에서 선정한 것이고, 제9권은 부록으로 후대작품을 수록하였다.(第一卷至八卷主要是從『文選』賦篇中選出來的, 第九卷爲附錄, 收錄了後代作品.)"라고 하는데 이 말에는 잘못된 부분이 있다. 왜냐하면 『選賦抄評注解刪補』 권8은 『文選』의 七類 중의 3편의 작품만 수록하였고 『文選』의 賦類 작품은 수록하지 않았기 때문이다.

적으로 작품 51편 30가를 수록하였다.

## 2. 『선부초평주해산보』 방각본(권1 「구가」「구장」「천문」)

『선부초평주해산보(選賦抄評注解刪補)』 방각본의 간인 수량 및 소장 장소는 관판본을 훨씬 뛰어 넘는다. 본서에서는 소장 장소에 대해서는 나열하지 않겠다. 본서의 영인자료는 가첩 선생이 소장한 『선부초평주해산보』 방각본이며 이에 대한 해제를 한다. 『선부초평주해산보』 방각본은 목판본이고 전서는 9권 6책이고 책 첫머리에 「선부초평주해산보목록(選賦抄評注解刪補目錄)」이 있는데 "刪去十三篇目錄"을 열거하지 않았으며 각 편은 한 행을 차지한 것이 아니라 각 편의 상하에 따라 차례대로 배열하였다. 본문 첫머리에 "選賦抄評注解刪補卷之一"이라 쓰여 있고, 그 다음에 "文選 蕭統撰集", 그 다음에 "離騷經"이라고 쓰여 있다. 사주단변, 유계, 상하내향이엽화문흑어미(上下內向二葉花紋黑魚尾)로 반엽광곽은 15.0cm×21.0cm이다. 책 크기는 18.3cm×27.2cm이다. 11행 23자로 소자쌍행(매행 23자)이다. 「목록」의 판심에는 "選賦卷之一 一"이라고 새겨져 있고 그 뒤에 본문의 판심에도 권수와 쪽수가 새겨져 있다.

『선부초평주해산보』 방각본은 이윤을 추구하기 위하여 원래 관판본의 4책본을 6책으로 나누어 간행한 것이다. 제 1, 2, 3, 4, 5책의 수록 내용이 『선부초평주해산보』 관판본 9권 4책과 동일하다. 방각본의 제1책에는 「목록」, 권1, 권2가 차례대로 수록되어 있고, 제2책에는 권3, 권4가 수록되어 있고, 제3책에는 권5, 제4책에는 권6, 권7, 제5책에는 권8, 권9가 순서대로 수록되어 있다. 주목할 점은 『선부초평주해산보』

방각본은 『선부초평주해산보』 관판본을 바탕으로 하여 권수도 그대로 하고, 따로 서문을 추가하지도 않았고 다만 한 책을 더 늘였는데, 권1 「이소경」 뒤에 「구가(九歌)」 11편, 「구장(九章)」 9편, 「천문(天問)」 1편을 추가하여 따로 총 39장으로 된 제6책을 구성하였다.

『선부초평주해산보』의 편찬 취지가 『문선』을 기초로 하여 수정을 한 것인 만큼, 방각본은 『문선』 소류(騷類) 중에 수록된 「구가」 6수(「동황태일(東皇太一)」, 「운중군(雲中君)」, 「상군(湘君)」, 「상부인(湘夫人)」, 「소사명(少司命)」, 「산귀(山鬼)」), 「구장」 1수(「섭강(涉江)」)를 추가한 것 외에 『문선』에 수록하지 않은 「구가」의 나머지 5수(「대사명(大司命)」, 「동군(東君)」, 「하백(河伯)」, 「국상(國殤)」, 「예혼(禮魂)」), 「구장」의 나머지 8수(「석송(惜誦)」, 「애영(哀郢)」, 「추사(抽思)」, 「회사(懷沙)」, 「사미인(思美人)」, 「석왕일(惜往日)」, 「귤송(橘頌)」, 「비회풍(悲回風)」)를 전부 수록하였다. 이 외에 『문선』 소류에 수록되지 않은 「천문」 1편도 추가하였다. 제6책을 제외한 각 권의 권말에 "選賦抄評注解删補卷之几(終)"이라고 밝혀놓았는데 이를 통해 방각본은 관판본을 저본을 하여 그 후에 나타난 것임을 알 수 있다. 또한 제6책의 권말에 "選賦卷之一終"이라고 새겨 넣었는데 이 이로부터 방각본은 또한 관판본을 바랑으로 하고 「구가」 등을 덧붙인 것임을 알 수 있다.

그 외에도 가첩 선생이 소장한 『선부초평주해산보』 방각본의 제6책은 국립중앙도서관, 연세대학교, 고려대학교 소장의 방각본과 동일하며 모두 28장과 37장이 결여되어 있다. 그러나 규장각 소장 방각본은 3종이 있는데 그중 2종은 가첩 선생의 소장본과 일치하고 나머지 1종은 잔권인데(청구기호: 奎古610-1) 28장과 37장이 존재해 있다. 이로부터 규장각 소장의 이 잔권은 가첩 선생의 소장본을 비롯한 기타 판본

보다 일찍 간행되었음을 알 수 있다. 이런 현상이 존재하는 원인은 이 책을 중간할 때에 판각의 소홀로 인해 28장과 37장을 빠뜨렸던 것인데 후세에 그런 판본이 대량으로 유통된 것으로 여겨진다. 그러므로 본 영인본은 가첩 선생의 소장본을 영인하면서 누락된 28장과 37장은 규장각 소장의 잔권에서 해당 부분만을 영인하여 보충해 넣었다.

『선부초평주해산보』 관판본과 비교해보면 방각본의 편찬자는 「선부초평서」를 삭제했을 뿐 아니라 「목록」의 내용도 부분적으로 삭제하였다. 또한 제6책에 『초사』의 「구가」, 「구장」, 「천문」만 추가하고 다른 편목은 추가하지 않았으며, 그 외에 다른 부편(賦篇)을 추가한 것은 독자들의 수요와 선호도를 보여주는 것이라고 할 수 있겠다. 또한 어쩌면 편찬자가 『선부초평주해산보』에 『초사』의 「구가」, 「구장」, 「천문」이 당연히 포함되어야 한다고 여겼을 수도 있다. 이것은 다른 측면에서 방각본 편찬자가 「구가」, 「구장」, 「천문」을 부류의 대표작으로 인정하였다는 것을 나타내고 있다.

## 3. 한국 문집 속 초사 서발

『한국역대문집총서』, 『한국문집총간』, 『한국문집총간속』 등 총서들을 대상으로 초사의 전서(前序)와 후서(後序), 제발(題跋) 등 총 13종의 초사 서발을 수집하였는데 이는 총 10명의 문인들에 의해 지어진 것이다. 『한국역대문집총서』 중 박치도(朴致道)의 『검암집(黔巖集)』에 「초사집주서(楚辭集注序)」가 수록되어 있는데 이 서문은 박치도가 지은 것이 아니라 주희의 글이다. 동시에 국립중앙도서관 소장의 박치도의 『검암집』과 『한국역대문집총서』 영인 『검암집』을 대조해본 결과 두 문헌에 수록된 「초사집주서」는 차이점이 있음을 발견하였다. 그중 『한국역대문집총서』 영인 『검암집』의 「초사집주서」의 본문 표제 아래에는 주해가 없지만 국립중앙도서관 소장 『검암집』의 「초사집주서」의 본문 표제 아래에는 "후에 고증하니 이 편은 『주자대전』에도 보이는데 어찌 검암공이 고증을 하고도 사적인 원고로 베껴놓았겠는가? 다시 인쇄할 때에는 응당 잘못을 바로잡아 개정해야 한다.(後攷此篇現於『朱子大全』, 豈黔巖公有所攷而謄錄私稿否, 第竢重印當更正誤.)"라는 주석이 덧붙어 있었다. 이를 통해 「초사집주서」는 『검암집』에 잘못 수록된 것임을 다시 확인할 수 있으며 따라서 한국 문집 속 초사 서발 연구의 대상에서 제외한다.

아래 문집 속 서발문을 정리하여 〈표 1〉로 제시한다.

**〈표 1〉 한국 문집 속 초사 서발 통계**

| 저자 | 생졸년 | 문집 | 序 | 題跋 |
|---|---|---|---|---|
| 李 荇 | 1478~1534 | 『容齋集』 | 「離騷後跋」 | |
| 盧景任 | 1569~1620 | 『敬菴集』 | | 「注楚辭後識」 |
| 李頤命 | 1658~1722 | 『疎齋集』 | 「楚辭刪跋」 | |
| 申維翰 | 1681~1752 | 『青泉集』 | 「離騷經後敍」 | |
| | | 『青泉集』 | | 「題楚詞卷末」 |
| 黃景源 | 1709~1787 | 『江漢集』 | 「楚辭補注序」 | |
| | | | 「考定離騷經序」 | |
| 任允摯堂 | 1721~1793 | 『允摯堂遺稿』 | 「續書先夫子所寫楚辭後」 | |
| 李種徽 | 1731~1797 | 『修山集』 | | 「題楚詞新集注後」 |
| 司空檍 | 1805~1841 | 『茶泉集』 | 「楚辭抄序」 | |
| | | | | 「題楚辭抄後」 |
| 任憲晦 | 1811~1876 | 『鼓山集』 | | 「書楚辭後」 |
| 金澤榮 | 1850~1927 | 『韶濩堂集』 | | 「題莊蘗詩夫人所寫離騷經後 三首」 |

이상 도표에서 볼 수 있듯이 한국 문인이 지은 초사의 서문은 전서와 후서를 합하여 총 7조이고 제발은 총 6조로 서와 발의 수량이 비슷하고, 대부분 조선 중후기의 문인들이 지은 것이며 특히 조선후기의 문인이 매우 많다. 아래에 이 서발문의 원문을 정리하여 덧붙인다. 차례는 저자의 생졸년의 순서에 따라 배열한다.

**① 이행(李荇)『용재집(容齋集)』「이소후발(離騷後跋)」**

世之論者云: 屈原不宜死, 至以爲暴顯君過. 余謂原之死盡矣. 昔申胥諫夫差, 夫差卒殺胥. 而夫差之惡, 萬世不可掩. 世不以此過申胥者, 顧胥不自殺耳. 使胥而自殺, 則夫差亦不爲已甚者. 夫人臣以直道事君, 其君非堯舜之明, 而又有讒人在其側, 終不至於殺之則不止也. 嗚呼, 襄王闇矣, 讒口棘矣. 原也自懷王時, 已不爲所容. 而棄逐遷徙, 猶不能屈心從俗, 則顧其勢不可但已. 所以徘徊流湘之間, 隱忍而不決者, 亦庶幾其君之少悟也, 讒口之少弭也, 而卒不可望. 則寧我自取, 無以重君惡. 嗚呼! 原也豈樂其死者也. 觀其言曰: 寧溘死而流亡兮, 恐禍患之有再. 其志可哀也. 嗚呼! 若原也者, 眞可謂愛君之篤者矣. 先儒之論, 未有及此者. 誠以親涉世患, 未有如原之深也. 涉世患如原也者, 方可知原之志爾.

**② 노경임(盧景任)『경암집(敬菴集)』「주초사후지(注楚辭後識)」**

朱夫子一生窮格踐履之餘, 注釋經傳殆無虛日. 而至如『楚辭』, 亦且疏釋如此其勤. 其故何哉? 噫! 夫子之意豈徒然哉. 夫屈子抱奇才生不辰, 遭逢讒間, 擯斥遐荒, 目見宗國將亡, 徘徊鬱悒, 顑頷侘傺, 庶幾吾君之或寤, 諷喩微諫, 反覆丁寧. 日望其有所改度, 而武關旣閉之後, 新王不悛, 巧舌愈甚. 余雖悽惋戀嫪, 自媚於君, 其如君之不悟何哉. 於是不忍見宗國之亡, 自赴沅湘之側. 「惜往日」, 「悲回風」, 惻惻然已決自沈之計. 而猶不忘宗國. 欲使吾長逝之後少得以曝白讒間之罪. 眷眷有不盡之懷, 命將絶而不知止. 其孤忠苦節, 足以貫日月通金石, 直與天地同終始. 令人讀其文玩其辭, 不覺涕下於千載之下矣. 古今疏家, 尙不達其意, 拘礙牽合, 往往有全失其本旨者. 此夫子所以掇合疏釋以寓懷也. 噫! 夫子之意亦云戚矣. 二帝狩北, 建國一隅, 委靡退托, 無奮發報仇之志. 而方且惑於姦檜, 忠臣義士輒見沮抑, 齎志而沒. 飮恨泉下而稱臣虜庭, 恬不知愧, 國勢已不可爲矣. 使屈子生此時, 其憤憤鬱鬱之懷, 其肯下當時否乎? 噫! 夫子之意, 其在此乎.

③ 이이명(李頤命) 『소재집(疎齋集)』 「초사산발(楚辭刪跋)」

余自斥逐以來, 又見酷禍, 杜門塊處. 恒戚戚焉悲憂欲死, 盖無以少慰其心者. 於是從人丐書籍, 輒自移寫, 聊欲銷憂. 間得『楚辭』而寫之, 乃於「離騷」諸作, 自不覺掩卷而流涕也. 曩也余非不讀是書也, 平居無憂, 曾莫省其悲凉抑鬱之意, 能使人有感嗟流涕而不能已者也. 噫嘻甚矣! 人情之所感者深也, 以至於自忍而沉淵者, 其必有至痛深悲, 誠不欲一日苟生者矣. 是以其發於聲者, 眞可以泣鬼神而愁穹昊矣, 豈特使人流涕而已哉. 余之今日而始審其悲者, 亦可悲矣. 是書也, 晦菴夫子始取劉向, 晁無咎之所編次者, 王逸, 洪興祖之所注解者, 刪定而訓釋之. 其取舍義例, 可謂極詳審而不可尙矣. 善乎! 夫子之言曰: "屈子者, 窮而呼天, 疾痛而呼父母之詞也. 故今所欲取而使繼之者, 必其出於幽憂窮蹙怨慕凄凉之意, 乃爲得其餘韻, 而宏麗之觀, 懽愉之語, 宜不得與焉." 然則其選取之意, 槪可見矣. 然於其間,或有未必盡出於窮愁之激者，盖亦取其聲律之近似者，旨意之幽曠者耳．余方爲天下之窮人，今欲取以抆淚謳吟於寂寞之中者，不在於彼矣．故輒敢有所抄，刪其處憂患而抒懷，觸事物而感發．一出於窮厄感憤者，則雖兒女之言，必有取焉．其閒愁漫興之語，有意於求似者，則是猶東家之不心痛而捧腹者，雖名家之作，亦不取焉．至於息夫之絶命，不知罪者也，楊雲之反騷，不知恥者也，故並刪之．若柳州非無罪而見放者，顧其言頗有懲悔復善之意，故取之．區區去取之意，大略如斯．雖然，余豈敢有議於夫子之所定著者，只取此日所感於私心者，且以省筆硯之勞而已．肆於卷首，特列其舊目而疏之，庸附存羊之義．僭汰之罪，縱無所逃．尙或有悲其意而恕之者乎否．

④ 신유한(申維翰)『청천집(靑泉集)』「제초사권말(題楚詞卷末)」

善乎尙論者曰詩亡而詩在楚， 夫自三百篇之降， 指窮於祖龍之火．其間封域山川亡恙，人若日以夥，閭閻紅女唼喋謳哦桴皷衣冠之逸焉斐焉而琴且簧者，師曠不廢聽，若之何詩亡云爾？詩心聲也，今夫物華之征吾心，而觸之爲聲，芒芒乎反入於心．喜者蹈舞，悲者涕泗，其斯之異於鷇音，而可以興可以群且怨乎哉！悲夫！天下之詩人，執觚墨以塩章句，爗然而春華，瑟然而秋聲．沾沾焉我操其絲，爾得其笙，自儗於張咸池洞庭之野，而其使怨者怨思者思，湘靈海若之翩然而翼乎舞者，皆莫之能焉何故，情感之根未通，而彼其所操者虛器也．吾知夫所謂詩亡者，職此之由歟．楚大國也，其風固已泱泱乎，而屈三閭以彼其材，遇彼其時，結蘭衣芳而相羊於浦之日江之秋，其聲易以悲，捐環遺佩，托思美人，而其聲易以感，感而興悲而賦，抑菀之以暢，磈磊之以寫．令天下讀其詞者，亡不凄凄泣數行下，杳然神遊於澤蘭汀杜之間而吊且傷者. 彼於毫札, 孰肯弊弊然爲事, 然其怨而不怒, 哀而不愁, 直當㕍行乎風人者亡它, 其天日全矣. 吾斯見古詩盡在楚也, 而世儒方且耳視族名曰騷, 而歧于詩. 於乎, 此其詩不可復古, 而楚亦在亡何有矣. 於是金君思則以抄卷來, 請命「離騷」爲楚詩, 亦唯子之惠是徼, 升其葩殿其淫, 以資我操南音. 余復曰, 言惡乎作而詩, 詩惡乎隱而楚. 今子起伏於斯, 歡而鼓掌, 怒而裂眦, 痛而疾首, 咸其自已也. 已而已而. 朝暮得此, 所以爲楚乎. 夫待楚而楚, 非善楚也. 知不爲待楚而楚, 庶乎三百篇矣.

⑤ 신유한(申維翰)『청천집(靑泉集)』「이소경후서(離騷經後敍)」

余生長山南農家, 目不見古人奇書, 而天性有好古之癖. 五六歲時, 從人受書. 不喜讀唐宋詩文, 欲學「離騷經」. 先生笑曰: 是其旨深而辭晦, 長老之所聽瑩, 若何以能解. 卽對曰: 雖不曉旨, 舌在也, 願受其音. 先生異之, 時時授章句, 旬日而竟篇. 卽又大喜, 坐臥遊戲, 口不掇誦. 自以塗鴉之墨, 細書成卷, 置之懷袖, 出入與偕. 弊則易以新之. 紙凡數十易而終不肯借人書一句. 年旣長而好之深篤, 前後誦讀, 殆不能筭. 盖余不復就先生講論旨義, 而便覺心胸灑灑, 開卷瞭然. 紫陽疏注, 雖極精深. 其言主道理, 似於文章家聲曲規矩, 不用屑屑言也. 吾意三百篇詩人之旨, 大抵實中有虛, 如月在水. 虛中有實, 如鏡照物. 莊子「逍遙遊」, 「秋水」諸篇, 皆得此意. 故文章最高, 「離騷」一篇, 卽天地開闢以來, 詩詞刱法之祖. 觀其聲音情悃, 百節宛曲, 無一字不出於愛君憂國至誠惻怛矢死靡他之意. 而叙志行修潔, 則曰佩蘭, 曰餐菊, 曰芙蓉衣. 道君臣離合, 則曰蛾眉, 曰靈修, 曰黃昏期. 何言之曠也. 是其實中有虛, 如月在水. 駟玉虯而桀鷖以下, 全是寓言. 盖戰國之士負才能, 不得售於其君. 則之秦之楚, 適齊適晉, 如甯戚, 百里奚之流, 不可勝數. 故假物於有娀佚女, 二姚, 虙妃之求, 而到頭輒說遭迍不遇狀, 以見柳下惠所謂直道事君, 焉往而不三黜之意也. 靈氛, 巫咸之所告, 則又是詩人愛人者, 勸其去楚適他之詞, 而末迺空中起語, 忽以臨睨舊鄕僕悲馬懷睠跼光景, 以見己之於楚爲同姓父兄之臣, 與宗廟同休戚, 故國無可去之義, 身有可死之節, 自處以求仁得仁. 然字字句句, 一不用實語道破. 又似無着落無接應, 而畢竟披雲掃翳, 便有靑天白日障蔽不得. 是其虛中有實, 如鏡照物, 不圖文章之妙至於斯也. 余自髫齔, 識此宇宙間奇貨, 髮今種種矣. 每一展卷, 至忘食味. 令千古褒尙諸賢, 染指斯文, 所當沉湎濡首. 而至讀「九歎」, 「九思」, 雖自極力摸擬, 而虛則宕冥, 實則沉壅, 其中有何情景.余嘗謂世之好「離騷」者, 莫如我. 解「離騷」者, 莫如我. 而文不得「離騷」者, 亦莫如我. 揚子所稱顔淵苦孔之卓, 余於「離騷」, 能見其卓立者, 亦幸矣.

⑥ **황경원(黃景源)『강한집(江漢集)』「초사보주서(楚辭補注序)」**

『楚辭補注』十七卷, 宋直敷文館知眞州洪興祖譔. 自先漢至于宋末, 治楚辭者數十家, 而興祖所爲補注最有根據. 景源遂正其訛誤而集次焉. 司馬遷稱: 屈原正道直行, 竭智盡忠, 以事其君. 讒人間之, 可謂窮矣. 信而見疑, 忠而被謗, 能無怨乎? 是則善言楚辭也. 然而曰頃襄王怒而遷之, 於是懷石, 遂自投汨羅以死. 甚矣! 遷之不知原也. 秦王欲與懷王會, 懷王欲行. 原曰: 秦虎狼之國, 不如無行. 懷王卒行入武關, 秦伏兵絶其後, 因留懷王以求割地. 懷王怒亡走趙, 趙不內, 復之秦, 竟死於秦. 此原之所以沉江者歟. 故「懷沙」曰: "重華不可遌兮, 孰知余之從容." 重華, 懷王也. 言懷王不可復還, 孰知余之從容就死乎.

其卒章曰: "知死不可讓, 願勿愛兮, 明告君子吾將以爲類." 類者, 像也. 「橘頌」曰: "行比伯夷, 置以爲像." 原之志像乎伯夷而已矣. 夫君子可以爲像者亦多矣, 而必以伯夷爲像. 何也? 商室旣亡, 而餓於首陽之下. 懷王旣薨, 而沈於汨羅之中, 其忠一也. 班固曰, 屈原忿懟不容, 沈江而死. 誠使原忿懟懷王, 則漢北初遷之時, 沈江可也. 又何待頃襄之世, 放之江南而後死也. 且上官大夫之讒於懷王也, 原雖見疏, 而懷王未入於秦, 則臣子可以死諫, 不可以遽沉於江也. 及懷王入秦不還, 始懷石赴於湘流, 彼其心死於懷王也明矣. 故「大招」曰: "魂兮歸來, 尙三王只." 夫原之於君, 愛之也深, 故其君雖若懷王之昏庸者, 猶望其復歸故國, 行三王之道也. 可謂忠矣. 懷王入秦不得歸. 故「招魂」曰: "目極千里兮, 傷春心." 原如忿懟, 則「大招」「招魂」之辭必不作也. 『補注』爲原辨之者是也. 孟子曰: "予豈若是小丈夫然哉, 諫於其君而不受則怒, 悻悻然見於其面." 屈原固諫不見納, 悻悻然自投於江, 則是誠小丈夫也, 何以爲屈原? 『補注』言, 女嬃之志, 非責其不與世俗而苟合也. 夫女嬃, 忠臣之姊也, 豈責其不爲小人邪. 『補注』旣辨原之誣, 又能明女嬃之志, 故序之以傳于世.

**⑦ 황경원(黃景源) 『강한집(江漢集)』 「고정이소경서(考定離騷經序)」**

劉向所集「離騷經」凡十六卷, 後漢時, 班固, 賈逵作章句, 文多脫謬. 元初中, 校書郞王逸得向舊本而敍之, 故「離騷經」十六卷, 復行于世. 然「離騷」有古六義, 而章句無所發明, 此逸之失也. 太史公言: 國風好色而不淫, 小雅怨誹而不亂. 若「離騷」者, 可謂兼之. 盖「離騷」, 原於六義, 而諸儒由漢以來, 知離騷者誠寡矣. 景源始考定章句, 述其六義, 而疑者皆闕之也. 序曰: 自周衰. 百家並興. 唱邪說以詆聖人.

於楚則老莊. 其尤也. 老氏淡泊. 好無爲. 莊氏滑稽. 喜放言. 洸洋自恣. 此二家虛曠之言. 禍天下而莫之止. 惟屈原折中經術. 遵中正仁義之道以自修. 能知堯舜之爲耿介、禹湯文武之爲純粹. 則其學躋於高明者. 亦可見也. 夫二帝三王之道. 光耀天下. 而賢者知之或過. 不肖者不及知焉. 列國之士. 特起於百世之下. 不見聖人而能明微妙之德者. 惟原一人而已耳. 其爲辭最多譬諭. 而其要歸於祗敬. 故其言先王之德曰: "禹湯儼而祗敬兮. 周論道而莫差. 擧賢而授能兮. 循繩墨而不頗." 又以謂夏商先王皆嚴敬, 以求賢匹. 而咎繇, 伊尹之徒. 能輔翼調和陰陽. 夫敬者不顯於外, 而天下之所以平也. 原能言先王之德, 反復詠歎而不能已, 亦見其學術之正也. 自老莊二家之言行於中國, 學者靡然尙淸靜而棄仁義. 至于於晉, 破壞禮樂, 非毁名教者益衆矣. 原之爲經, 語聖人, 必本於敬, 不亦正乎. 然『史記』稱原之志, 蟬蛻於濁穢, 皭然泥而不滓, 可以與日月爭光. 而獨其學術之正, 不少論著, 可勝歎哉. 或以爲「離騷」之文雜神怪, 如就重華求宓妃, 望舒先驅豐隆乘雲, 此三百篇之所未有者. 不當以古之六義, 求其指也. 是不然, 「皇矣」之詩曰: "帝謂文王". 此詩人設爲上帝詔命之辭也. 豈上帝與文王言哉. 「大東」之詩曰: "跂彼織女. 終日七襄." 此詩人設爲織女七襄之辭也. 豈織女爲之七襄而成文章哉. 「離騷」之有六義, 與「詩」之有六義, 未嘗異也. 景源旣重其學術, 而又懼後世之士, 莫知「離騷」之有六義也, 故爲集諸家章句, 而發揮焉.

### ⑧ 임윤지당(任允摯堂) 『윤지당유고(允摯堂遺稿)』 「속서선부자소사초사후(續書先夫子所寫楚辭後)」

嗚呼! 此亦夫子之所書而未成編者也. 吾所以續其書者, 亦猶續『詩經』之意也. 蓋自「離騷」以至「九章」第三章六十四句, 夫子之所寫也. 自其末二句, 至於「遠遊」, 乃吾所寫者也. 遂粧之, 而與『詩經』並藏諸一篋笥, 聊自慰隱痛之懷云. 已卯夏閏, 未亡人任涕泣而書.

⑨ 이종휘(李種徽) 『수산집(修山集)』 「제초사신집주후(題楚詞新集注後)」

詞賦, 所以托諷也. 其初出於忠臣之愛其君, 比物連類, 眷戀感激而爲之辭. 故善爲賦者, 長於入人之肝肺. 而從容感悟, 不自知其支離之苦. 特以其出於末世, 故其辭哀苦悽楚, 往往使人流涕而傷心, 此所以異於詩之溫厚和平也. 而揚雄不知賦者也, 或問: 吾子少而好賦. 然童子雕蟲篆刻, 壯夫不爲也. 或曰: 賦可以諷乎?曰: 諷則已, 不已, 吾恐不免於勸也. 嗚呼, 此相如, 枚皐與雄之賦也. 豈楚詞之謂乎?蓋詞賦者, 專於諷諭, 可用於君臣之際. 自宋玉, 景差之徒, 皆爲其君作之. 而漢武帝徵相如之屬, 以置左右. 揚雄「長楊賦」之屬, 亦進於其君. 盖詞賦之用, 不出於斯. 使其如屈原之徒, 當賢明之主, 而爲之辭, 則其陳善納誨, 優游寬樂, 以歸之於大中. 豈章疏之屬經辭直諭者比哉. 自班固爲「幽通」, 張衡爲「思玄」, 而賦遂爲文. 人之自私, 浮詭漫浪, 以至於「洛神」之屬而極矣. 此其罪豈在詞賦哉. 要之詞賦者, 可以備古贄御之箴, 而盡廢其他. 庶幾以無用歸於有用, 方不負詞賦之實. 如不及此, 直以爲雕蟲篆刻而不足爲則, 此揚雄之見耳, 豈知古忠臣之心者哉. 陝西屈復, 乃三閭之裔, 集諸家之註, 折衷已見. 乾隆戊午爲此書, 書凡八編. 丙子冬, 得之裴生. 書其後以藏諸家.

⑩ 사공억(司空檍)『다천집(茶泉集)』「제초사초후(題楚辭抄後)」

騷人稱物不遺芳，碧杜紅蘅濕紙香.

痛飮三盃春酒後，豪襟直决楚雲長.

⑪ 사공억(司空檍)『다천집(茶泉集)』「초사초서(楚辭抄序)」

童漢讀於我也，砧紙卷許控誌於予曰：抄何書之爲好? 予曰：切於若，孰『楚辭』若也. 辭，詩之餘也. 多說於草木，賦之宗也. 甫㧞其關鍵，哀而不怨，深得風雅之體，放而不忘善處君臣之變，此其大都也. 其辭潔而淸，幽而遠. 嗽瑶琨於玄圃，紉蘭茝於江皐. 咏洞庭之木葉，衡鴈不足爲哀. 攬瀟湘之斑篁，瑶瑟不足爲淸. 芳華照爛，感慨交集. 是以長卿掇殘膏而得幸於君，子雲丏賸馥而潤色於文. 辭之爲助，大且深矣. 近來詞人汨於科臼，全失其體. 擧不免骫骳鈍濁，底語是何，楚聲之哀也. 若亦俗也，何能免乎哉. 予詩人也，詩亦貴楚聲，故藏諸匧有年所矣. 若如有意於斯，則抄之可也. 常置諸眼頭，深玩其味，嗽芳潤於蘅杜，嗅馨芬於荃荪，則若之爲文，不期楚而楚矣. 能如是，則若畏屈宋乎?屈宋畏若乎?若勉乎哉.

⑫ 임헌회(任憲晦)『고산집(鼓山集)』「서초사후(書楚辭後)」

朱先生『楚辭集注』，成於慶元乙卯，其所感者深矣. 先生平居，惓惓無一念不在於國. 聞時政之闕失，則蹙然有不豫色. 語及國勢之未振，則感慨以至泣下. 故爲是書，詳釋其義者乃爾. 先生所謂: 歸來兮逍遙，西江波浪何時平，眞可以泣鬼神者，詎不信哉. 余讀是書，每恨原之抑鬱而不得伸. 重悲先生之志，爲之掩卷太息者屢矣. 昔金河西有詩云: 楚辭前歲喟憑心，宋史今朝淚滿襟. 異代興亡那繫我，自然相感謾悲吟. 此可謂先獲語也. 遂書所感於卷末, 以示後之仁人志士云.

⑬ 김택영(金澤榮) 『소호당집(韶濩堂集)』「제장번시부인소사이소경후 삼수(題莊繁詩夫人所寫離騷經後 三首)」

能讀離騷經, 又寫離騷字.
字又古而蒼, 居然盛德事.

夫人作書時, 賤子能想像.
盆蘭勃勃香, 幾入硯池盪.

游揚黃絹語, 腸斷鄭蘇堪.
賣向江南市, 千金未是貪.

여기서부터는 影印本을 인쇄한 부분으로 맨 뒤 페이지부터 보십시오.

38

問萬古愁。

題莊繄詩夫人所寫離騷經後三首

能讀離騷經。又寫離騷字。字又古而蒼。居然盛德事。
夫人作書時。賤子能想像。盆蘭勃勃香。幾入硯池瀋。
游揚黃絹語。腸斷鄭蘇堪。賣向江南市。千金未是貪。

酬柳茂才 海[illegible]

少有遠游興。步屧凌飛仙。東狎沙海浪。南睨方壺巔。即今老已至。臥撫宗炳絃。如君好佳士。安能弃結緣。所以對茲什。感意增纏綿。想君岩壑內。修竹交鳴泉。寂寂羣書裏。熒熒一燈懸。有時憂歎發。狂欲走入埏。問之不肯語。餉之不肯餐。華扁莫能診。感人志士云。

苦庵悔軒耻庵書帖跋 庚戌。

恭惟我先叔祖西齋府君性度峻整。行誼高邁。雅不喜與人追逐。且以皇考執義府君遺訓。以爲友者居五倫之一。不輕而重。宜愼於擇交。故當時游從雖或有之。苟非實心相孚至死不渝者。則不與之深交。及至辛壬以後。不惟遺君後親者。殆半一世。世所謂士大夫之自好者。亦皆巧占便宜。囫圇是事。牛李幷進於太和熙祐。調停於建中。而先祖廼孤立於其間。不顧一身禍福。必欲討國賊雪君誣。破俗論正士趨。則

## 書楚辭後 己酉

朱先生楚辭集註。成於慶元乙卯。其所感者深矣。先生平居。惓惓無一念不在於國。聞時政之闕失。則慼然有不豫色。語及國勢之未振。則感慨以至泣下。故爲是書。詳釋其義者。乃爾先生所謂歸來兮逍遙西江波浪何時平。眞可以泣鬼神者。詎不信哉。余讀是書。每恨原之抑鬱而不得伸。重悲先生之志。爲之掩卷太息者屢矣。昔金河西有詩云。楚辭前歲喟憑心。宋史今朝淚滿襟。異代興亡那繫我。自然相感謾悲吟。此可謂先獲語也。遂書所感于卷末。以示後之仁幽而遠嗽瑤琨於玄圃紉蘭茝於江皐咏洞庭之木葉衡鴈不足爲哀攬瀟湘之斑篁瑤瑟不足爲清芳華照爛感慨交集是以長卿掇殘膏而得幸於君子雲丐賸馥而潤色於文辭之爲助大且深矣近來詞人汩於科臼全失其體擧不免骫骳鈍濁底語是何楚聲之哀也若亦俗也何能免乎哉予詩人也詩亦貴楚聲故藏諸匧有年所矣若如有意於斯則抄之可也常置諸眼頭潑玩其味嗽芳潤於蘅杜嗅馨芬於荃蓀則若之爲文不期楚而楚矣能如是則若畏屈宋乎屈宋畏若乎若勉乎哉

子瞻先之於眉陽稻田流水頻逢元亮之師友草池鳴蛙已備德璋之鼓吹至夫煙蕪牧笛平楚斜暉種瓜鋤菜耕雲釣月自不必說然則後來者不分誰我結篳古而無語可也迺敢搆藁蕪語包羞題進而自已眼頭猶覺生塵況清鑑之所照耶聊以發一笑

## 楚辭抄序

童漢讀於我也砧紙卷許控誌於予曰抄何書之爲好予曰切於若孰楚辭若也辭詩之餘也多說於草木賦之宗也甫㴸其關鍵哀而不怨潑得風雅之體放而不忘善處君臣之變此其大都也其辭潔而清

意到枝枝盡向赤羅西

枕流亭

夕衙初退澹乘閑月色偏多亭數間曲檻盡頭聆洌澗垂楊皷處見蘿山撥金閱武增驪氣染翰題詩逞好顏箇裏襟懷眞灑落尋常不自剡溪還

題楚辭抄後

騷人稱物不遺芳碧杜紅蘅濕紙香痛飲三盃春酒後豪襟直凌楚雲長

敬和武夷李丈新居韻

水雲烏憩碧峯前界破中郊屋數椽川氣黃知牛馬

此直以爲雕蟲篆刻而不足爲則此揚雄之見耳豈知古忠臣之心者哉陝西屈復乃三閭之裔集諸家之註折衷已見乾隆戊午爲此書書凡八編丙子冬得之裴生書其後以藏諸家

## 題滑稽傳後

太史公史蓋未成之書也十二諸侯世家及滑稽等傳尤多疎略如淳于髡齊威王時人而乃編之於首而後接優孟曰其後二百餘年而楚有優孟孟楚莊王時人談孫叔敖之事而莊王在春秋之中世下距戰國齊威乃二百餘年也此以二百年前楚莊王乃

相如枚皐與雄之賦也。豈楚詞之謂乎。蓋詞賦者。專於諷諭。可用於君臣之際。自宋玉景差之徒。皆爲其君作之。而漢武帝徵相如之屬。以置左右。揚雄長楊賦之屬。亦進於其君。蓋詞賦之用。不出於斯。使其如屈原之徒。當賢明之主。而爲之辭。則其陳善納誨。優游寬樂。以歸之於大中。豈章疏之屬經辭直諭者比哉。自班固爲幽通。張衡爲思玄。而賦遂爲文人之自私浮詭漫浪。以至於洛神之屬而極矣。此其罪豈在詞賦哉。要之詞賦者。可以備古瞽御之箴。而盡廢其他。庶幾以無用歸於有用。方不負詞賦之實。如不及。

碣。此八九人者。感其賢而失身如此。故特書其事。後之君子。可以覽觀焉。

## 題楚詞新集註後

詞賦。所以托諷也。其初出於忠臣之愛其君。比物連類。眷戀感激而爲之辭。故善爲賦者。長於入人之肝肺。而從容感悟。不自知其支離之苦。特以其出於末世。故其辭哀苦悽楚。往往使人流涕而傷心。此所以異於詩之溫厚和平也。而揚雄不知賦者也。或問吾子少而好賦。然童子雕蟲篆刻。壯夫不爲也。或曰賦可以諷乎。曰諷則已。不已。吾恐不免於勸也。嗚呼。此

嗚呼。此亦夫子之所書而未成編者也。吾所以續其書者。亦猶續詩經之意也。蓋自離騷以至九章。第三章六十四句。夫子之所寫也。自其末二句。至於遠遊乃吾所寫者也。遂粧之。兩與詩經並藏諸一篋笥。聊自慰隱痛之懷云。己卯夏閏。末孫人住瀞泣而書。

說 六

理氣心性說

夫天者何也。形而巍巍以極其大。心而生生以極其仁者也。地者何也。配乎天以成造化者也。人者何也。受天地之中。以生乎兩間。而冠萬物爲三才者也。夫

不成完篇於殘喘之未絶。則其遺蹟也。亦隨以泯沒
矣。余用是隱痛之。每有意續其緖。而不獲其便。戊寅
夏。因歸寧之行。遂取携至。自季秋隨隙下筆。至翌年
四月而始卒其業。蓋自周南關雎。以至小雅祈父篇
十月之交第二章四句。是夫子之所寫。自其第五句
以下。則皆吾所寫也。且自二南風雅頌篇題及其大
旨。又皆吾所寫者也。因以粧之而藏於篋笥。嗚呼。凡
人之遺蹟。所以貴且重之者。是子孫耳。今也其誰爲
貴重。悲夫。

續書先夫子所寫楚辭後

莫知離騷之有六義也。故爲集諸家章句。而發揮焉。

秦書評林序

秦書。三本紀。二年表。二十列傳。合二十五篇。本漢太史令司馬遷所叙史紀。而史紀網羅三代以下君臣行事之跡而論次之。秦漢史無所辨別。永平時。始詔班固。撮史紀所載漢事。爲漢書。文有損益。而本紀列傳之名不改也。景源以爲漢之事。旣爲漢書。則秦之事亦可以別爲秦書也。乃撮秦本紀列傳爲此書。而遷舊文。不敢有所損益焉爾。夫秦之所以有天下者。非功烈高於諸侯也。非武力智謀之士優於山東也。

矣原之爲經語聖人必本於敬不亦正乎然史紀稱
原之志蟬蛻於濁穢皭然泥而不滓可以與日月爭
光而獨其學術之正不少論著可勝歎哉或以爲離
騷之文雜神怪如就重華求宓妃望舒先驅豐隆乘
雲此三百篇之所未有者不當以古之六義求其指
也是不然皇矣之詩曰帝謂文王此詩人設爲上帝
詔命之辭也豈上帝與文王言哉大東之詩曰跂彼
織女終日七襄此詩人設爲織女七襄之辭也豈織
女爲之七襄而成文章哉離騷之有六義與詩之有
六義未嘗異也景源旣重其學術而又懼後世之士

王之道光耀天下而賢者知之或過不肖者不及知
焉列國之士特起於百世之下不見聖人而能明微
妙之德者惟原一人而已耳其爲辭最多譬諭而其
要歸於祗敬故其言先王之德曰禹湯儼而祗敬兮
周論道而莫差舉賢而授能兮循繩墨而不頗又以
謂夏商先王皆嚴敬以求賢匹而答繇伊尹之徒能
輔翼調和陰陽夫敬者不顯於外而天下之所以平
也原能言先王之德反復詠歎而不能已亦見其學
術之正也自老莊二家之言行於中國學者靡然尚
清靜而棄仁義至于晉破壞禮樂非毁名敎者益衆

故離騷經十六卷。復行于世。然離騷有古六義。而章
句無所發明。此逸之失也。太史公言。國風好色而不
淫。小雅怨誹而不亂。若離騷者。可謂兼之。盖離騷。原
於六義。而諸儒由漢以來。知離騷者誠寡矣。景源始
考定章句。述其六義。而疑者皆闕之也。序曰。自周衰。
百家並興。唱邪說以詆聖人。於楚則老莊其尤也。老
氏淡泊。好無爲。莊氏滑稽。喜放言。洸洋自恣。此二家
虛曠之言。禍天下而莫之止。惟屈原折中經術。遵中
正仁義之道。以自修能。知堯舜之爲耿介。禹湯文武
之爲純粹。則其學躋於高明者。亦可見也。夫二帝三

最博而篇名終不可考或曰周冕有繁露旒之下垂也故仲舒假旒之象以名其書或曰爾雅蔠繁露也仲舒思君猶蔠葵傾日之性故托之書以自見此二者皆有所據而爾雅繁露之義尤近之史稱仲舒事江都膠西二王數諫爭能以禮義匡正之其在朝廷事天子如事二王故其言曰臣子思君無一日無君之意也嗚呼仲舒之作此書本於思君而已矣

考定離騷經序

劉向所集離騷經凡十六卷後漢時班固賈逵作章句文多脫謬元初中校書郎王逸得向舊本而叙之

辨之者是也。孟子曰。予豈若是小丈夫然哉。諫於其君而不受則怒。悻悻然見於其面。屈原固諫不見納。悻悻然自投於江。則是誠小丈夫也。何以爲屈原。補注言女嬃之志。非責其不與世俗而苟合也。夫女嬃。忠臣之姊也。豈責其不爲小人邪。補注旣辨原之誣。又能明女嬃之志。故序之以傳于世。

燕禮康爵詩序

臣永惟古之聖人作燕禮而列于經。以明夫君臣之義。故與降拜揖辭受坐立之節。所以叙其敬也。豐爵壺簠豐冪觚觶尊俎之器。所以備其文也。笙磬鐘鎛

二十一

羅之中。其忠一也。班固曰。屈原忿懟。不容沈江而死。誠使原忿懟懷王則漢北初遷之時。沈江可也。又何待頃襄之世。放之江南而後死也。且上官大夫之讒于懷王也。原雖見疏。而懷王未入於秦。則臣子可以死諫。不可以遽沈於江也。及懷王入秦不還。始懷石赴於湘流。彼其心死於懷王也明矣。故大招曰。魂兮歸來。尚三王夫。原之於君。愛之也深。故其君雖若懷王之昏庸者。猶望其復歸故國。行三王之道也。可謂忠矣。懷王入秦不得歸。故招魂曰。目極千里兮。傷春心。原如忿懟則大招招魂之辭必不作也。補注爲原死甚矣。遷之不知原也。秦王欲與懷王會。懷王欲行。原曰。秦虎狼之國。不如無行。懷王卒行入武關。秦伏兵絕其後。因留懷王以求割地。懷王怒亡走趙。趙不內復之秦。竟死於秦。此原之所以沈江者歟。故懷沙曰。重華不可遌兮。孰知余之從容。重華。懷王也。言懷王不可復遌。孰知余之從容就死乎。其卒章曰。知死不可讓。願勿愛兮。明告君子。吾將以爲類。類者。像也。橘頌曰。行比伯夷。置以爲像。原之志。像乎伯夷而已矣。夫君子可以爲像者亦多矣。而必以伯夷爲像。何也。商室既亡。而餓於首陽之下。懷王既薨。而沈於汨禍也。豈不懼哉。然都御史黃道周旣薦芝田。而 朝廷又以芝田爲良臣。輒用其言而不疑。則知人亦難矣乎。

## 楚辭補注序

楚辭補注十七卷。宋直敷文館知眞州洪興祖譔。自先漢至于宋末。治楚辭者數十家。而興祖所爲補注最有根據。景源遂正其訛誤而集次焉。司馬遷稱屈原正道直行。竭智盡忠。以事其君。讒人間之。可謂窮矣。信而見疑。忠而被謗。能無怨乎。是則善言楚辭也。然而頃襄王怒而遷之。於是懷石。遂自投汨羅以

所稱顔淵苦孔之卓。余於離騷。能見其卓立者。亦幸
矣。

自叙

始余不遜窮。慕古文辭。往往自書塗墨爲序記雜著。
生長遐陬。亦未嘗取質於當世博雅君子。行年三十
五。始遊京師。往謁昆侖崔學士。翁盡索我少壯文藁
見之。沾沾喜曰。君誠好古有氣力。可進於古。而茫茫
乎不識所由徑矣。君欲以毛髮肖古人。而不以筋髓
神氣求古人。故篇篇字句。似馬似左似莊似子雲。凡
言似者皆非眞。是不過優孟之爲孫叔敖矣。自已腔

靑泉先生續集卷之三　三十四

踽光景。以見己之於楚爲同姓父兄之臣。與宗廟同休戚。故國無可去之義。身有可死之節。自處以求仁得仁。然字字句句。一不用實語道破。又似無者落無接應。而畢竟披雲掃翳。便有靑天白日障蔽不得。是其虛中有實。如鏡照物。不圖文章之妙至於斯也。余自髫齔。識此宇宙間奇貨。髮今種種矣。每一展卷。至忘食味。令千古曩尙諸賢。染指斯文。所嘗沉湎濡首。而至讀九歎九思。雖自極力摸擬。而虛則宕冥。實則況雍其中有何情景。余嘗謂世之好離騷者。莫如我。辭離騷者。莫如我。而文不得離騷者。亦莫如我。楊子無一字不出於愛君憂國至誠惻怛矢死靡他之意。而叙志行修潔則曰佩蘭曰餐菊曰芙蓉衣道君臣離合則曰蛾眉曰蕙修曰黃昏期何言之蹟也是其實中有虛如月在水駟玉虯而乘鷖以下全是寓言。蓋戰國之士負才能不得售於其君則之秦之楚適齊適晉如甯戚百里奚之流不可勝數故假物於有娀佚女二姚虙妃之求而到頭輒說遭迍不遇狀以是柳下惠所謂直道事君焉往而不三黜之意也靈氛巫咸之所告則又是詩人愛人者勸其去楚適他之詞而末迺空中起語忽以臨睨舊鄉僕悲馬懷睠異之時。時授章句。句日而竟篇。卽又大喜。坐臥遊戲。口不掇誦。自以塗鴉之墨。細書成卷。置之懷袖。出入與偕。弊則易以新之。紙凡數十易而終不肯借人書一句。年旣長而好之彌篤。前後誦讀。殆不能筭。蓋余不復能先生講論旨義。而便覺心胷灑灑。開卷瞭然。紫陽疏註。雖極精深。其言主道理。似於文章家聲曲規矩。不用屑屑言也。吾意三百篇詩人之旨。大抵實中有虛。如月在水。虛中有實。如鏡照物。莊子逍遙遊秋水諸篇。皆得此意。故文章最高。離騷一篇。卽天地開闢以來。詩詞刱法之祖。觀其聲音情惻。有節宛曲。

造。而吾一朝獲焉。卽世之千駟萬鍾。豈遽以易斯言。浸假使余爲虞廷琴。以賛雍熙。子必借而調吾絃。浸假用子爲梁王瓢。以浮江湖。余復因而娛其樽。奚求乎奚得乎。奚不居乎。夫與子終始。作貢賓閣集序。告夫世之同志。

離騷經後敍

余生長山南農家。目不見古人奇書。而天性有好古之癖。五六歲時。從人受書。不喜讀唐宋詩文。欲學離騷經。先生笑曰。是其音深而辭晦。長老之所聽瑩。者何以能解。卽對曰。雖不曉音。舌在也。願受其音。先生日全矣。吾斯見古詩盡在楚也。而世儒方且耳視挨名曰騷。而歧于詩。於乎。此其詩不可復古。而楚亦在亾何有矣。於是金君思則以楸卷來。請命離騷爲楚詩。亦惟子之惠是徼。升其葩殿其溪。以資我操南音。余復曰言惡乎作而詩。詩惡乎隱而楚。今子起伏於斯歎而皷掌。怒而裂眦。痛而疾首。咸其自已也。已而已而。朝暮得此。所以爲楚乎。夫待楚而楚。非善楚也。知不爲待楚而楚。庶乎三百篇矣。

題士集秋響別詩後

丙申秋。余以事至京師。與士集會。月餘而以病歸。衫於張咸池洞庭之野而其使怨者怨思者思湘靈海若之翩肰而翼乎舞者也莫之能焉何故情感之根未通而彼其所操者虛器也吾知夫所謂詩亡者職此之由歟楚大國也其風固已泱泱乎而屈三閭以彼其材遇彼其時結蘭衣芳而相羊於浦之日江之秋其聲易以悲捐褋遺佩托思美人而其聲易以感感而興悲而賦抑菀之以暢磈磊之以寫令天下讀其詞者亡不悽懷泣數行下杳肰神遊於澤蘭汀杜之間而吊且傷者彼於毫札執肎綮肰為事肰其怨而不怒哀而不愁直當鴈行乎風人者亡它其天

者皆幻也。題其後。以示余同志。

題楚詞卷末

善乎尚論者曰詩亡而詩在楚。夫自三百篇之降。指竆於祖龍之火。其間封域山川亡恙。人若曰以懸。閭閻紅女嘆喋謳哦。梓鈹衣冠之逸焉斐焉而琴且贊者。師曠不廢聰。若之何詩亡云爾。詩心聲也。今夫物華之征吾心。而觸之爲聲。芒芒乎反入於心。喜者蹈舞。悲者涕泗。其斯之異於鷇音而可以興可以羣且怨乎哉。悲夫。天下之詩人。執觚墨以塩章句。燁然而春華。瑟然而秋聲。沾沾焉我操其緜。爾得其筌。自儗略如斯雖然余豈敢有議於夫子之所定著者只取此日所感於私心者且以省筆硯之勞而已肆於卷首特列其舊目而疏之庸附存羊之義僭汰之罪縱無所逃尚或有悲其意而恕之者乎否

手書小學跋

朱夫子嘗謂今人於小學都蹉過不能更轉做去據而今地頭立定脚跟如三十歲覺悟便從三十歲立定脚跟八九十歲覺悟亦然噫夫子豈欺後人哉昔蘇老泉年二十五而始知讀書終以文鳴世衛武公九十而猶箴儆於國古人之不曾以晩暮自沮也又

則其選取之意槩可見矣然於其間或有未必盡出
於窮愁之激者盖亦取其聲律之近似者旨意之幽
曠者耳余方爲天下之窮人今欲取以抆淚謳吟於
寂寞之中者不在於彼矣故輒敢有所抄删其處憂
患而抒懷觸事物而感發一出於窮厄感憤者則雖
兒女之言必有取焉其間愁漫興之語有意於求似
者則是猶東家之不心痛而捧腹者雖名家之作亦
不取焉至於息夫之絶命不知罪者也楊雲之反騷
不知耻者也故並删之若柳州非無罪而見放者顧
其言頗有懲悔復善之意故取之區區去取之意大

能已者也。噫嘻甚矣。人情之所感者深也。以至於自
忍而沉淵者。其必有至痛深悲。誠不欲一日苟生者
矣。是以其發於聲者。眞可以泣鬼神而愁穹旻矣。豈
特使人流涕而已哉。余之今日而始審其悲者。亦可
悲矣。是書也。晦菴夫子始取劉向、晁無咎之所編次
者。王逸、洪興祖之所註解者。刪定而訓釋之。其取舍
義例。可謂極詳審而不可尚矣。善乎。夫子之言曰。屈
子者。窮而呼天。疾痛而呼父母之詞也。故今所欲取
而使繼之者。必其出於幽憂窮蹙怨慕凄凉之意。乃
爲得其餘韻。而宏麗之觀。懽愉之語。宜不得與焉。然

可同日語哉。余方棲寄江干。雖未暇樹第治圃。園林相望。靚障吾遊。但恨不能登君之齋。共賞晩香。爲詠羊叔子寄其弟之書。不覺悵然而太息也。

題跋

楚辭刪跋

余自斥逐以來。又見酷禍。杜門塊處。恒戚戚焉悲憂欲死。蓋無以少慰其心者。於是從人丐書籍。輒自移寫。聊欲銷憂。間得楚辭而寫之。乃於離騷諸作。自不覺掩卷而流涕也。曩也余非不讀是書也。平居無憂。曾莫省其悲涼抑欝之意。能使人有感嗟流涕而不隅。委靡退托。無奮發報仇之志。而方且惑於姦檜。忠臣義士輒見沮抑。齎志而沒。飮恨泉下。而稱臣虜庭。恬不知愧。國勢已不可爲矣。使屈子生此時。其憤憤鬱鬱之懷。其肯下當時否乎。噫。夫子之意。其在此乎。

## 律呂新書後識

蔡神與高簡廓落。博學強記。不肯與世俗俯仰。無意仕宦。因遊走四方。聞見益廣。遂歸一室。杜門掃軌。通於易學天文地理之說。而尤急於律歷。討論商確。成一家之言。其子西山先生季通。克承家訓。入西山十年。刻苦用力。無書不讀。無物不窮。篤實學行之餘。又考律學。刪削訛舛。明示表將亡。徘徊鬱悒。顧頷侘傺。庶幾吾君之或寤。諷喩微諫。反覆丁寧。日望其有所改度。而武關旣閉之後。新王不悛。巧舌愈甚。余雖悽惋戀嫪。自媢於君。其如君之不悟何哉。於是不忍見宗國之亡。自赴沅湘之側。惜往日悲回風。惻惻然已決自沈之計。而猶不忘宗國。欲使吾長逝之後。少得以曝白讒間之罪。眷眷有不盡之懷。命將絶而不知止。其拚忠苦節。足以貫日月通金石。亘與天地同終始。令人讀其文玩其辭。不覺涕下於千載之下矣。古今疏家尚不達其意。拘碍牽合。往往有全失其本旨者。此夫子所以掇合疏釋以寓懷也。噫。夫子之意亦云戚矣。二帝狩北。建國一錄在其中。余得之如獲拱璧。且讀且玩。悲感交至。不覺涕洟之下也。噫。先君與龍巖雖出同門。龍巖乃先進。芝蘭同臭之樂。山斗景仰之悃。蓋不待發於言語。而讀此詩。可以見龍巖之取信於士友。抑亦可知先君之所造者如何耳。

嗚呼。小子不肖無狀。不能保藏遺稿。僅得此數首於干戈十載之餘。不勝愧懼之心。謹書其顚末。

## 註楚辭後識

朱夫子一生窮格踐履之餘。註釋經傳。殆無虛日。而至如楚辭。亦且疏釋如此。其勤。其故何哉。噫。夫子之意。豈徒然哉。夫屈子抱奇才生不辰。遭逢讒間。擯斥遐荒。目見宗國所以徘徊沅湘之間。隱忍而不決者。亦庶幾其君之少悟也。讒口之少弭也。而卒不可望。則寧我自取。無以重君惡。嗚呼。原也豈樂其死者也。觀其言曰。寧溘死而流亡兮。恐禍患之有再。其志可哀也。嗚呼。若原也者。眞可謂愛君之篤者矣。先儒之論。未有及此者。誠以親瀆世患。未有如原之深也。瀆世患如原也者。方可知原之志爾。

五日書事

南國卑湫地。平時效逐臣。忽逢端午節。不是獨醒人。臨水開新釀。中盤鱠細鱗。醉懷從傲兀。左右是親賓。

夙昔有才譽人推先輩風文章未時用貧病是天窮愚
魯紉垂囊高明爲聾蒙平生欠一死憔悴已成翁

離騷後跋

世之論者云屈原不宜死至以爲暴顯君過余謂原之
死蓋矣昔申胥諫夫差夫差卒殺胥而夫差之惡萬世
不可掩世不以此過申胥者顧胥不自殺耳使胥而自
殺則夫差亦不爲已甚者夫人臣以直道事君其君非
堯舜之明而又有讒人在其側終不至於殺之則不止
也嗚呼襄王闇矣讒口棘矣原也自懷王時已不爲所
容而棄逐遷徙猶不能屈心從俗則顧其勢不可但已

薄暮雷電歸何憂厥嚴不奉帝何求 此下皆不可曉今闕其義 伏匿穴處

爰何云荊勳作師夫何長 自此怪篇終皆隔句叶韵耳 悟過改更我又何

言吳光爭國久余是勝 悟一作寤更音庚 ○吳光即闔廬也 何環穿自閭社丘

陵爰出子文 環穿自閭社丘陵七字一作環閭穿社以及丘 陵是淫是蕩十二字○子文楚令尹鬭穀於菟

也左傳曰若敖娶於䢵生鬭伯比若敖卒從其母畜於䢵淫於䢵子之女生穀於菟穀為令尹子文夫子稱其忠事見論語他則不可曉矣

吾告堵敖以不長 楚人謂未成君而死者曰敖 堵敖者楚文王子成王兄也 何

試上自予忠名彌彰 試一作誠予音與 一作莫彰一作章

選賦卷之一終

何不常有以戒之而使至於危亡乎王者旣受天之礼命而王天下天又何為使他姓代之乎其警戒之意至深切矣
初湯臣摯後茲承輔何卒官湯尊食宗緒卒一作萃◦言湯初擧伊尹以為凡臣耳後知其矣乃以備疑承輔美山官如官術之道之官言終使湯為天子尊其先人以王者礼樂祭祀緒業流於子孫
也
勳闔夢生少離散亡何壯武厲能流厥嚴勳功也闔吳王闔庐也夢闔庐祖父壽夢壽夢卒太子諸樊立諸樊卒傳弟餘祭餘祭卒傳弟夷末夷末卒當傳弟札札不受夷末之子王僚立闔庐諸樊之長子次不得為王少離散亡放在外乃使專諸刺王僚而代為吳王以伍子胥為將破楚入郢是能壯其猛厲勇武而流其威也
彭鏗斟雉帝何饗受壽求多夫何長彭鏗彭祖也旧說鏗好和滋味近雜羹于堯堯饗食之以錫以壽考至八百歲莊子以為上及有吳下及五伯是也但此本謂上帝已為妄說而旧說以為堯又妄之尤也
中央共牧后何怒蠭蛾微命力何固牧一作收蛾古蟻字◦此章之義未詳當闕◦
驚女采薇鹿何祐北至回水萃何喜此章未詳亦當闕
兄有噬犬弟何欲易之以百兩卒無祿旧注以此為秦公子鍼之並身左傳不同未知是否事

選賦卷之一 三十

能依殷有惑婦何所譏言大王始與百姓徙其室羌衆就岐下同何能使其民係荷而隨之或頻
罾妲巳也向何事可哉乎有受賜茲醢西伯上告何親就上帝罰殷之命
以人不被西伯文王也言紂醢梅伯以賜諸侯文王受之以祭告語於上帝上乃觀殷紂之罪罰殷之命不可復
也救師望在肆昌何識鼓刀揚聲后何喜識并志同師望大師呂望胃太公也昌文
王也言太公在古肆而屠文王何以識知之乎后亦胃文王也呂望鼓刀在列肆文王親往問之呂望對曰下屠ㄷ牛上
屠ㄷ國文王喜載與俱歸此同何但聞其鼓刀之聲而親往同之乎然此與儲於胥靡而得太公之說不同蓋當爵好事
着之言猶伊尹負鼎百里自鬻之比惜乎孟子時死同者不得并語擊之也然則其同亦不足咎矣武發殺殷
何所悒載尸集戰何所急言武王發欲誅殷紂何所悒悒而不能久忍遂載文王之柩於軍中
以會戰何所急而然也此當時傳聞之語故爲伯夷扣馬之詞亦有父死不葬之云爾此皆誤也伯林雉經
維其何故何感天抑墜夫誰畏懼墜己見上○旧注以此爲晉太子申生之事未知是
否皇天集命惟何戒之受禮天下又使至代之言皇天集祿命以與王者

醢箕子詳狂梅音免詳音詳三方術伯紂諸侯也忠有而數諫稷之類醉其身箕子身之寄

去不忍遂被髮詳狂而九奴厂人德同而來异也 稷維元子帝何竺之投之于冰上

鳥何燠之竺一作篤燠音郁○元大也稷帝告之子弃也帝即告也竺義未詳或曰厚也或曰篤也皆未安稷

事見詩大雅及史記曰后稷名弃其母有邰氏女曰姜嫄為帝告元妃出野見巨人跡說而踐之遂身動如孕者居期而

生子姜嫄以為無父而生弃之於冰上有鳥以翼覆薦溫之以為神乃收以養之詩曰先生如達首生之子也故弃了既是以

元子則帝當愛之矣何為而竺之也弃之冰上則人惡之矣鳥何為而燠之耶以此言之則竺字當為天祝予之祝或為

又天是孫之孫以声近而訛耳 何馮弓挾矢殊能將之既驚帝切激何逢長

之 挾一作接驚一作敬切一作功○馮引弓持箭以其文多不可曉疑以為后稷補以為武王未知孰是今姑闕之

伯昌號衰秉鞭作牧何令徹彼岐社命有殷國 伯昌謂周文王始為西伯

而名昌也號衰號令於殷世衰當之世也東鞭策牧者之事也言服事殷而為執鞭以作六州之牧也徹通也岐社太王

所立岐周之社也武王既有殷國遂通岐周之社於天下以為大社猶漢初令民立漢社稷也 遷藏就岐何

何號于市周幽誰誅焉得夫褒姒以褒姒周幽王之嬖妾也昔夏后氏之衰也有二龍止
於夏庭而言曰余褒之二君也夏后布幣而告之龍亡而漦在櫝而藏之傳三代莫敢發至厲王之末發而觀之漦流
于庭化爲玄黿入王後宮後宮女遇之而孕無夫而生女懼而棄之宣王時有童謠曰檿弧箕服寔亡周國後有夫婦相
牽引行賣是器於市者以爲妖怪執而戮之夜得亡去聞棄女啼聲哀而收之遂奔褒褒人後有罪乃入此女以贖罪是
爲褒姒幽王惑而愛之爲廢申后及太子宜臼而立以爲后遂爲申侯犬戎所殺也天命反側何罰何
佑齊桓九合卒然身殺殺音弒◇反側言無常也九糾通用卒終也齊桓公任管仲九合諸侯一
正天下任豎刁易牙諸子相攻死不得殮虫流出戶棄見殺無棄一人之身一善一惡天命反側罰佑不常皆其所自取
彼王紂之躬孰使亂惑何惡輔弼讒諂是服惡烏路反◇惑紂則內則妲己
外則飛廉惡來之徒也服事也言紂憎輔弼不用忠直之言而專用讒諂之人也比干何逆而抑沈
之雷開何順而賜封之此言紂之惡輔弼而用讒諂也比干紂諸父也諫紂紂怒乃殺之而剖其
心雷開佞人也阿順於紂乃賜之金玉而封之也何聖人之一德卒其異方梅伯受

武王使定周命之事蓋當時猶有其傳而今失之也此同周公旣不喜列擊紂躬何爲又勅武王使定周命乎蓋周公但不喜親斬紂頭之事耳固未嘗不欲定周之命而王天下以傳子孫也後四句不可曉似謂天旣授殷以天下而今亡之使其位何所極耶蓋惟反其所以成者是以至於滅亡而其爲罪果何事耶但悟意太簡未有以見其必然耳

爭遣伐器何以行之並驅擊翼何以將之

爭遣伐罪謂泰誓言擊后以師畢会也並驅擊翼謂六翰曰翼其兩旁疾擊其後言武王之軍人人樂戰並驅而進之也問此二何以使其然耶

昭后成遊南土爰底厥利維何逢彼白雉

底音指◇昭后成王孫昭王也成猶遂也底至也昭王南遊至楚楚人擊其船而沉之遂不返也杜預云昭王南巡狩涉漢船壞而溺二說不同未知孰是白雉事無所考但註謂周公時越裳氏所獻之昭王德不能致而欲親往逢迎之恐未必然矣

穆王巧梅夫何周流環理天下夫何索求

梅若改反周上一有爲字◇巧也梅貪也賈生所謂厥梅生是也巧梅有巧術貪求也史記云周穆王得八駿馬西巡守樂而忘故徐子作亂造父爲穆王御長驅歸周以救亂環旋也左傳云穆王欲肆其心周行天下將必有車轍馬迹焉蔡公謀父作祈招之詩以止王心王是以獲沒於祗宮云耳

妖夫曳衒

伊尹母妊身夢神女告之曰臼竈生鼃亟去無顧居無幾何臼因生小鼃母去東走顧視其邑盡為大水母因溺死化為空桑之木水乾之後有小兒啼水涯人取養之既長大有殊才有莘惡其從木中出因以送女媵妾甚不必辨

湯出重泉夫何辠尤不勝心伐帝夫誰使挑之

辠古罪字重泉獄名在馮翊郡史記所謂夏臺也言桀拘湯於此而復出之湯既得出遂不勝夂人之心而以伐桀是誰使桀不拘湯以挑之乎

會鼂爭盟何踐吾期蒼鳥群飛孰使萃之

舊說武王將伐紂紂使膠鬲視武王師膠鬲問曰何日行師武王曰以甲子日膠鬲還報紂會天大雨道難行武王晝夜行或諫曰雨甚軍士苦之請且休息武王曰吾許膠鬲以甲子日至殷今報紂矣吾甲子日不到紂必殺之吾故不敢休息欲救賢者之死也遂以甲子日朝誅紂不失期也下二句不可曉注云蒼鳥鷹也言將帥勇猛如鷹鳥羣飛惟武王能聚之詩曰惟師尚父時惟鷹揚是也未知是否

列擊紂躬叔旦不嘉何親揆發定周之命以咨嗟授殷天下其位安施反成乃亡其罪伊何

叔旦武王弟周公也嘉善也揆度也猶言帝度其心發武王名史記言武王至紂死所射之三發以黃鉞斬其頭懸之大公之旗此所謂列擊紂躬也然亦見周公不喜與其咨嗟以揆

往營班祿不但還來旧說朴大也言湯常能秉持契之末德出獵而得大牛之瑞其往獵也不但驗而已還獵以所獲禽秩祿惠於百姓也此篇言秉季德而其說不同如此蓋本文已不可考而說者又妄爲耳

德昏微遵迹有狄不寧何繁鳥萃棘負子肆情旧說人有闇嘗之道爲或狄之行自不可以安其身謂晉大夫解居父聘吳過陳之墓門見婦人負其子欲與之淫泆婦人則引詩刺之曰墓門有棘有鴞萃止言推死人舜主謂有鳥浚佈不悅也今詳其說上一句迺曲雖解下事亦先儒拙引列女傳陳辨女事又無負子時情之意皆不果論也

眩弟並淫危害厥兄何變化以作詐而後嗣逢長眩弟惑亂之身也問何象欲殺舜變化作詐而舜爲天子反主家於有庳使其後嗣子孫長爲諸侯乎孟子云仁人之於弟不藏怒焉不宿怨封之有庳富貴之也知此則知其說矣

成湯東巡有莘爰極何乞彼小臣而吉妃是得有莘國名極至也小臣謂伊尹也言湯隷巡至於有莘乞白伊尹因得吉善之妃以爲內輔也史記曰阿衡欲干湯而無由乃爲有莘氏媵臣謂此也蓋以孟子視之則爲此說者妄矣

水濱之木得彼小子夫何惡之媵有莘之婦一无彼字惡烏路反○旧說小子謂伊尹媵送也言

大說摯音至說音悅◇帝謂湯也摯伊尹名也條鳴條也黎衆也言湯觀風俗而逢伊尹遂用其謀伐桀於鳴條而放之南巢天下衆民大悅喜也致罰即湯誥所謂致天之罰也簡狄在臺嚳何宜玄鳥致貽

女何喜簡狄帝嚳之妃也玄鳥燕也貽遺也言簡狄侍帝嚳於臺上有飛燕墮遺其卵喜而吞之因生契也事見商頌說見文岐章

該秉季德厥父是臧胡終弊于有扈牧夫牛羊此章未詳◇諸說以小弁紀曰言啓兼秉禹之末適而禹善之援以天下有扈以堯舜與賢禹獨與子故伐啓〻伐滅之有扈以為牧豎也◇詳此該字恐是啓字〻形相似也但牧夫牛羊未有被而其文勢似啓反為扈所弊不可考也干協時

舞何以懷之平脅曼膚何以肥之平脅一作長平曼音万◇于脅也脅合也時是也言舞以干羽合是舞于兩階何以懷有苗而格之也下句未詳旧說云平脅曼膚肥澤之皃言紂為無道天下乖離當懷憂臞瘦何反肥盛若此乎二事不相似時相去又遠未知其果孰也有扈牧豎云何而逢擊牀

先出其命何從豎童僕之未冠者◇旧說有扈氏本牧豎之人耳因何逢遇而得為諸侯乎啓攻有扈之時擊牀而先出之其命何所從出乎此亦無所攷而牧豎之說亦未詳恒秉季德焉得夫朴牛何

以君淪之而已厥萌在初何所意焉王璜臺十成誰所極焉○意古億字億度也

論語曰億則屢中璜美玉也成重也言吳者預見萌芽之端而知其存亡非虛億也紂作象箸而箕子歎預知象箸必有

玉杯玉杯必盛熊蹯豹胎如此必崇廣宮室紂果作玉臺十重糟丘酒池以至於亡也登立為帝孰道

尚之女媧有体孰制匠之旧說伏羲始畫八卦脩行道德万民登以為帝誰開導而尊尚之乎

傳言女媧人頭蛇身一日七十化其体如此誰所制匠而圖之之序上句先伏羲字不可知下句則怪甚而不足以論矣

舜服厥弟終然為害何肆犬豕而厥身不危敗服事也言舜弟象施行无

道舜猶服而事之然象終欲害舜肆其犬豕之心燒廩浚井欲舜為天子卒不能害象何罪說見下眩弟章[illegible]

古南嶽是止孰期去斯得兩男子此章未詳旧注以兩男子為太伯虞仲未知是否

緣鵠飾玉后帝是饗何承謀夏桀終以滅喪一晃夏字長去声○后帝謂殷

湯也言伊尹始仕因緣烹鵠鳥之羹脩五鼎以事湯湯之遂以為承用其謀而代夏桀終以滅桀也此即孟子所謂割烹

要湯之說蓋戰国游士虛妄之言也帝乃降觀下逢伊摯何條放致罰而黎服

楚辭卷之三　三十五

背負蓬萊之山而抃舞事所見列子下二句未詳 惟澆在戶何求于嫂何少康逐犬

而顛隕厥首女岐縫裳而館同爰止何顛易厥首而親以逢

殆 澆五弔反○澆浞之子也旧說澆无義淫泆其嫂往至其戶佯有所求因身淫乱夏少康因田獵放犬逐獸遂襲殺

澆而斷其頭顛倒也隕墜也女岐澆嫂也言女岐与澆淫泆因為之縫裳於是共舍而宿止少康夜襲得女岐頭以為澆因

斷之故言易首不知何據也 湯謀易旅何以厚之覆舟斟尋何道取之 湯舟

上向過澆下向斟尋事不相涉疑本康字之誤謂小康也斟尋国名也杜預云斟灌斟尋夏同姓諸侯相失国依於二斟

為澆所滅其子少康為虞庖正有田一成有衆一旅遂滅過澆祀夏配天不失旧物也旅謂一旅五百人也覆舟言夏后

相已傾覆於斟尋之国今康以何道而能復取澆乎 少 桀伐蒙山何所得焉妹嬉何肆

湯何殛焉 桀伐蒙山之国而得妹嬉因此肆其情意故為湯所殛放之南巢也 舜閔在家父何

以鰥堯不姚告二女何親 閔憂也无妻曰鰥姚舜姓也問舜孝如此父何以不為娶乎堯妻舜

而不告其父母二女何自而舟之相親乎程子曰舜不告而娶固不可堯命瞽使舜娶舜雖不告堯固告之矣堯之告也

阻窮西征巖何越焉化爲黃熊巫何活焉此章似又言鮌事並羽山東裔而此云西征已不可曉或謂越岩墮死亦非明文左傳言鮌化爲黃熊國語作能按能獸名能三足鼈也說者曰獸非入水之物故是鼈也說文又云能熊屬足似鹿盖不可曉或云東海人祭禹不用熊白及鼈爲膳豈鮌化爲二物乎咸播

秬黍莆雚是營何由并投而鮌疾脩盈秬音巨莆一作黃雚音丸◇秬黍黑黍也說文黍禾屬而粘也莆𦸁即蒲字蒲水草可以作席雚葦也与萑同左氏曰萑苻之澤是也餘未詳白蜺嬰茀

胡爲此堂安得夫良藥不能固臧天式從橫陽離爰死大鳥

何鳴夫焉喪厥體旧注引列仙傳云崔文子斈仙於王子喬骨子喬化爲白蜺而嬰茀持藥与之文子驚怪引戈擊蜺因墮其藥俯而視之子喬之尸也須臾化爲大鳥飛鳴而去事極鄙妄不足復論蓱號起雨何

以興之撰体脅鹿何以膺之鹿字屬下句又一无以字一作何鹿以膺之◇蓱〻翳雨師名也号呼也與起又云又撰十二神鹿一身八足兩頭何膺長也此形体乎此章大抵荒誕无稽今亦不論鼇戴山

抃何以安之釋舟陵行何以遷之鼇大龜也擊手曰抃旧注引列仙傳曰有巨靈之龜

轘轅之道塗山氏見之而慙遂化爲石時方孕啓禹曰皈我子於是石破北方而啓生其石在嵩山見漢書注竟地即化

石也此皆怪妄不足論但恐文義當如此耳

帝降夷羿革孽夏民胡䠶夫河伯而妻彼雒嬪

䠶一作射食亦反下同◇帝天帝也夷羿諸侯弑夏后相者也革更也孽憂也言變更夏道爲万民

憂患傳曰河伯化爲白龍遊於水旁羿見射之眇其左目羿又夢与洛水神虙妃交亦妄言也

馮珧利決封豨是䠶何獻蒸肉之膏而后帝不若

馮音憑珧音遙豨希豈反◇馮蒲也言引蒲也

珧弓名也尔雅弓以蜃者謂之珧ㄷ蜃甲也射礼有決注云決猶闓也以象骨爲之著右大擘指以鉤弦闓体也后帝天

帝也若順也言羿獵射封豨以其肉膏祭天帝天帝猶不順羿之所爲也何子對曰夸夫快殺昻豨以膺飽馨膏腴帝報

德浴力胡肥合居狀兩濫殿补

浞娶純狐眩妻爰謀何羿之䠶革而交吞揆之

浞仕角反謀叶謨悲反一作謨一無革字◇浞寒浞羿之臣也見離騷經眩惑也爰於也言寒浞娶於純狐氏之女眩

惑爰之浞遂与純狐氏謀殺后羿也䠶革礼所謂貫革之射也左氏傳所謂蹲甲而䠶之徹七札焉者言其有力也吞滅

也揆謀度也言何羿之射芸勇力而其衆乃交進而吞謀之乎此即離騷經所謂羿淫遊以佚畋固亂流其鮮終者也

台桑揆下土方盖用商頌倍甚一作安嵞一作涂音塗○出问禹以勤力献進其功堯因使省下土四方當作之時
言禹得彼嵞山氏之女而通夫婦之道於台桑之地乎補曰娶下塗山辛壬癸甲塗山在壽春東北濠州也呂氏春秋曰禹
娶塗山氏女不以私害公自辛至甲四日復往治水閔妃匹合厥身是繼胡為嗜不同
味而快鼂飽閔憂也言禹所以憂无妃匹者欲為身立繼嗣也下二句未詳何義啓代益作后
卒然離蠥何啓惟憂而能拘是達蠥一作孼魚列反○益禹賢臣也作為也后君也
遭也蠥憂也旧説禹以天下禅益天下皆去益而歸啓是代益作后也於是有扈不服啓遂伐之大戰于甘故曰離蠥
啓何以能用推所憂而能代益伐扈以達拘執之嫌乎旧説如此未知是否不敢以答也皆歸䠶籥而
無害厥躬何后益作革而禹播降䠶一作射籥一作鞠音菊降叶胡攻反○此章之義
未詳啓棘賓商九辯九歌何勤子屠母而死分竟地棘賓商未詳九辯九
歌已見騷經窮[illegible]棘當作夢商當作天以篆文相似而誤也蓋其意本謂啓夢上賓於天而得帝樂以歸如列子史記所
言周穆王秦穆公趙簡子之帝所而聞鈞天廣樂九奏万舞之类耳屠母疑亦謂淮南所説禹治水時自化為熊以通

衢言其枝九出耳山海經有四衢五衢之語是也象鹿之首子者山海經云浮山有草其葉如棠又云南海內有巴蛇身

長百尋其色青黃赤黑食象三年而出其骨注云南方蚺蛇亦吞鹿消盡乃自絞於樹腹中骨皆穿鱗甲間出亦此类也

黑水玄趾三危安在延年不死壽何所止趾一作沚◇黑水三危皆見禹貢玄

趾未詳素問曰真人壽敝天地無有終時至人益其壽命而強亦歸於真人聖人形體不敝精神不散亦可以延年矣

鯪魚何所鬿堆焉處羿焉彃日烏焉解羽鯪音陵鬿音祈堆多回反彃一作斃

說文云彃射也音畢◇鯪魚鯉也一云鯪鯉有四足形似黿而短小出南方山海經曰西海中近列姑射山有陵魚人面

人手魚身見則風濤起北号山有鳥狀如雞而白首鼠足名曰鬿雀食人彃射也淮南言堯時十日并出草木焦枯堯命

羿仰射十日中其九日日中九烏皆死墮其羽翼故留其一日也春秋元命苞三足烏者陽精也補云山海經曰大澤方

千里羣鳥之所生及所解穆天子傳曰北至曠原之野飛鳥之所解其羽旧說非是按今唯陵魚人所共識其餘則有無

不可知彈日之說尤恠妄不足辨解羽如柳說則別是一事然如旧說為日中之鳥而借解羽二字以問於義亦通頗亦

竝足辨耳禹之力獻功降省下土方[illegible]焉得彼嵞山女而通之于

諸怖妄說不可信耳 四方之門其誰從焉 西北辟啓何氣通焉 辟一作闢○[illegible]一作開

注引淮南子說崑崙虛旁門有數其西北隅開門以納不周之風今不敢信 西 日安不到燭龍何照

羲和之未揚若華何光 揚一作陽○旧注以爲天之西北有幽冥無日之國有竜含燭而照之其有[illegible]

日出之時又有若木赤華照地迆夫日光所照其行 地西死不到之处此章所问恐是兒照盈之語矣不足答也 西

何所冬暖何所夏寒焉有石林何獸能言 答曰南方日近而陽盛故多暖北方日遠而陰盛故多寒今以進之向燕之北渴之处有可驗 愈偏而有冬暖夏寒之所下遂此美石袜未詳[illegible]能

言不難禽獸今南方山中有之 焉有龍虬負熊以遊 [illegible] 雄虺九

首儵忽焉在 何所不死長人何守 [illegible]寸 [illegible]三 [illegible]首 [illegible]昭魂

說南方之害雄虺九首往來儵忽也[illegible]不死之人財山 海經淮南子書言之國未可信然俗傳山中有人年老不死山

子孫莊之鶏藥之中者亦或有之不足怪也長人則靡蓱九 国語所謂防風氏守封嵎之山者山在湖州武康縣

衢枲華安居 靈蛇吞象厥大何如 [illegible]一作[illegible]骨○靡蓱未詳[illegible]一作[illegible] 何獸 [illegible]一 九一

之曰九州所錯天地之中也川谷之洿衆流之会也不溢之
故則列子曰渟海之東不知幾億万里有大壑焉宗推无底
之谷名曰敀虛八絃九野之水天漢之流莫不注之而无増
无藏焉莊子曰天下之水莫大於海万川敀之不知何時止
而不盈尾閭泄之不知何時已而不虛列子曰東窮敀虛又
環西盈廄究上區而渾情黄廖廖竭而外究融有
餘泄滴復行先運擁又何溢焉三子之言遺相粗述而柳
又明故墟之泄非出之天地之外也但求入於東而復繞於
西又滲縮而朱乃復出於高原而下濟於東耳此其說亦近
似矣然以理驗之則天地之化往者消而來者息非以往者
之消復芍來者之息也水流東極氣盈而敵如決焦釜无有
遺餘故能屢尾閭亦有沃焦之號非如求盈之水山澤通氣
而流注
不窮也
東西南北其脩孰多南北順墮其衍幾何
隋音墮◇
脩長也隮
狹而長也附餘也◇此問四方長短若何若謂南北狹而長
則其長処所餘又許多小也答曰地之形量固當有窮但辰
非人力所能徧歷籌術所能推知而啓傳聽說又不足知難
旲憲所言八極之底原於歷籌若有據依然非專言世之辰
扶也柳對直謂其
極无方則又過矣
崑崙縣圃其尻安在增城九重其高幾里
尻亦居同在見上◇崑崙縣圃見騷經崑崙據水經在西域
一名阿耨達山河水所出非妄言也但縣圃增城高辰之處

所謂決九川距四海濬畎澮大川孟子所謂禹之行水得水之道而行其所無事是也程子曰今河小有鯀隄而無禹隄

亦一證也洪泉極深何以窴之地方九則何以墳之泉本當作淵唐李避諱而

改之也寘與塡同[illegible]一作州◇洪泉即洪水九則謂九州之畧如上所謂[illegible]則也墳土之高者也◇此問洪水汎濫禹何

用寘塞而平之九州之域何以出其土而高之乎答曰禹之治水行之而已无事於寘也水既下流則平土自高而可宅

可田矣諾曰必寘之而后平則是使禹復為鯀而父子為戮矣柳子對曰行鴻下隤厥丘乃降焉塡絶淵然後夷于土也

言是也應龍何畫河海何歷畫音獲◇有鱗曰蛟竜有翼曰應竜歷過也山海經曰禹治水有應

竜以尾畫地即水泉流通禹因而治之也柳子對曰胡聖為不足反謀竜知畜鍾究勤而期畫厥尾此言得之矣鯀

何所營禹何所成康回馮怒墜何故以東南傾鯀禹事已見上六章此不

復答曰說康回共工名也馮盛滿也列子曰共工氏與顓頊爭為帝怒而觸不周之山折天柱絶地維而天傾西北日月

星辰就焉地不滿東南百川水潦歸焉此亦無稽之言不答可也九州安錯川谷何洿東流

不溢孰知其故安一作何洿音戶◇錯置也洿窊也水注海曰川注川曰谿注谿曰谷◇此章二問今答

以爲无憂堯何不且小試之而遂行其說也善曰鯀之有不任治水當時无過之昔故亦亂之堯則固知其方命圮族而

不可用矣四岳又請姑且之故堯不得已而用之耳 旁 鴟龜曳銜鯀何聽焉順欲成功

帝何刑焉 鴟龜事无所見旧說謂鯀死爲鴟龜所食鯀何以所而不爭乎特以意言之耳詳其文勢与下文意

龍相类似謂鯀所鴟龜曳銜之計而敗其事然若且頓彼之欽赤义成功舜何以逆刑之乎垂善此美无稽之言亦无足

耆矣 永遏在羽山夫何三年不施伯禹腹鯀夫何以變化 一无山字

施一作弛何下一有哉字〇永長也遏猶禁止也羽山在東洎中施謂刑殺之也左傳曰乃施邢侯此問鯀功不成何以

西之羽山而不施以刑乎禹鯀子也腹懷抱也待曰出入腹祐〇此問禹自少小皆見鯀之所爲何以能變乎而有聖齒

乎吾曰舜之四罪皆未嘗殺也程子以爲昏云殛死猶言抵死耳蓋聖人用刑之寬例如此非獨於鯀爲然也若禹之聖

土則其所稟於天者青明而純粹豈習於不善所能變乎 纂就前緒遂成考功何續初繼

業而厥謀不同 纂集也緒緒也此問禹能纂代鯀之遺業而成父功何繼續其業而謀乃不同如此

子答曰鯀禹治水之不同事見洪範蓋鯀不順五行之性以堙潤下之水故无成禹則順水之性而導之使下故有功皆

常變之不同天下文言亦一而已而有逆順之或異夫乾道成男坤道成女凝之体於造化之初二氣交感化生万物流形於造化之後者理之常也若姜嫄簡狄之生稷契則又不可以先後言矣比理之變也女岐之事无所經見无以考其實然以理之變而視之則恐其或有是也但此篇下文復有女岐易首之問則又未知其果如何耳叔氏書有九子母之說起謂此然益荒无所考矣祥者氣之順也疴者氣之逆也以其鑿暴傷人故為之名字以著其惡耳初非實有是人也氣之流行充塞宇宙其為順逆有以天時水土之所值有以人事物情之所感万變不同亦未易有定在也

何闔而晦何開而明角宿未旦曜靈安藏

宿音秀◇闔閉戶也開闢戶也陰閉而晦陽開而明角亢東方星旦明也曜靈日也◇此問何所闔開而為晦明凡東方未明之時日安所藏其精光乎答曰晦明之間前要乔之其實亦陰陽消息之所為耳陽息而闢則日出而明陰消而闔則日入而晦又何疑乎角宿固為東方之宿然隨天運轉不常在東古經之言多假借也日之所明乃地之東方未早則固已行於地中特未出地面之上耳

不任汩鴻師何以尚之僉曰何憂何不課而行之

汩音骨或上句不字上有鯀字◇鯀事見尚書汩治也鴻大水也師衆也尚舉也僉衆也課試也◇問鯀才不任治鴻水衆人何以舉之堯知其不能而衆人

楚辭卷之三　三十

死其晦也育生也日之生也○此問月有何德死而復生月有何利而顧望之兔常居其腹乎答曰晉家舊說月朔則去
日斬遠故魄死而明生既望則去日斬近故魄生而明死至晦而朔則又遠日而明復生所謂死而復育也此說誤矣若
果如此則未望之前西近東遠而始生之明當在月東既望之後東近西遠而未死之明卻在月西矣安得未望載魄於
西既終魄于東而遡日以爲明乎故唯近世沈括之說乃爲得之蓋括之言曰月本無光猶一銀丸日耀之乃光耳光
又初生日在其旁故光側而所見纔如鉤日漸遠則斜照而光稍滿大抵如一彈丸以粉塗其半側視之則粉處如鉤對視
之則正圓也近歲王普又申其說曰月生明之夕但見其一鉤至日月相望而人處其中方得見其全明必有神人能棲
倒景蕩日月而往參其間則雖弦晦之時亦得見其全明而身望夕死異耳以比覩之則知光常滿但自人所立處視之
有縣有正故見其光有盈有虧非既死而復生也若顧菟在腹之問則世俗桂樹蟾兔之傳其惑久矣或者以爲日所在
天如兩鏡相照而地居其中四方皆空水也故月中岀黑之處乃鏡中天地之影略有形似而非真有是物也斯言有理
足破千古之疑矣

**女岐無合夫焉取九子伯強何處惠氣安在**

女岐无夫而生九子伯強大厲疫鬼也所至傷人惠順也惠氣謂和氣也○此章所問三事今答之曰天下之理一而已而有

辰注云一歲十二月十二會所會為辰十一月辰在星紀十二月辰在元枵之類是也然此特在天之位耳若以地而言之

則南面而立其前後左右亦有四方十二辰之位焉但在地之位一定不易而在天之象運轉不停惟天之鶉火加于地

之午位乃與地合得天運之正耳蓋周天三百六十五度四分度之一周布二十八宿以著天體而定四方之位以天

繞地則一晝一夜適一周而又超一度日月五星亦隨天以繞地而一日之行一周日一周而先餘先一次其餘則各有遲速

之善焉然其賢也固非綴屬而居其運也亦非推挽而行但當其氣之盛處精神光曜自然緣越而又各自有次第耳列

子曰天積氣耳日月星辰亦積氣中之有光曜者張衡靈憲曰星也者體生於地精成於天列居錯峙各有攸屬此言皆

馮之矣

出自湯谷次于蒙汜自明及晦所行幾里

湯音陽一作暘汜音似◇

次舍也汜水涯也書云宅嵎夷曰暘谷即湯谷也尔雅云西至日所入為太蒙即蒙汜也◇此問一日之間日行幾里乎

答之曰湯谷蒙汜固其所然日月所出水乃昇于天乃其西下又入于水故其出入似有處所而所行里數曆家以為周

天赤道一百七十万四千里日一晝夜而一周春秋二分晝夜各行六半而夏長冬短一進一退又各以其什之一焉耳

夜光何德死則又育厥利維何而顧菟在腹

菟一作兔乎句同◇夜光月也

二十七

至也屬附也隅角也〻◇右三章六問今答之曰國問乎[illegible]
曰天何依附曰依乎地〻何依曰附乎天〻地何所依附[illegible]自
相依附天依形地附氣〻其形也有涯其氣也无涯洋味[illegible]
屈子所向昭然若揭睽矣但天之形元如彈丸朝夜運[illegible]其
兩北兩端後高前下乃其樞軸不動之處其運轉者亦无[illegible]
質但如勁風之旋當晝則自左旋而向右向夕則自前降而形
故後當夜則自右轉而復左將旦則自後升而趁前旋轉[illegible]
穹升降不息是為天體而實非有體也地則氣之查滓聚成
形不質者但以其東於勁風旋轉之中故得以[illegible]之甚[illegible]
而不隆耳黃帝問於岐伯曰地有凭乎岐伯曰大氣舉之[illegible]亦久
謂此也其曰九重則自地之外氣之轉益遠益大益[illegible]清之[illegible]
窮究陽之數而至於九則極清極剛之後而後復有遠[illegible]益[illegible]
度而造作之者先以斡維繫於一綫之際[illegible]以[illegible]
而後天地乃定位哉且曰其合於天則後其抽[illegible]敬[illegible]
少固先得而言者亦不待辨說而可知其妄矣
東南之屬乃專以地形言之初无頂乎天也
二焉分日月安屬列星安陳
此沓問徒合天與地屬合之會欲於反何◇所沓十合二也
辰進所分別乎數列也言日月此眾星安所係屬[illegible]陳列之也
上章所問天何所屬并地而言此所問乃為天[illegible]地相接之處
何所沓也今答之曰天周地外其說已見上矣非沓會乎地
上也十二云者自子至亥十二辰也左傳曰日月所會是謂辰

天何所沓十二[illegible]

有明之者暗必有循之者是何物之所為乎陰也陽也天也三者之合何者為本何者為化乎今答之曰天地之化陰陽而已一動一靜一晦一朔一往一來一寒一暑皆陰陽之所為而非有為之者也然義深言天而不以地對則所謂天者理而已矣成湯所謂上帝降衷于思所謂天命之性是也是為陰陽之本而其兩端循環不已者為之化焉周子曰無極而太極太極動而生陽動極而靜靜々而生陰靜極復動一動一靜互為其根分陰分陽兩儀立焉正謂此也然所謂太極亦曰理而已矣

圜則九重孰營度之惟茲何功孰初作之

圜与圓同度待洛反圓謂天形之圓也則法也九陽數之極所謂九天也

斡維焉繫天極焉加八柱何當東南何虧

斡一作筦并音管◇斡說文轂端沓則是車之轂內以金為筦而受軸者也維繫物之索也天極謂南北極天之樞軸常不動處譬則車之軸也蓋凡物之運者其轂必有所繫然後軸有所加故問此天之斡維繫於何所而天極之軸何所加乎何圖言崑崙者地之中也地下有八柱互相牽制名山大川孔穴相通素問曰天不足西北地不滿東南注云中原地形西北高東南下今百川滿[illegible]東之滄海則東西南北高下可知故又問八柱何所當植東南何術虧兮

九天之際安放安屬隅隈多有誰知其數

九天即所謂圜則九重者際邊也[illegible]

選賦卷之一　二十七

哀而惜之因共論述故其文義不次序爾云 此蓋[illegible] 可鑑者尚多有之而旧注之説徒以多識異聞爲功不[illegible] 以问之本意与今日所以對之明法至唐柳宗元始欲[illegible] 之條對然亦學未聞道而騁夸衒巧之意雖有[illegible] 常使人不能无遺恨若補注之説則其尾乱不知所擇又[illegible] 存其不可闕者悉以義理 正之庶讀者之有補云

曰遂古之初誰傳道之上下未形何由考之 遂往也道猶言也上下謂天地也問往古之初未有天地固未有人誰得見之而傳道乎 冥昭瞢闇誰能極之馮翼惟像何以識之 瞢莫鄧反闇與暗同又作暗馮皮冰反◇冥幽也昭明也謂晝也冥謂昏夜也瞢暗言昏夜未分也極窮也馮翼氤氳浮動之皃淮南子云天墜未形馮〻翼〻又曰未有天地惟像無形窮〻冥〻莫知其門此承上問時未有人今何以能窮極而知之乎◇右二章四問今答之曰開闢之初其事雖不可知其理則具於吾心固可反求而默識非如傳記雜書謬妄之說必誕者而後傳如柳子之所識也 明明闇闇惟時何為陰陽三合何本何化 明暗即謂昏夜之分也時是也穀梁子曰獨陰不生獨陽不生獨天不生三合然後生◇此問蓋曰明必

昔之所冀兮悼來者之悐 悐〻憂懼皃言心冀二子而不忍去刻為二子之明志而往

適往猶欲有為於時來者 悐〻謂將赴水而死也 浮江淮而入海兮從子胥而自適

望大河之洲渚兮悲申徒之抗迹 子胥事見前篇適猶安也 莊子曰申徒狄諫紂不听

負石自沈於河 驟諫君而不聽兮任重石之何益心絓結而不解兮

思蹇產而不釋 任負也石或謂百二十斤也引文選江賦注云任石即帳也其說為近下二句見哀郢

右悲回風

天問

天問者屈原之所作也屈原放逐彷徨山澤見楚有先王之廟及公卿祠堂圖畫天地山川神靈琦瑋僪佹及古聖賢怪物行事因書其壁何而問之以渫憤懣楚之人

馮皮冰反磕古盖反馮扶也如馮軾之馮濛霧去其昏亂之包也隌依也如隌几之隌清江去其濁穢之流也倣身岷同在蜀郡江水所出也礚礚水石声岷〻風水声紛容容之無經兮罔芒芒之無紀軋洋洋之無從兮馳委移之焉止容〻紛亂之皃軋〻頋歷之皃言己心煩乱紊復紛紀欲進則莫所從欲退則莫所止也漂翻翻其上下兮翼遙遙其左右汜潏潏其前後兮伴張弛之信期潏音決弛音矢〻上三句亦皆言其反漂不定之意叛繚散之皃也言其憂心雖若不能自定而其張弛進退又自不失其時也觀炎氣之相仍兮窺烟液之所積悲霜雪之俱下兮聽潮水之相擊炎氣火氣也相仍者相因而不已也烟液者火相氣畜而為烟〻所著又凝而為液也潮海水以月加子午之時一日而再至者也朝日潮夕日汐借光景以往來兮施黃棘之枉策求介子之所存兮見伯夷之放迹黃棘棘刺也枉曲也以棘為策所有絕刺而又不直則馬傷深而行速為注以為顛借神光電景飛注往來施黃棘之刺以為策以求介子推伯夷之跡是也心調度而弗去兮刻著志之無適曰吾怨往

居戚戚而不可解心鞿羈而不開兮氣繚轉而自締締結也繚轉自締戚同轉而自相結也穆眇眇之無垠兮莽芒芒之無儀聲有隱而相感兮物有純而不可為俶匹也或曰俶猶傺也言已之愁思隱而相感其良大幽深不可為蒙也夸有隱而相感一意其可以寤於君心也物有純而不可為則其心於彼而不可變矣不可為如言疾不可為之意邈漫漫之不可量兮縹綿綿之不可紆愁悄悄之常悲兮翩冥冥之不可娛淩大波而流風兮託彭咸之所居紆迴也綿綿細也藐遠也翩翩疾飛也冥冥遠去也流猶隨也淩波隨風而流從彭咸又自沈之意也上高岩之峭岸兮處雌蜺之標顛據青冥而攄虹兮遂儵忽而捫天吸湛露之浮涼兮漱凝霜之雰雰依風穴以自息兮忽傾寤以嬋媛蜺虹也標抒也顛頂也攄舒也捫撫也湛厚也雰雰散貌風穴風從地所寤傾倒而覺寤也嬋媛已見前大率悲感流連之意也馮崑崙以瞰霧兮隱岐山以清江憚涌湍之磕磕兮聽波聲之洶洶

遥以自恃傷太息之愍憐兮氣於邑而不可止糺思心以為纕兮編愁苦以為膺折若木以蔽光兮隨飄風之所仍糺吉反○糺戾也纕已見騷經編結也膺謂絡胸者也光謂日之光也仍因也言欲蔽之意也言欲自晦而隨俗也存彷彿而不見兮心踊躍其若湯撫珮衽以案志兮超惘惘而遂行彷彿謂形似也撫指君而言也衽裳際也歲曶曶其若頹兮時亦冉冉而將至薠蘅槁而節離兮芳已歇而不比曶音忽薠亦作蘋○時謂衰老之貌也節離草枯則節斷也比合也憐思心之不可懲兮證此言之不可聊寧溘死而流亡兮不忍此心之常愁聊賴也孤子唫而抆淚兮放子出而不還孰能思而不隱兮昭彭咸之所聞唫歎也抆拭也無父曰孤放逐也昭明也登石巒以遠望兮路眇眇之默默入景響之無應兮聞省想而不可得巒山小而銳曰巒省想謂所見聞不能無而但可省記思想者也愁鬱鬱之無快兮

其案也苦涉虛偽則已不能久矣鳥獸鳴以號群兮草苴比而不芳魚葺鱗
以自別兮蛟龍隱其文章故荼薺不同畝兮蘭茝幽而獨芳
苴苦草也葺整治也荼苦菜也薺甘菜也言秋冬向寒鳥林鳴號以求群類則草已故矣雖比合之亦不能有芬芳之
亂魚正治其鱗以自別異則蛟龍隱其文章以避之皆言時勢之不同如囬風既起則蕙不得不隕其性也蓄荼苦甘
苦不同生而蘭茝雖處幽僻而能自芳也亦其情之不可蓋者而非有慮偽之飾也惟佳人之永都兮
更統世而自貺眇遠志之所及兮憐浮雲之相羊介眇志之
所惑兮竊賦詩之所明更平聲羊一作佯惑一作感一作或〇離人貺自謂也都美也貺賜也相羊也惑世離先
世之讒嫉得世也自貺謂已得續其官職也相羊并之見因自言其志之高遠身要何而不能有合於世是以嗟其志
不能既賦而遂賦詩以明之也惟佳人之獨懷兮折若椒以自處曾歔欷之
嗟嗟兮獨隱伏而思慮涕泣交而淒淒兮思不眠以至曙終
長夜之曼曼兮掩此哀而不去寤從容以周流兮聊逍

秉德無私參天地兮側閉閑俗願歲并謝與長友兮淑離不淫梗

其有理兮并謝言猶永謝也歲共謝而長友則是終身友之矣淑善也離如離立言孫特也梗強也年歲

雖少可師長兮行比伯夷置以為像兮年歲雖少古有本性自少而然非積習勉

強也伯夷孤竹君之長子也父欲立少子叔齊叔齊讓伯夷伯夷又不肯受凡弟齊旺俱去之及武王伐紂伯夷叔齊扣

馬而諫左右欲殺之太公不可引而去之遂不食周粟而餓死言橘之高潔可比伯夷宜立以為像而效法之亦因以自

許也

右橘頌

悲回風之搖蕙兮心冤結而內傷物有微而隕性兮聲有隱

而先倡回風旋轉之風也亦上篇悲秋風動容之意言秋令已行微物凋隕風雖无形而宗兆為之倡也世之治

乱道之興廢亦猶是矣夫何彭咸之造思兮暨志介而不忘萬變其情

豈可蓋兮孰虛偽之可長回回風之有宗而搖蕙遂以感彭咸之志雖巧變而不可易亦以其有

右惜往日

后皇嘉樹橘徠服兮受命不遷生南國兮徠古來字○后皇備指楚王也嘉善好也言楚王喜好草木之樹而橘生其土也沃書江陵千樹橘楚地正產橘也受命不遷訖所謂橘踰淮而化為枳也舊說屈原自比志節如橘不可移徙是也篇內言皆放此深固難徙更壹志兮綠葉素榮紛其可喜兮榮一作華○以其受命獨生南國故壹志而難徙橘葉青華白紛然盛而可喜也曾枝剡棘圓果摶兮青黃雜糅文章爛兮曾重累也剡利也果草木之實可食者也摶圜也同青未熟時黃已熟時也先後雜糅文章爛然也精色內白類任道兮紛縕宜脩姱而不醜兮精色外色精明也內白內懷素白也外精內白似有道也紛縕盛皃嗟爾幼志有以異兮獨立不遷豈不可喜兮爾指橘也幼志言自幼而已有此志也其本性然也自此以下專言義以明己志深固難徙廓其無求兮蘇世獨立橫而不流兮補日凡每世避徙者皆有求也吾之志異世莫得以傾之者無求於彼故也蘇更生閉心自慎終不過失兮

治之芬若兮嫫母姣而自好雖有西施之美容兮讒妒入以
自代佳一作娃嫫音謨◇若杜若也冶妖冶女態嫫母黃帝妻皃甚醜姣妖媚也西施越之美女句踐得之獻吳王
願陳情以白行兮得罪過之不意情冤見之日明兮如列宿
之錯置冤一作究宿音秀◇白明也自明其行之無罪也不意出於意外也情冤情實與冤枉猶言曲直也列宿
錯直言其光猶而明白也乘騏驥而馳騁兮無轡銜而自載乘氾泭以下
流兮無舟檝而自備背法度而心治兮辟與此其無異騏驥擬王
逸解為駑馬◇轡馬韁銜馬勒也載乘也氾泭編竹木以度水者也既無騏驥而但乘駑馬又無轡銜身御者而自乘載
既無舟艤而但乘氾泭又無維楫與舟人而自為備禦其亦可謂危矣背法度而以私意自為治者與此無以異也寧
溘死而流亡兮恐禍殃之有再不畢辭以赴淵兮惜廱君之
不識識音志◇不死則恐邦其淪喪而身為臣僕故曰禍殃有再箕子之憂蓋如此也識記也設若不盡其辭而赴淵
然以死則上官靳尚之徒廱君之罪惟當記之耶其為後世君臣之戒可謂深切著明矣

奚以百里奚爲秦繆公夫人媵百里奚亡走宛楚之鄙人執之繆公聞其兵以五羖皮贖之叙其因身播国事大説授以国
政号曰五羖大夫伊吕寗戚事見離騷天問吳信讒而弗味兮子胥死而後憂介
子忠而立枯兮文君寤而追求封介山而爲之禁兮報大德
之優游思久故之親身兮因縞素而哭之味譬之食物旦嚐而審其美惡也子
胥事見涉江介子名推文君晉文公也文公爲公子遭驪姬之讒而出奔介子推從行道之食子推割股肉以食文公文
公得国賞從行者不及子推子推入綿上山中文公寤而求之子推不出文公因燒其山子推抱樹自燒而死文公遂封
綿上之山号曰介山禁民樵採使奉子推祭祀以報其德又変服而哭之優言其德之大也親身切於己身謂割股也縞
素白緻繒也或忠信而死節兮或訑謾而不疑弗省察而按實兮
聽讒人之虛辭兮與澤其雜糅兮孰申旦而別之一說自篇首至此爲一
節何芳草之早殀兮微霜降而下戒諒聰不明而蔽壅兮使
讒諛而日得得ニ志也自前世之嫉賢兮謂蕙若其不可佩妬佳

弗思信讒諛之溷濁兮盛氣志而過之虛空言也惑誤欺而誤之也然猶畏之也

一作撒則公肆淫罔无所憚矣王逸曰專擅恩威擅主權也[illegible]聽戲弄若博九也此言得之失過之猶所謂督過之也

何貞臣之無辠兮被讒謗而見尤慙光景之誠信兮身幽隱

而備之辠一作罪讒一作難◇无罪見尤慙見光景故竄身於幽隱然亦不敢不為之備也臨沅湘之

玄淵兮遂自忍而沈流卒沒身而絕名兮惜廱君之不昭廱

廱字◇言沈流之後沒身絕名不足深惜但惜此壅人之罪遂不昭著耳此原所以忍死而有言也其亦可悲也哉

君無度而不察兮使芳草為藪幽焉舒情而抽信兮恬死亡

而不聊獨鄣廱而蔽隱兮使貞臣而無由金從不察王逸曰上無檢押以知下

也肥日无節於內者其察物不省矣此之謂也藪幽藪澤之幽暗也恬安也言安於死亡不苟生也死而无路可行也

聞百里之為虜兮伊尹烹於庖廚呂望屠於朝歌兮甯戚歌

而飯牛不逢湯武與桓繆兮世孰云而知之晉獻公虜虞君其大夫百里奚

也獨煢煢而南行兮思彭咸之故也罷讀作疲◇畫胡卦切懷沙章畫之畫同

右思美人

惜往日之曾信兮受命詔以昭時奉先功以照下兮明法度之嫌疑時謂時之政治也言往日嘗見信於君而受命以昭明時之政治也先功謂先君之功烈也嫌疑謂事有同異者嫌而可國富強而法立兮屬貞臣而日娭秘密事之載心兮雖過失猶弗治屬音燭娭音嬉同治如字平声◇屬付也貞臣正固之臣原自謂也日娭所謂逸於樂也以國所权之密事皆載於其心雖有過失猶寬而不治其罪也心純庬而不泄兮遭讒人而嫉之君含怒以待臣兮不清澂其然否庬厚也泄漏也謂不敢漏泄其君事也讒人謂上官大夫靳尚之徒也清澂猶審察也史記云懷王使屈原造為憲令屬草稾未定上官大夫見而欲奪之屈原不與因讒之曰王使屈平為令衆莫不知每一令出平伐其功曰非我莫能為也王怒而疏屈平即此事也◇蔽晦君之聰明兮虛惑誤又以欺弗參驗以考實兮遠遷臣而

時世解篇薄與雜菜兮備以為交佩佩繽紛以繚轉兮遂萎絕
而離異吾且儃佪以娛憂兮觀南人之變態竊快在其中心
兮揚厥憑而不竢芳與澤其雜糅兮羌芳華自中出萹〻蓄也赤莖
好生道旁萹兼也交佩左右佩也萹蓄雜菜皆非芳草故去之二物而以萹蓄備為交佩也繚繞也繽紛繚轉言佩之美也
且復忘憂以觀變態又樂其所守於中而先待於外則其芬芳自從中也紛郁郁其遠蒸兮滿內
而外揚情與質信可保兮羌居蔽而聞章郁〻盛也蒸芳氣遠聞也此承上
章芳華自中出遂言其郁〻遠蒸皆由情質誠實可保故所居雖蔽而其名聞則章也令薜荔以為理
憚舉趾而緣木因芙蓉而為媒兮憚褰裳而濡足內美既足恥人介紹
以為先容而託以有憚也登高吾不說兮入下吾不能固朕形而不服兮
然容與而狐疑說音悅◇道既不行欲上處下亦無所適而可形體蹇而不服心猶介而使然也廣遂
前畫兮未改此度也命則處幽吾將罷兮願及白日之未暮

媿毋愧同◇玄鳥致詒事見天問此因上章故鳥鄭當而上感高辛之事亦愧不能易初而屈志也獨歷年而

離愍兮羌馮心猶未化寧隱閔而壽考兮何變易之可為馮与

憑同馮憤懣也雖隱閔壽坐終不能變易其初心也考知前轍之不遂兮未改此度車

既覆而馬顛兮蹇獨懷此異路此言道之不可行而不能改其度雖至於車覆馬仆而猶

仰依其所由之道不肯同於衆人也勒騏驥而更駕兮造父為我操之遷逡次

而勿驅兮聊暇日以須旹指嶓冢之西隈兮與纁黃以為期

更平声旹古時字嶓音波◇造父善御周穆王時人操之執書也迁猶進也逡次猶逡巡也嶓冢山名沃水所出也見禹

貢纁淺絳也日將入時色纁而黃也以馬既顛故更駕駿馬使善御者執其轡逡巡而不輕往也期於荒僻絕遠之地以

䓁日之力而自休焉蓋知此路之不可由而欲遂去以娛餘也開春發歲兮白日出之悠悠

吾將蕩志而愉樂兮遵江夏以娛憂擥大薄之芳茝兮搴長

洲之宿莽惜吾不及古之人兮吾誰與玩此芳草不及謂生不及其同

不可謂兮按此四句若依交移着上文懷質抑情之上而以下章死不可讓願勿愛兮承余何畏懼之下文意亢而貫但交於此又再出泯是後人因放說加也知死不可讓願勿愛兮明告君子吾將以為類兮補曰屈子以為知死之不可讓則舍生而取義可也所惡有甚於死者豈復愛此七尺之軀哉類法也以此言為法也

右懷沙言懷抱沙石以自沈也

思美人兮擥涕而竚眙寄意於君也擥收眙者直視也媒絕路阻兮言不可結而詒美人說見上篇蹇蹇之煩冤兮陷滯而不發申旦以舒中情兮志沈菀而莫達上路阻而言陷滯不發方以將感焉喻也申旦言今日但合明日又旦也蔑積也願寄言於浮雲兮遇豐隆而不將因歸鳥而致辭兮羌迅高而難當亦承上章陷滯而言因雲致辭則雨師不听欲因鳥致辭則鳥又高而難値也高辛之靈晟兮遭玄鳥而致詒欲變節而從俗兮媿易初而屈志

弓史離慜而不遷兮願志之有像慜史作湣像史作象◇違過也像法也弥於為諱而不以
憂患改其節欲其志之可為法也進路北次兮日昧昧其將暮舒憂娛哀兮
限之以大故舒史作舍娛作吳◇言將北以卻而日暮不得前也於是將欲舒憂以娛哀而念人生幾何
死期將至其限不可得而越也有亂曰浩浩沅湘分流汨兮脩路幽蔽道遠
忽兮史逐句兮字自此至篇末並同汨音骨水流兒又音鶻涌波也蔽史作拂此下史有曾唫恒悲兮永歎慨兮世
既莫吾知兮心不可為兮四句浩浩廣大也汨流兒脩長也懷質抱情獨無匹兮伯樂
既沒驥焉程兮史驥下有將字匹當作正◇既正身并揣无正之正之意同伯樂善相馬者也程揆
揆量也民生稟命各有所錯兮定心廣志余何畏懼兮史有一作万民
之生◇錯置也言民之生莫不稟命於天而賦其氣之長短厚薄以為壽夭窮達之分因各有置也之所而不可易也
者不能使之凶凶者不能使之吉也是以君子之處患難必定其心而不使為外物所動擴其志而不使為細故所
挾隘則無所畏懼而能安於所遇耳曾傷爰哀永歎喟兮世溷濁莫吾知人心

楚辭卷之二　三十

日瞍雛婁古之明目者也曚矇之也瞽盲者也變白以為黑兮倒上以為下鳳皇在
笯兮鷄鶩翔舞鶩昔木笯籠落也同糅玉石兮一槩而相量夫惟党
人之鄙固兮羌不知余之所臧糅槩平斗斛木也任重載盛兮陷滯而
不濟懷瑾握瑜兮窮不知所示盛多也陷没也滯留也濟渡也此言重車陷濘而不得度
在衣為懷在手為握瑾瑜美玉也不知所示人皆不識光明示者也邑犬群吠兮吠所怪也非
俊疑傑兮固庸態也非毁也知過千人謂之俊十人謂之傑庸廝賤之人也文質疏內
兮衆不知余之異采材朴委積兮莫知余之所有文質其文不豔也蹤
疏闊也內木訥也異采殊異之文采也材木中用者也朴未斲之質也委積言其多有唯異所用之而世之人莫之知也
重仁襲義兮謹厚以為豐重華不可遻兮孰知余之從容襲亦
重也豐猶富足也遻遇也也從容舉動自得之意古固有不並兮豈知其何故湯禹久
遠兮邈而不可慕古有不並言聖矣不並時而生也懲違改忿兮抑心而自

右抽思以篇內小歌二字為名

滔滔孟夏兮草木莽莽傷懷永哀兮汩徂南土滔滔水流盛大皃莽莽茂

盛皃汩行皃徂南土泝沅湘也眴兮杳杳孔靜幽默鬱結紆軫兮離慜而長

鞠撫情效志兮冤屈而自抑眴目數搖動之皃杳杳深冥之皃孔甚也志无声也紆屈也軫

痛也離遭也愍痛也鞠窮也撫循也效校覈也抑按也言无情覈志无有過失則屈志自抑而不懼也刓方以

為圜兮常度未替易初本迪兮君子所鄙章畫志墨兮前圖

未改刓圓削也度法也替廢也言欲變心從俗而常法未廢刓能迻變也易初謂變易初心也本迪未詳章明也志

念也墨謂繩墨言譬之工人章明所畫之繩墨而念之不忘者亦以前人之法度未改法也內厚質正兮

大人所晠巧倕不斲兮孰察其撥正厚史作直正史作重皆非是∘所晠所盛美也

倕書作垂倕巧舜命以為共工斲斫也撥度也即上章所謂畫也玄文處幽兮矇瞍謂之不

章離婁微睇兮瞽以為無明處幽史作幽處∘玄墨也幽冥也有眸子而無見曰矇无眸子

也一夕九逝思之切也曾不知路之曲直兮南指月與列星願徑逝而不得兮魂識路之營營營營一作煢煢◇言初不識路然欲去而又未得者以魂識路而營營獨往也何靈魂之信直兮人之心不與吾心同理弱而媒不通兮尚不知余之從容言靈魂忠信而貞直不知人心之異故雖得啟而死弃道違之者又安能知我之從容而不變乎亂曰長瀨湍流泝江潭兮狂顧南行聊以娛心兮湍流亦作流湍也◇瀨淺流湍急流逆流而上曰泝潭深淵也任顧憂懼而驚視也自江入湖自湖入湘皆泝流南行也軫石崴嵬蹇吾願兮超回志度行隱進兮軫石未詳超回隱進亦不可曉今皆闕之低佪夷猶宿北姑兮煩冤瞀容實沛徂兮瞀音茂◇北姑蓋地名瞀容瞀亂之意見於容貌也宗沛徂誠欲沛然如水之流去也愁嘆苦神靈遙思兮路遠處幽又無行媒兮魂靈也道思作頌聊以自救兮憂心不遂斯言誰告兮一无以字◇道思若且行且思也微解也

礼所說國君行礼而視之等節之类是也極至也全到也視彼像似而必欲求到其極則近聞而雜亂者矣一善不

由外來兮名不可以虛作孰無施而有報兮孰不實而有穫

京當作虛◇此四語者明白親切不煩解說前聖格言不過如此不可但以詞賦讀之也少歌曰與美

人之抽思兮并日夜而無正憍吾以其美好兮敖朕辭而不

聽敖舟傲同所平声◇少歌乐章音節之名荀子有佹詩亦有小歌即此类也抽拔也思意也并日夜言旦莫如一也正正无舟平其是非也敖倨傲也倡曰有鳥自南兮來集漢北好姱佳麗兮牉

獨處此異域既惸獨而不羣兮又無良媒在其側道卓遠而

日忘兮願自申而不得望北山而流涕兮臨流水而太息倡儀

日唱牉見惜誦卓一作逴忘一作未北山一作萃山流一作深◇倡亦歌之音節所謂發歌句者也鳥蓋自喻辭原自生於

夔峽西仕於郢是自南而集於漢北也望孟夏之短夜兮何晦明之若歲惟郢

路之遼遠兮魂日夕而九逝憂不能寐故望孟夏之短夜而冀其易曉也晦明若歲之未曉

自察兮心震悼而不敢悲夷猶而冀進兮心怛傷之憺憺音同

閑憺徒敢反◇同閑暇也莊子曰今日宴閑察明也怛悲慘
也憺〻安靜意謂欲承君之閒暇以自明而不敢然又不能
自已故夷猶欲進而心復悲傷遂靜然而不敢言也視此則
知歷原事君惓〻之意蓋抒滯至豈乐以婞直犯上而取名

者武

茲歷情以陳辭兮蓀詳聾而不聞固切人之不媚兮衆果

以我為患

茲歷一作歷茲詳音佯与佯同◇歷猶列也詳誅
也切人不媚言懇切之人不能軟媚君或來怒而

衆已病之蓋
惡其傷已也

初吾所陳之耿著兮豈不至今其庸亡何獨樂

斯之謇謇兮願蓀美之可完

獨乐王逸作耆葉而無斯字完
一作光◇耿明見庸何用也左

傳曰晋其庸可望乎言昔吾所陳之言明白如此豈不至今
猶可棄視而何用乃亡之耶衆吾非衎乐為此謇〻而不乐

焉願從也但以願君之德善猶可復全是以不得已
而為此耳所謂尚幸君之一寤者如此其志切矣

望三五

以為像兮指彭咸以為儀夫何極而不至兮故遠聞而難虧

二五一作前聖◇三五謂三皇五帝或曰二王五伯也像謂
肖古人之形而則其象也儀謂以彼人為法而效其儀如儀

之方長一無心字悲秋風之動容兮何回極之浮浮數惟[?]
怒兮傷余心之懮懮悲一作[?]一有夫字數所角反蓀一[?]音[?]反◇秋風動容謂秋風起而[?]
[?]也回極[?]未詳所謂或疑回極指天極回旋之[?]言其運轉之速而不可等亦未知其是否也大氐
篇用字立語多不可解甚者今皆闕之不敢強爲之詳也惟思也蓀說見騷經蓋寓意於君也懮愁也言
之君多妄怒刑罰不中使余心憂也願遙赴而橫奔兮覽民尤以自鎮[?]
[?]過也鎮[?]也矯[?]也[?]而察其有罪之宗廟以自[?]以陳詞兮矯以遺夫美人
則又愈見其怒之不當而可憂益甚故結情於詞以告君也美人已見騷經亦寄意於君昔君與我誠[?]
兮曰黃昏以爲期羌中道而回畔兮反既有此他志成一[?]誠曰[?]
作日◇成言黃昏說見騷經言君許已始親而後悔也憍吾以其美好兮覽余以其脩
姱與余言而不信兮蓋爲余而造怒憍[?]反驕同覽一作鑑蓋一作[?]◇[?][?]也莊子
曰虛憍而■氣覽示也姱好也言君自多其能言又非宗本無可怒但以惡我之故爲我作怒也願承閒而

[?]辭卷之二

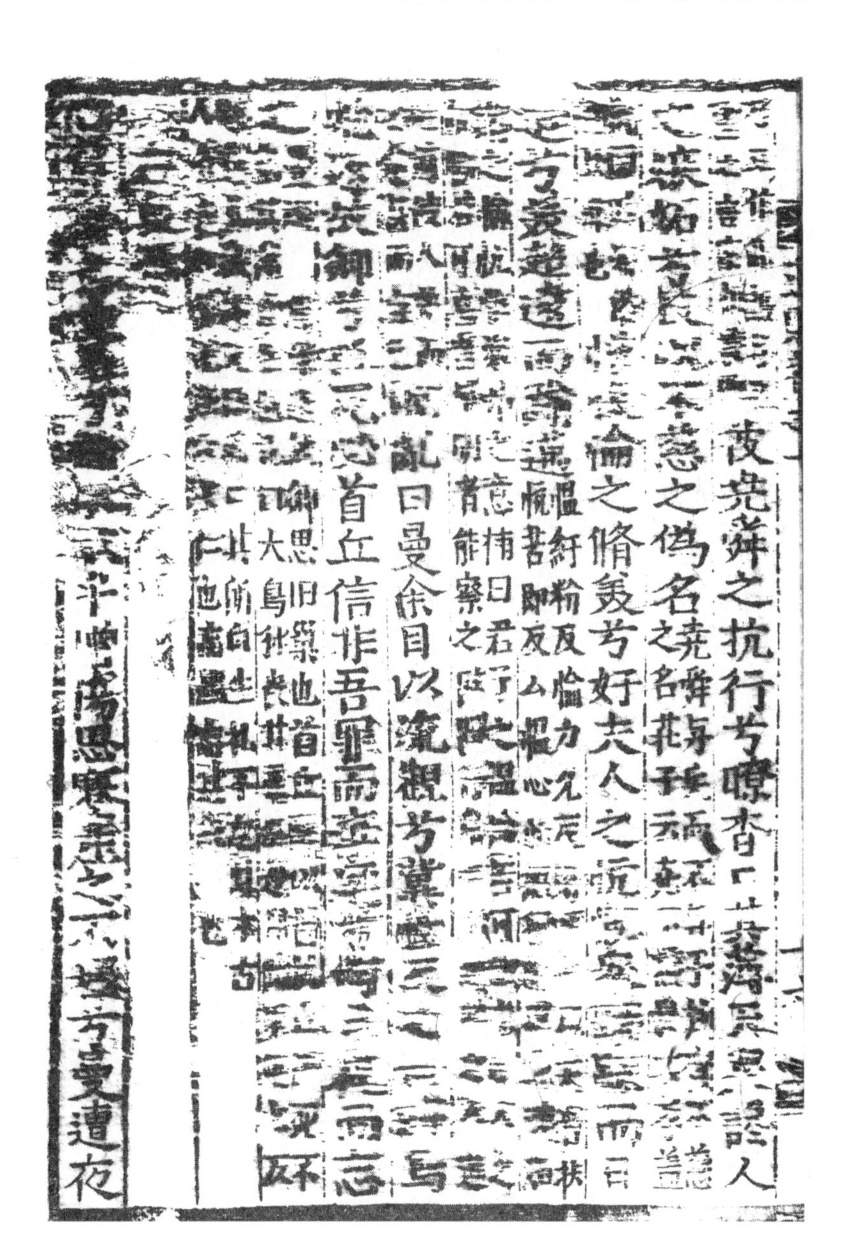

丘兮孰兩東門之可蕪蕪音吸陵陽未詳或渫渫宜涯也是始南渡大江矣夏大屋也丘荒也也舊説兩東門郢都東門有二門也蕪穢也言楚王曾不知郢邑宮殿之夏屋當為丘墟矣不知兩東門所荒王所設頃守國者宜可使至於丘墟耶王二十一年秦遂拔郢而楚徙陳不知在此後幾年也心不怡之長久兮憂與憂其相接惟郢路之遼遠兮江與夏之不可涉[illegible]慢然其一作之[illegible]求也夏[illegible]陂首尾如一[illegible]誤已也忽若去不信兮至今九年而不復慘鬱鬱而不通兮蹇侘傺而含慼一叶去字或作惡去字上下有脫誤○補註兮原初從於懷王十六年至十八年復召用之三十年秦約懷王與會屈原諫止之不從懷王遂死于秦頃襄王立復放於江南此云九年不復不知的在何時也外承歡之汋約兮諶荏弱而難持忠湛湛而願進兮妬被離而鄣之汋音綽諶市林反荏音稔湛徒減反被音披○汋約好貌諶誠也荏弱弱也諶一作甚好貌被離亦盛貌鄣壅也言外為諂説以奉君之美情態美好誠使人心意歡悅然弱而不能自持是以惝怳忠者為所嫉妒而壅塞不得進此章言容郢故之思與精切讀者宜深味之則知使[illegible]所以

浮不進之而自流也竜門楚都南關三門一名龍門一名脩門回望而不見都門則其悲愈甚矣心嬋媛而

傷懷兮眇不知其所蹠順風波而流從兮焉洋洋而為客其一

作余一年其字雖一作宅焉如字◇嬋媛而見於前篇也眇猶遠也蹠踐也華口舌所餘見夌陽侯之氾

濫兮忽翺翔之焉薄心絓結而不解兮思蹇產而不釋泥字芃見

薄音博絓音卦◇夌乘也陽侯陽国之侯也溺死於水其神能為大波氾濫波皃薄止也絓懸也蹇產詰曲皃將運

舟而下浮兮上洞庭而下江去終古之所居兮今逍遙而來

東上蹠掌反下遷嫁反◇終古亦同見前篇羌靈魂之欲歸兮何須臾而忘反背

夏浦而西思兮哀故都之日遠羌一作嗟◇嘆未過夏浦也故背之而西鄉以思郢

登大墳以遠望兮聊以舒吾憂心哀州土 樂兮悲江介

之遺風樂音洛介一作界◇水中高者曰墳詩汝墳是也望郢都也平樂地寬博而人富饒也介間也遺風謂先

故家遺俗之善也當陵陽之焉至兮淼南渡之焉如曾不知夏之為

右涉江此篇多以余吾並稱詳其文意余平而吾倨也

皇天之不純命兮何百姓之震愆民離散而相失兮方仲春而東遷純不雜而有常也震動也愆過也仲春二月陰陽之中冲和之氣人民和樂之時也屈原被放特適會此時人民離散而原亦在行中閔其流離因以自傷盖所敘咎而歎皇天之不純其命不能福善禍淫相收民而使之當此和樂之時而遭離散之苦也去故鄉而就遠兮遵江夏以流亡出國門而軫懷兮甲之鼂吾以行遵循也江大江也夏水名或以爲自江而別以通于漢還復入江冬竭夏流故謂之夏而其入江處今名夏口即詩所謂江有沱也軫痛也甲日也鼂旦也原自言其以甲日朝旦而行也發郢都而去閭兮怊荒忽其焉極楫齊揚以容與兮哀見君而不再得郢都在漢南郡江陵縣閭里門也齊揚同舉也容與徘徊也言哀楫者亦不欲去知己之忠亡於君也望長楸而太息兮涕淫淫其若霰過夏首而西浮兮顧龍門而不見楸音秋太一作歎○楸梓也長楸所謂故國之喬木使人顧望徘徊不忍去也淫淫下流貌夏首夏水口也

能變心以從俗兮固將愁苦而終窮乐洛音接輿髡首兮桑扈臝行忠不必用兮賢不必以伍子逢殃兮比干菹醢髡音坤臝一作裸◇接輿楚之狂也被髮佯狂後乃自髡桑扈即莊子所謂子桑户裸行謂赤体而行也或曰論語所謂子桑伯子亦是此人蓋夫子称其簡家語云伯子不衣冠而处夫子譏其欲同人道於牛馬仰此裸行之謂也以亦用也伍子吳相伍貟子胥也諫夫差令伐越不听被殺盛以鸱夷而浮之江事見左傳史記比干事見騷經天門與前世而皆然兮吾又何怨乎今之人余將董道而不豫兮固將重昏而終身董正也不豫見惜誦重昏重懮暗昧終不復見光明也亂曰鸞鳥鳳凰日以遠兮燕雀烏鵲巢堂壇兮坍式付反◇比也言仒兵近去而讒佞見親也露申辛夷死林薄兮腥臊並芳不得薄兮得薄之薄音博◇比也露申未詳叢木日林草木交錯日薄腥臊臭惡也御薄附也言汚臊並進而芳潔不容也陰陽易位時不當兮懷信侘傺忽乎吾將行兮此而賦也陰謂小人陽謂君子將行謂將逝去也

山皐邸余車兮方林 欸音哀一作邸 ◇ 鄂渚地名今鄂州 也欸欸也方言云南楚謂愁爲欸沃亞
父曰唉及虙人欸乃皆此方也即至也一 作低者識見佗也輭既低不方杯地名 乘舲船余上沅兮
齊吳榜而擊汰船容與而不進兮淹回水而凝滯 舲音令上吳時一
掌友榜北孟反又音詩汰音泰凝一作疑◇舲船有窗牖者 或曰小船也上謂泝流而上也音同時並取也吳謂吳國
櫂也蓋效吳人所謂之櫂如云越舲蜀艇也汰 水波也船不進而凝滯留落之意亦戀恨都也 朝發枉陼兮
夕宿辰陽苟余心之端直兮雖僻遠其何傷 陼一作渚之一作其僻一作辟
其一作之◇枉陼辰陽皆地名水經云沅水東逕 辰陽縣東南合辰水沅水又東逕小渚謂之枉陼 入漵浦余儃
佪兮迷不知吾所如深林杳以冥冥兮乃猨狖之所居 儃佪
一作邅迴杳下一有杳字一作晦冥冥一作冥冥 晦字以下皆非是猨狖見前篇◇漵浦亦地名 山峻高以
蔽日兮下幽晦以多雨霰雪紛其無垠兮雲霏霏其承宇 垠音
銀◇霰雨雪雜如珠將 雪者也宇屋簷也 哀吾生之無樂兮幽獨處乎山中吾不

所以處也遠身所以避害

右惜誦 此篇全用賦体無他奇託其言明切最為易曉而其言作忠造怨遭讒畏罪之意曲盡彼此之情状

為君臣者皆不可以不察

余幼好此奇服兮年既老而不衰帶長鋏之陸離兮冠切雲之崔嵬 鋏古挾反冠去声◇奇服奇偉之服以喩高潔之行下冠緌被服皆是裝飾也鋏劍把或曰刀身劍鋒也 長鋏見史記切雲當時高冠之名 被明月兮珮寶璐世溷濁而莫余知兮吾方高馳而不顧駕青虬兮驂白螭吾與重華遊兮瑤之圃 璐音路知下一在兮字顧下有兮字皆非是◇在背曰被明月珠名以其夜光有似明月故以為名璐美玉名表靈物從聖[illegible]遊室所皆觀其者行之高潔 登崑崙兮食玉英吾與天地兮比壽與日月兮齊光哀南夷之莫吾知兮旦余將濟乎江湘 登崑崙言所至之高食玉英言所養之潔南夷謂楚國也 乘鄂渚而反顧兮欸秋冬之緒風步余馬兮

譖也言讒賊之人陰設機械張布罔罔傷害君之所愛以猶君也言使人憂懼踧欲側身以避之猶恐無止泊處也欲

儃佪以干傺兮恐重患而離尤欲高飛而遠集兮君罔謂女

何之儃知然方◇儃佪不往兒干傺謂求住也重增益也雖遭也集鳥飛而下止也謂遠遭也如此則又恐君得死

講女欲去我內何往乎欲橫奔而失路兮盖堅志而不忍背膺牉以交

痛兮心鬱結而紆軫一無盖字堅志一作吉堅背音貝牉音判結一作約◇橫奔失路妄行違道之

兒也膂背也牉中分也禮傳曰夫妻牉合也言欲妄行違道則吾志已堅而不忍為通上章三者皆不可為則背膂一体

而中分之其交為痛之有不可言者矣擣木蘭以矯蕙兮糳申椒以為糧播江

離與滋菊兮願春日以為糗芳矯一作撟糳即各反◇擣眷也矯矯撟也糳精細米也擣

種也滋見騷經糗飯屑也春曰新蔬未可食即且以此為糗而又不忘其芳香言不可變其素守也恐情質之

不信兮故重著以自明矯茲媚以私處兮願曾思而遠身質音

致一作至重直用反思去声◇質猶交質之質撟柔也媚愛也謂所嚴之道所守之節也私处謂曰自娛也曾重也曾思

細切為齏或曰擣薑蒜辛物為之者也階梯也蓋羹熱而齏冷有人懲羹而太熱其心懲吝後見今齏猶恐其熱而吹之
以喻前常情既以忠言得罪即暗自懲忌過為阿曲而我今尚欲釋階而登天則是不自懲忌而猶有前日忠且直之意也
衆駭遽以離心兮又何以為此伴也同極而異路兮又何以
為此援也伴侶也極至也援引也言衆人見己所為皆驚駭遑遽以離心則不與己為侶者也與衆人同事一
君而其志不同則如同欲至於一處而各行一路誰可與相援引而俱進者耶晉申生之孝子兮父
信讒而不好行婞直而不豫兮鯀功用而不就申生事見左傳礼記鯀事
見騷經並見上不吾聞作忠以造怨兮忽謂之過言九折臂而成醫
兮吾至今乃知其信然成一作為之下有良字一無至字一無信字○忽者易而略之之意人九
折臂更歷方藥乃成良吾於今乃知作忠造怨語兮誠然也左傳曰三折肱為良醫亦此意也矰弋機而
在上兮罻羅張而在下設張辟以娛君兮願側身而無所一
作罹罻音尉辟毗亦反矰音曾又繒繳射鳥短矢也弋繳射也機張以待邪也罻羅捕鳥網也辟開也與闢同或云謂弩

讀曰騷經一句差互故比亦因之耳固一作故結下一無而 字詒音怡○煩言謂煩亂之言左傳曰嘖有煩言是也騷經

曰解佩纕以結言思美人曰言不可結而詒起占者 以言寄意於入必以物結而致之如結繩之為也 退靜默

而莫余知兮進號呼又莫余聞中侘傺之煩惑兮中悶瞀之

忳忳 瞀音茂忳徒昆反○號大呼也中 重也悶煩也瞀亂也忳忳憂皃 昔余夢登天兮魂中

道而無杭吾使厲神占之兮曰有志極而無旁 杭一作航○ 杭方兩舟而

舟濟也通作航厲神蓋殤鬼也左傳晉侯夢大厲祭法有泰 厲公厲族厲主殺伐之神也旁輔也而夢登天而無航者其

占為但有心志勞 極言無輔助也 終危獨以離異兮曰君可思而不可恃故

眾口其鑠金兮初若是而逢殆 終危猶以雖異異然始者占 夢者之言也君可思者臣子

之義也不可恃者其明暗賢否所遇有不同也衆口鑠金美 金見毀衆其疑之殺被燒煉以至銷鑠也殆危也言初以君

為可恃故被衆毀 之而遠危殆也 懲熱羹而吹齏兮何不變此志也欲釋階

而登天兮猶有曩之態也一 作懲熱於羹而吹者字亦通齏 作齏並音齊○齏凡醯醬所和

當報者

壹心而不豫兮羌不可保也疾親君而無他兮有招禍之道也

不豫言未決不猶豫也不可保言君若不察則必爲衆人所害也疾猶力也與上文專惟君之語同力許

親君而無私交所招禍之媒

思君其莫我忠兮忽忘身之賤貧事君而不貳兮迷不知寵之門

忠一作知而一作其◇言我思君意當謂盡臣莫有忠於我者則是貴近之臣皆不能致其身矣故忘己之賤貧而欲自進以効其忠然其進也亦但知盡心以事君而已固不慮貳心以求寵也是以視衆人之遇寵而心若迷惑不知其所從入之門也

忠何辜以遇罰兮亦非余之所志也行不羣以顛越兮又衆兆之所咍也

辜一作罪以一作而咍呼來反◇哈一作笑楚語也言無罪於逐本非臣子夙心所期望但以行不羣而至此遂爲衆所笑耳

紛逢尤以離謗兮謇不可釋也情沈抑而不達兮又蔽而莫之白也

紛亂皃尤過也謇詞也釋解也沈沒也抑按也白明辯也

心鬱邑余侘傺兮又莫察余之中情固煩言不可結而詒兮願陳志而無路

心一作忱中情以韵叶之當作善恶字之當以去声

兮命咎繇使聽直命一作會使一作以○此皆指天自誓之詞欲使上天命此衆神察其是非曰詞

名山大川羣神羣祀先王先公也五帝五方之帝以位者太一之佐也折中謂事理有不同者執其兩端

之若史記所謂六共折中於夫子是也六神日月星暑也嚮對也服ヒ罪之詞也書所謂五刑有服者也

名山大川之神也御侍也咎繇舜士明五刑者也聽直聽其詞之曲直也竭忠誠而事君兮

反離羣而贅肬忘儇媚以背衆兮待明君其知之儇許音尤○尤贅一

外之餘肉莊子所謂附贅懸肬者是也儇利也媚說言盡忠以事君反為不盡者所輕視之如肉外之餘肉

忘儇媚之態以聘遠行者猶存明君之思耳言與行其可迹兮情與貌其

不變故相臣莫若君兮所以證之不遠言人臣之言行既可蹤跡內情外貌又難

而入君日以其身親身之接宜其畢能察夫忠邪之等所以驗之不在於遠也左傳曰知子莫若父知臣莫若

也此之吾誼先君而後身兮羌衆人所仇也專惟君而無他

兮又衆兆之所讎也一無也字一作人○誼與義同怨甚曰仇惟思念也百巧曰讎謂怨之

軌形於聲後人輯之得其九章合為一卷非必出於一
時之言也今考其詞大氐多直致無潤色而惜往日悲
回風又其臨絶之音故顚倒重複倔強疏鹵尤憤懣而
極悲哀 之使人太息流涕而不能已董子有言為人
君者不可以不知春秋前有讒而不見後有賊而不知
嗚呼豈獨春秋也哉

惜誦以致愍兮發憤以抒情所非忠而言之兮指蒼天以為正
愍音敏○惜者愛而有忍之意誦言也致極也愍憂也憤懣也抒挹而出之也所者誓詞猶所謂所不與舅氏同心者所不與崔慶者之類也蒼天之色也正平也猶言有如白水有如上帝之類也言始者愛惜其言忍而不發以致極其憂愍之心至於不得已而後發憤懣以抒其情則又從而誓之曰所我之言有非出於中心而敢言之於口則願蒼天平己之罪而降之罰也

令五帝以折中兮戒六神與嚮服俾山川以備御

家達也帶劍挾弓猶不舍武也忠創艾也雖死而心不悔也 魂魄死者之神靈善魂神而魄靈魂氣而魄精魂陽而魄陰 魂動而魄靜生則魂載其魄々換其魂死則魂游散而歸于 天魄淪墜而歸于地也毅為鬼雄者毅然為百鬼之雄傑也

右國殤 謂死於國事者小爾雅 曰無主之鬼謂之殤

成禮兮會鼓 傳芭兮代舞 姱女倡兮容與 成一作盛姱音誇 倡音昌◇會[illegible][illegible]

疾擊鼓也芭与葩同巫所持之香草也代更也持以舞[illegible][illegible] 傳与人更用之也姱好也女倡女子為倡優也容与兮[illegible][illegible]也

春蘭兮秋鞠 長無絕兮終古 鞠一作菊◇春祠以蘭秋祠 以鞠即所傳之之芭也[illegible][illegible]

見騷經

右禮魂 禮一作祀或曰礼 魂謂以礼善終者

九章

九章者屈原之所作也屈原既放思君念國隨事[illegible]

能忘君臣之義也以是譏之則其他之郤義曲說至足言矣

操吳戈兮被犀甲車錯轂兮短兵接旌蔽日兮敵若雲矢交墜兮士爭先 吳戈一作五科植名〇戈平頭戟也犀甲以犀文爲鐵也考工記曰戟甲一曰車錯轂交迫短兵 刀劍也言戎車相迫輪轂交錯長兵不施故用刀劍以相接擊也司馬公曰弓矢圍殳矛守戈戟助凡五兵長以衛短短以救長 敵長矢交墜士爭先謂兩軍相射流矢交墜壯夫奮怒而爭先也

凌余陣兮躐余行左驂殪兮右刃傷霾兩輪兮縶四馬援玉枹兮擊鳴鼓天時懟兮威靈怒嚴殺盡兮棄原壄 陣一作陳壄古野字〇凌犯也躐踐也殪死也援挈也枹擊鼓言志愈壯也 盛也懟怨也〇嚴壯也殺猶言鏖戰摧殺也棄原野不得葬也之衆不可當也言已適值天之怨怒故皆見殺不得葬也

出不入兮往不反平原忽兮路超遠帶長劍兮挾秦弓首身離兮心不懲誠既勇兮又以武終剛強兮不可凌身既死兮神以靈魂魄毅兮為鬼雄 忽兮路一作路兮忽〇超遠言身棄平原神魂不去

三秀兮於山間石磊磊兮葛蔓蔓怨公子兮悵忘歸君思我
兮不得閒 磊魯猥反蔓莫干反閒音閑◇三秀芝草也公子即所欲留之靈脩也言采芝於山間而思此人雖
怨其不來而亦知其思我之不能忘也 山中人兮芳杜若飲石泉兮蔭松柏君
思我兮然疑作 山中人亦鬼自謂也然信也疑不信也至此又知其雖思我而不能無疑信之雜起也
靁填填兮雨冥冥猨啾啾兮又夜鳴風颯颯兮木蕭蕭思公
子兮徒離憂 靁一作雷填音田颯〻雷声冥〻雨皃啾山声猨沉属推羅也

右山鬼 國語曰木石之怪夔罔兩豈謂此耶◇今按此篇文義最為明白而說者自汨之今既章解而句釋
之美又以其託意君臣之間者而言之則言其被服之芳者自明其志行之潔也言其容色之美者自見其才之
能之高也予念予之善窈窕者言依王之治珍已也不折芳馨而遺所思者言持善道而效之君也處幽篁而不
見天者路險難而又晝晦者言見弃逐而遭障蔽也欲留靈脩而卒不至者言求有以至君之寤而俗之陷也
知公子之思我而然疑作者又知君之初未忘我而卒困於讒也至於思公子而徒離憂則窮極愁怨而終不

右河伯舊說以為馮夷其言最誕不可稽考今闕之大率謂黃河之神也

若有人兮山之阿被薜荔兮帶女羅既含睇兮又宜笑子慕予兮善窈窕若有人謂山鬼也阿曲隅也女羅兔絲也睇微眄皃羨目眄然又好口齒而宜笑也窈窕好皃以上諸篇皆為人亦神之詞以見臣愛君之意此篇鬼陰而賤不可比君故以人況君鬼喻己而為鬼媚人之語也若有人者既指鬼矣子則設為鬼之命人而子乃為鬼之自命也言人悅己之善為容也乘赤豹兮從文貍辛夷車兮結桂旗被石蘭兮帶杜衡折芳馨兮遺所思余處幽篁兮終不見天路險難兮獨後來衡一作蘅◇所思指人之悅己而已欲媚之者也幽深也篁竹叢也後來言其出之遲也表獨立兮山之上雲容容兮而在下杳冥冥兮羌晝晦東風飄兮神靈雨留靈脩兮憺忘歸歲既晏兮孰華予一云東字再有飄字◇表特也雲反在下言所處之高也神靈雨者言風起而神靈應之以雨也靈脩亦謂前所欲媚者也欲俟其至留使忘歸不歸則歲晚而無與為樂矣蓋鬼卒不來而反欲使人造其所居也采

與女遊兮九河衝風起兮横波乘水車兮荷盖駕两龍兮驂螭女讀作汝◇此亦為女巫之詞女河伯也河為四瀆長九河徒駭太史馬頰覆鬴胡蘇簡潔鉤盤鬲津也禹治河至兖州分為九道以殺其溢其間相去二百餘里徒駭最北鬲津在南盖徒駭是河之本道東出今分為八枝也衝隆也螭如龍而黄无角登崑崙兮四望心飛揚兮浩蕩日將暮兮悵忘歸惟極浦兮寤懷崑崙山名河出崑崙色白所渠二千七百一川色黄百里一小曲千里一曲一直寤覺也懷思也

魚鱗屋兮龍堂紫貝闕兮朱宮靈何為兮水中龍堂以竜鱗為堂也乘白黿兮逐文魚與女遊兮河之渚流澌紛兮將來下大鱉為黿逐從也子交手兮東行送美人兮南浦波滔滔兮來迎魚隣隣兮媵予隣一作鱗◇子河伯交手者古人將別則相執手以皃不忍相離之意唐宋間猶如此也東行順流而東也美人与予皆巫自謂也媵迎也既已別矣而波猶來迎魚猶來送是其眷〻之无已也三閭大夫還至是而始嘆君恩之薄乎

會舞應律兮合節靈之來兮蔽日 緪一作絙◇絙瑟張絃也 交鼓對擊鼓也周礼有鍾

笙舟鍾声相應之笙鈜則簫鍾舟簫步相應之鍾欲簴懸鍾 磬之木也瑤簴以美玉飾也簴竽樂器名也簴以竹為之長

尺四寸圍三寸一孔上出橫吹之灵保神巫也翾小飛軽揚 之皃曽飛也又翥飛也言巫舞工巧翾鉄若翠鳥之飛也展

詩猶陳詩也会舞猶合舞也律十二律黄鍾大呂大蔟夾鍾 姑洗仲呂蕤賔林鍾夷則南呂無射應鍾也作樂者以律和

五声之高下節謂其始終先後疏数疾徐之 節也灵來蔽日者下從之官蔽日而至也 青雲衣兮白霓

裳舉長矢兮射天狼操余弧兮反淪降援北斗兮酌桂漿撰

余轡兮高駝翔杳冥冥兮以東行 射食亦反◇青衣白裳日 出東方入西方故取其方

色以為飾也天狼星名晋志云狼一星在東井南為將上 侵地弧九星在南備盜賊淪没也降下也言日下而入太陰

之中也丑斗七星在紫宮南其杓所建周於十二辰之舍以 定十有二月斟酌元氣運平四時者也詩曰維北有斗不可以

以挹酒漿援持也杳深也冥幽也言日下太 陰不見其光杳杳冥冥言東行而復上出也

右東君 今按此日神也礼曰天子朝日於東門 之外又曰王宮祭日也漢志亦有東君

旍旌從一作竦挂息拱反◇孔蓋以孔雀翟尾為車蓋翠旍以翡翠羽為旌旗挂掃除之也彗星妖星光芒偏指如彗者也慫挺拔之意幼少也艾美好也語見孟子正平也此蓋更為衆人之詞以贊神之美言其悉靈氣歆光輝赫奕又能誅除凶穢擁護良善而宜為民之所取正也

一

右少司命按前篇注說有兩司命則彼周為上台而此則文星第四星歟

暾將出兮東方照吾檻兮扶桑撫余馬兮安驅夜晈晈兮既明暾字从日旁皎同◇暾温和而明盛也吾主祭者自吾也扶桑見離騷言吾見日出東方照我檻楯光自扶桑而來卽乘馬以迎之而夜既明也駕龍輈兮乘雷載雲旗兮委蛇長太息兮將上心低佪兮顧懷羌聲色兮娱人觀者憺兮忘歸輈車轅也龍形曲似之故以為轅雷氣轉似輪故以為車輪言乘此車以往迎日又以驟登高遠而低佪顧懷遂見下方所陳鍾鼓竽瑟聲音之美靈巫會舞容色之盛是以娱悦觀者使之安肆喜樂久而忘歸如下文之所云也絙瑟兮交鼓簫鍾兮瑶簴鳴鐻兮吹竽思靈保兮賢姱翾飛兮翠曾展詩兮

忽獨與余兮目成靑ㄷ茂盛貌言美人並會盈滿於堂而司命獨与我睨而相視以成親好此亦上二
句與下二句也至此則神降於巫而非復前章之意矣入不言兮出不辭乘回風兮載
雲旗悲莫悲兮生別離樂莫樂兮新相知辭一作詞○此爲巫言司命初与巳
善後乃往來飄忽不言不辭乘風載雲以離於我適相知而遽相別悲莫甚焉於是乃復追念始者相知之樂也荷
衣兮蕙帶儵而來兮忽而逝夕宿兮帝郊君誰須兮雲之際
儵一作倏○此亦爲巫言神之始也雖倏然不言而來今乃忽甚不辭而去而宿於天帝之郊不知其何所待於雲之際
乎猶幸其有意而顧巳也與女遊兮九河衝風至兮水揚波古本有此二句王逸亦注
注補曰此河伯章中語也當刪去與汝沐兮咸池晞女髮兮陽之阿望媺人
兮未徠臨風怳兮浩歌女讀作汝媺一作美徠一作來○咸池星名蓋天池也晞乾也怳失意皃
此復爲神語以命巫者女及美人皆指巫也言欲与女浴於咸池而望汝不至遂怳然而浩歌也孔蓋兮翠
旍登九天兮撫彗星竦長劍兮擁幼艾蓀獨宜兮爲民正旍

[illegible]兮[illegible]天結桂枝兮延竚羌愈思兮愁人 轔轔車聲鄰鄰字同詩有車麦舟言神

[illegible]愁人兮奈何願若今兮無虧固人命兮有當孰

離合兮可爲 [illegible]言貪富貴離合各有所當[illegible]缺也又言人受命而生貧富有所成合神之非人之所

[illegible]司命而理[illegible]其道者亦無如此矣[illegible]

[illegible]大司命 周禮大宗伯以槱燎祀司中司命疏引星傳云三台上台曰司命又文昌宮第四亦曰司命故

[illegible]也[illegible]司

[illegible]蘭兮麋蕪羅生兮堂下綠葉兮素枝芳菲菲兮襲予夫人

兮自有美子蓀何以兮愁苦 麋蕪芎藭苗名似蛇床而香王月間生葉作叢而莖細其葉倍

[illegible]七八月開白花羅生言二物並列而生也襲及也小司命[illegible]陽神而少卑者故爲女巫之言以接之上四句與下二句

[illegible]也夫蓀人[illegible]言彼人如左傳之言不能見夫人之心[illegible]自美子所美之[illegible]汝也蓋爲巫之自汝也言彼神之[illegible]自有所美而

苦行之若美汝何爲愁而[illegible]求其合也

[illegible]蘭兮青青綠葉兮紫莖滿堂兮美人

右湘夫人

廣開兮天門紛吾乘兮玄雲令飄風兮先驅使凍雨兮灑塵天門上帝所居紫微宮門廣開者為神將降也吾者祭者之自稱也大司命陽神而尊故但為主祭者之詞乘玄雲者知神將降而往迎之也飄風回風也凍雨暴雨也灑塵以清道也君迴翔兮以下踰空桑兮從女紛總總兮九州何壽夭兮在予君与女皆指神也回翔盤旋也空桑山名總ニ盛皃言見神既降而遂往從之何其壽夭之命在於予之威權高飛兮安翔乘清氣兮御陰陽乘猶乘車御猶御馬陰陽則無清濁之氣變化而至也有吾與君兮齊速導帝之兮九坑速整齊疾速也導導引也帝天帝也坑與岡同九坑者周禮職方氏九州之山鎮也靈衣兮被被玉佩兮陸離壹陰兮壹陽衆莫知兮余所為被ニ長皃一陰一陽猶參無有窮已也折疏麻兮瑤華將以遺兮離居老冉冉兮既極不寖近兮愈疏麻神麻也極窮也浸漸也疏遠也此以疏上而思之上應湘君卒章之意也乘龍兮轔轔高

成堂桂棟兮蘭橑辛夷楣兮葯房罔薜荔兮爲帷擗蕙櫋兮
旣張白玉兮爲鎭疏石蘭兮爲芳芷葺兮荷屋繚之兮杜衡
壇音善匊古播字本作圞橑音老罔音網〇紫匚貝也紫貝
黒点切中庭也播布也蘭木木蘭也榜椽也辛夷樹大連合花
高数叫其花初發如筆北人呼爲木筆其花最早南人呼爲
迎春楣門戶上橫梁也葯白芷葉也罔結也結以爲帷帳也爲
在南曰帷擗排也擗排蕙以爲屋櫋聯也鎭壓坐席者也石蘭
香草疏布陳也繚縛束言以杜衡繚其屋此言其水中之室
欲其芳潔
如是也
合百草兮實庭建芳馨兮廡門九嶷繽兮並迎靈
之來兮如雲
馨芳之達者廡堂下周屋也言合百草之花
以實庭中積芳馨以廡其門也九嶷山名舜所
葬也言舜使九疑山神繽紛來迎二妃而眾神從之如雲也
將築室依湘夫人以爲隣而舜復迎之以去則又不得見之
捐余袂兮江中遺余褋兮澧浦搴汀洲兮杜若將以遺兮遠
者時不可兮驟得聊逍遙兮容與
袂衣袖褋襜也此篇首末
大指身前蔽向捐袂遺褋
即捐玦遺珮之意然玦珮貴之而袂褋親之也汀平
地遠者亦謂夫人之侍女以其旣遠去而名之也

煩◇賦而比也蘋草伏生今南方湖澤皆有之似莎而大鴈所食也騁望縱目也佳〻人也謂夫人也張陳設也言向夕
洒掃而張施帷幄也萃集也蘋水草罾魚網二物所施不得其所以比夕張之地非神所処而必不來也
沅有茝兮澧有蘭思公子兮未敢言荒忽兮遠望觀流水兮潺湲此章
興也澧水名見禹貢公子謂湘夫人也帝子而又曰公子猶秦已稱皇帝而其男女猶曰公子公主古人質也思之而未
敢言者尊而稱之與其潰也所謂興者蓋曰沅則有茝矣澧則有蘭矣何我之思公子而獨未敢言耶思之之切至於荒
忽而起望則又但見流水之潺湲而已此起興之例正猶越人之歌所謂山有木兮木有枝心悅君兮君不知而以茝咤
子以蘭亻言又㒳句用韵法也麋何為兮庭中蛟何為兮水裔朝馳余馬兮
江皐夕濟兮西澨澨一作食◇比而賦也麋獸名似鹿而大濟渡也澨水涯也麋當在山林而在庭中
蛟當在深淵而在水裔以比神下已見而望之者失其所當也朝馳夕濟猶上篇江皐北渚之意聞佳人兮
召予將騰駕兮偕逝築室兮水中葺之兮荷蓋佳人謂夫人也偕俱也逝
往也言与召已之使者俱往也葺蓋也築室水中將望神明而居処也蓀壁兮紫壇匊芳椒兮

兮容與 玦如環而有缺捐玦遺珮以詒湘君也澧水出武陵充縣注于洞庭史記作[illegible]芳洲香草所生之處也杜若葉似薑而有文理味辛下[illegible]已見騷經逍遙容與皆游戲閒暇之意也此言湘君既不可見而愛慕之心終不能忘故[illegible]欲解其玦珮以為贈而又不敢顯致之以當其身故但委之於水濱若捐棄而墜失之者以陰寄吾意而冀其或將取之若聘禮賓將行而於館堂楹閒釋四皮束帛賓不致而主不拜也然猶恐其不能自達則又采香草以遺其下之侍女使通吾意慇勤而幸玦珮之見取其戀慕之心如此猶不可必則逍遙容與以娛之而終不能忘也

右湘君 說見篇內◇此篇蓋為男主事陰神之詞故其情意曲折尤多皆以陰寓忠愛於君之意而舊說之失為尤甚今皆正之

帝子降兮北渚 目眇眇兮愁予 嫋嫋兮秋風 洞庭波兮木葉下 帝子謂湘夫人堯之次女女英舜次妃也韓子以為娥皇正妃故稱君女英自宜降稱夫人也餘見上篇眇眇好兒愁余者亦為主祭者言望之不見使我愁也嫋嫋長弱之兒秋風起則洞庭生波而木葉下矣蓋記其時也

登白薠兮騁望 與佳期兮夕張 鳥何萃兮蘋中 罾何為兮木上 薠音

絕枻音曳◇此章比而又比也蓋此篇本以求神而不荅比事君之不遇而此章又別以事比求神而不荅也櫂棹也

枻船旁板也桂蘭取其香也斲斫也言乘舟遭盛寒斲斫冰凍紛如積雪則舟雖芳潔事雖辛苦而不得全也薛荔緣木

而今采之水中芙蓉在水而今求之木末既非其處則用力雖勤而不可得至於合昏而情異則媒雖勞而昏不成結友

而交疎則今雖成而終易絕則又心志睽乖不容強合之驗也求神不荅豈不來猶是乎自是而往益微而又益疎矣

石瀨兮淺淺飛龍兮翩翩交不忠兮怨長期不信兮告余以

不閒閒音閑◇此章興而比也蓋以上二句引起下句以比求神不荅之意也瀨湍也淺々流疾貌翩々飛疾貌所

謂與者蓋曰石瀨則淺々矣飛龍則翩々矣凡交不誠忠則其怨必長矣期不以信則必將告我以不暇而負其約矣所

謂比者則來神而不荅之意亦在其中也其詳則已見上章讀者宜并考之鼂騁騖兮江皋夕弭節

兮北渚鳥次兮屋上水周兮堂下鼂音朝同◇鼂早也騁直騁也騖亂馳弭按也渚水

涯也次止也周旋也此言神既不來則我亦退而遊息以自休暇捐余玦兮江中遺余佩兮

澧浦采芳洲兮杜若將以遺兮下女旹不可兮再得聊逍遙

◇君謂湘君堯之長女娥皇為舜正妃者也舜陟方死於蒼梧二妃死於江湘之間俗謂之湘君湘旁黃陵有畬夷猶〻豫

也言旣設祭祀使巫呼請而未肯來也中洲〻中也水中可居者曰洲言其不來不知為何人而留也要眇好皃脩飾也

沛行皃吾為主祭者之自吾也欲乘桂舟以迎神取香潔之意也又恐行或危殆故願湘君令水無波而安流也參差洞

簫也風俗通云舜作簫其形參差不齊象鳳翼也望湘君而未來故吹簫以思之也駕飛龍兮北征邅

吾道兮洞庭薜荔柏兮蕙綢蓀橈兮蘭旌望涔陽兮極浦橫

大江兮揚靈柏一作拍蓀一作荃◇駕龍者以龍翼舟也邅轉也洞庭太湖也在長沙巴陵廣圓五百餘里

日月若出沒於其中中有君山有椅壁也綢縛束也蓀香草也橈船小楫也涔陽江碕名極遠也浦水涯也揚灵者揚其

光灵猶言發意氣也呼揚靈兮未極女嬋媛兮為余太息橫流涕兮潺

湲隱思君兮陫側湲音袁◇極至也未極未得所止也女嬃媛指旁觀之人蓋見其慕望之切亦為之

眷悲而嗟嘆之也潺湲流皃隱痛也君湘君也陫隱也側不安也桂櫂兮蘭枻斲冰兮積雪

采薜荔兮水中搴芙蓉兮木末心不同兮媒勞恩不甚兮輕

安也壽宮供神之處漢武帝時置壽宮神君亦此事也言神既至皭然安樂無去意也龍駕以龍引車也帝謂上帝也聊

且也周章翱周流也靈皇皇兮既降猋遠擧兮雲中覽冀州兮有餘橫

四海兮焉窮思夫君兮太息極勞心兮㤝㤝降叶胡攻反猋卑遙反其字從犬

三火焉於虔反夫音扶忡敕中反一作忡○靈謂神也皇皇美貌降下於巫也猋去疾貌雲中神所居也言神飲食既飽

猋然遠擧復還其處也覽望也兩河之間曰冀州有餘所至之遠不止一州也窮極也言神出入須臾之間橫行四海無

有窮極也夫君謂神也記曰夫天是也懷匕心動皃

右雲中君謂雲神也亦見漢書郊祠志○此篇言神既降而久留與人親接故既去而思之不能忘也足

以見臣子慕君之深意矣

君不行兮夷猶蹇誰留兮中洲美要眇兮宜脩沛吾乘兮桂

舟令沅湘兮無波使江水兮安流望夫君兮未來吹參差兮

誰思要漢書作幼於笑反眇一作妙同上一有又字來叶力之反一作歸非是參差上初簪反下初宜反

灵謂神降於巫之身者也偃蹇美皃姣好也服飾也古者巫以降神神降而託於巫則見其皃之美而服之好蓋身則巫而心則神也菲菲芳皃五音謂宮商角徵羽也繽紛盛皃繁衆也君謂神也欣欣喜皃康安也此言備樂以樂神而願神之喜樂安寧也

右東皇太一 一本上有祠字下諸篇同○太一神名天之尊神祠在楚東以配東帝故云東皇漢書云天神貴者太一太一佐曰五帝中宮天極星其一明者太一常居也淮南子曰太微者太一之庭紫宮者太一之居○此篇言其竭誠盡礼以事神而願神之欣說安寧以寄人臣盡忠竭力愛君無已之意所謂全篇之比也

浴蘭湯兮沐芳華采衣兮若英靈連蜷兮既留爛昭昭兮未央 華户花反叶於姜反蜷音拳○芳芷也華采五色采也葉而不穼者謂之英言使灵巫先浴蘭湯沐香芷衣采衣如草木之英以白潔清也灵神所降也楚人名巫為灵子若曰神之子也連蜷長曲皃既留則以服飾潔清故神悅之而降依其身留連之久也漢樂歌言灵安留亦猶神而言也爛光皃昭昭明也

蹇將憺兮壽宮與日月兮齊光龍駕兮帝服聊翱遊兮周章 憺徒濫反宮叶古荒反[illegible]一作寧○蹇詞也憺

愉音愉珥音餌瑑渠幽反鏘七羊反一作鎗琳音林琅音郎陪作瑯△日謂甲乙辰謂寅卯穆敬也愉樂也上皇謂東皇

太一也撫循也珥劍鐔也璆鏘皆玉聲孔子世家云環珮玉聲璆然玉藻云古之君子必珮玉進則揖之退則揚之然后

玉鏘鳴也琳琅美玉名謂珮玉也此言主祭者卜日齋戒帶劍佩玉以禮神也△補曰沈括存中云吉日兮辰良蓋相錯

成文則語勢矯健韓退之云春与猿吟兮秋鶴与飛用此体也瑤席兮玉瑱盍將把兮瓊芳

蕙肴蒸兮蘭藉奠桂酒兮椒漿瑤音遙鎮音瑱一作鎮一他甸反非是盍音合蒸一作苤

一作烝藉慈夜反△瑤美玉也瑱与鎮同所以壓神位之席也盍何不也把持也瓊芳草枝可貴如玉巫所持以舞者也

肴骨体也蒸進也国語燕有殽蒸是也此言以蕙裹肴而進之又以蘭為藉也奠置也桂酒切桂投酒中也漿者周礼四

飲之一此又以椒漬其中也四者皆取其芬芳以饗神也揚枹兮拊鼓疏緩節兮安歌陳

竽瑟兮浩倡靈偃蹇兮姣服芳菲霏兮滿堂五音紛兮繁會

君欣欣兮樂康枹一作桴房右反疏平声倡音昌姣服一作般古字並通用樂音洛△揚擧也枹擊鼓

提也拊擊也疏希也緩枹擊鼓使巫緩節而舞徐歌相和以樂神也陳列也浩大也竽笙类三十六簧瑟琴类二十五絃

# 選賦抄評註解刪補卷之一

## 九歌

九歌者屈原之所作也昔楚南郢之邑沅湘之間其俗信鬼而好祀其祀必使巫覡作樂歌舞以娛神蠻荆陋俗詞既鄙俚而其陰陽人鬼之間又或不能無褻慢淫荒之雜原既放逐見而感之故頗為更定其詞去其泰甚而又因彼事神之心以寄吾忠君愛國眷戀不忘之意是以其言雖若不能無嫌於燕昵而君子反有取焉此卷諸篇皆以事神不答不能忘其敬愛比事君不合而不能忘其忠赤尤足以見其懇切之意旧說失之今悉更定

吉日兮辰良穆將愉兮上皇撫長劍兮玉珥璆鏘鳴兮琳琅

2

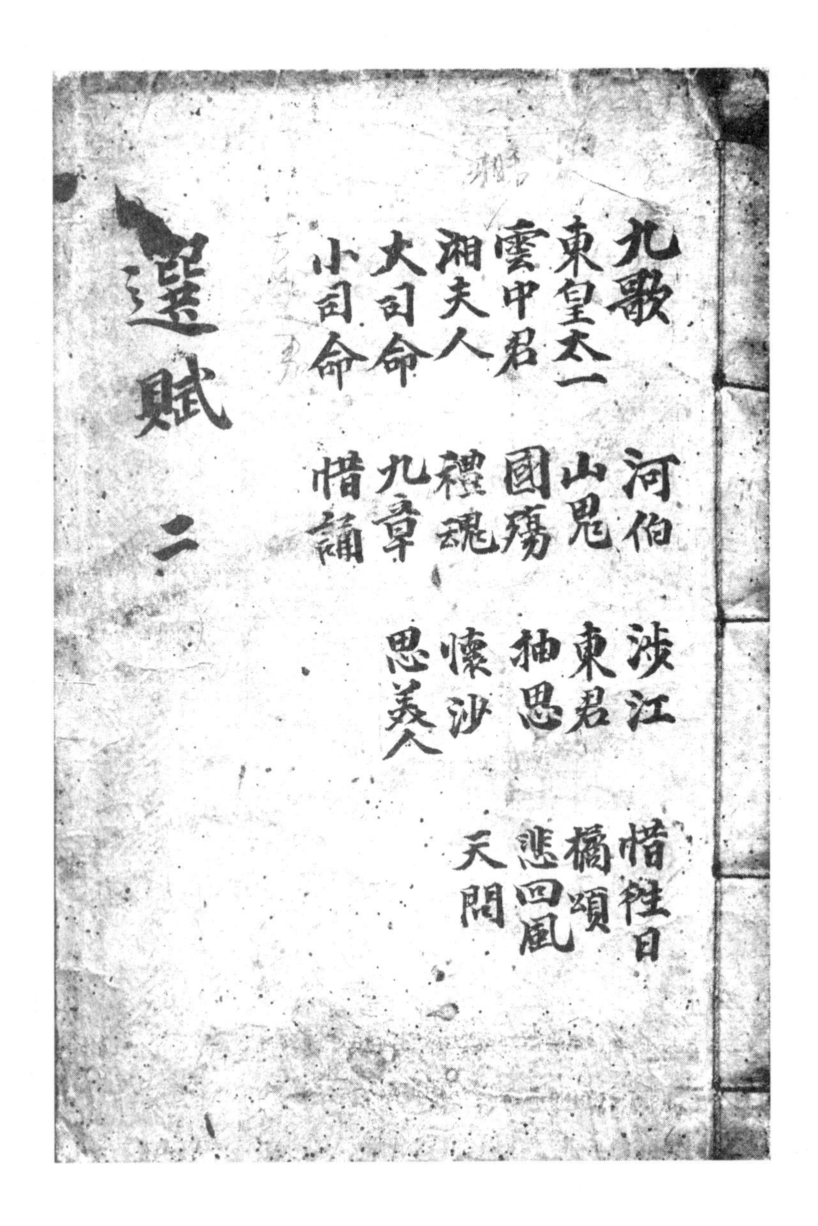

選賦 二

九歌
東皇太一
雲中君
湘夫人
大司命
小司命

河伯
山鬼
國殤
禮魂
九章
惜誦

涉江
東君
抽思
懷沙
思美人

惜往日
橘頌
悲回風
天問

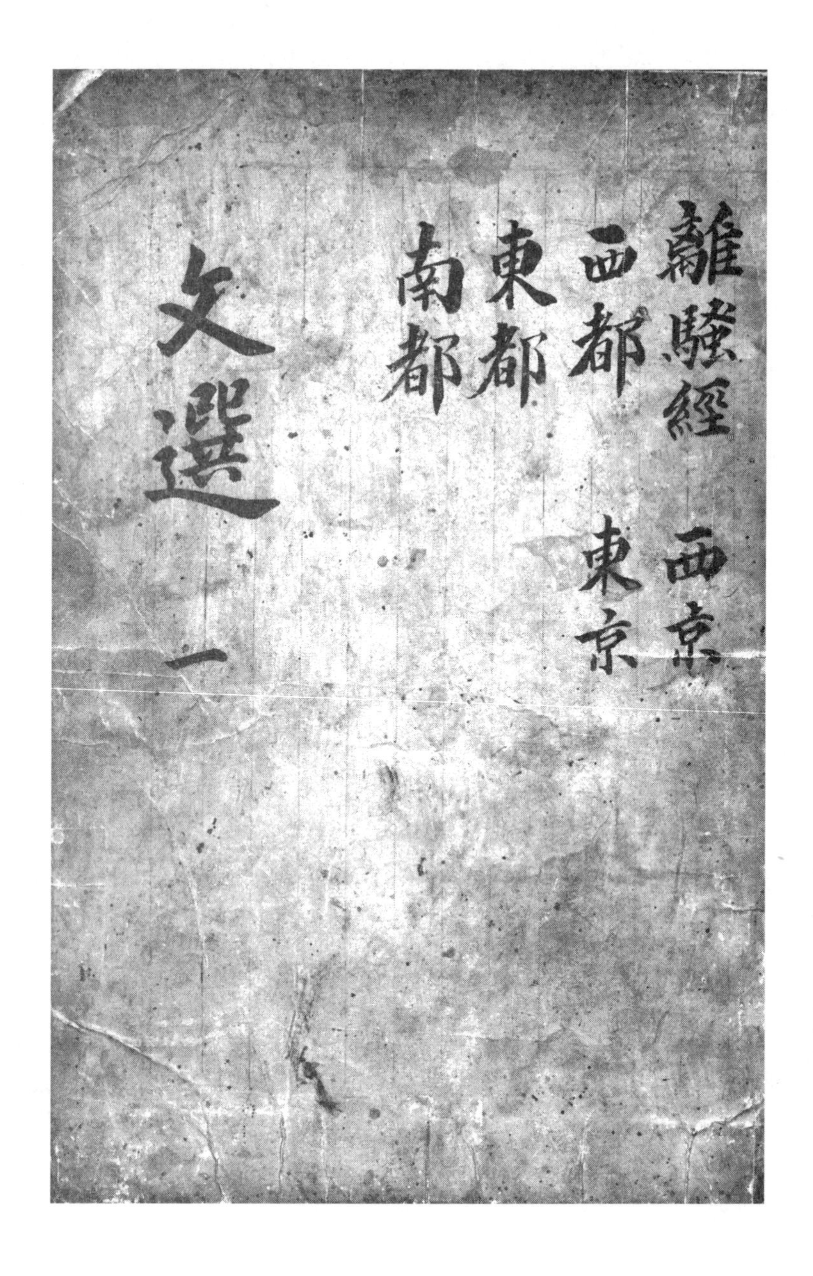
離騷經 西京
西都 東京
東都
南都
文選 一

1

選賦抄評序

向余之居峽庄有一姪袖一書請學焉節
選賦抄錄者開卷多有未解之義求得書
館印本而觀之則乃五臣及李善註合刊
者也其為解非不詳而第以其兩註並取
設語多重複且欲詳其出處人與書並載
故文極煩冗一字之訓或至千餘言之多
無補於釋義而有眩於攷覽[illegible][illegible][illegible][illegible]

得皇明張鳳翼註本而校之則刪一註之
煩而撮其要去諸人之名而存其音字省
而辭簡辭約而音明可謂善矣而猶不免
有詳略之偏不計妄率旁攟他書略加補
註如吳都賦去戲自閭之去字之類是也
獨恨夫書籍不廣考證未該闕遺者尚多
同志之士輩亦留意而踵成則豈不爲後
學之助乎至於靈光以下十三篇賦文非

不佳而人各異尚古人已有病之者故刪
之北山以下五篇則散錄於文類中而有
賦體故取之庾信王勃之作雖不載選中
而亦鳴世之文故掇而附于末至若離騷
乃辭賦之宗而昭明纂次反錄於諸作者
之後故援以冠之首雖或有僭加去取之
事亦不敢妄意穿鑿以傳會也然而余之
抄成此書初欲爲子姪備遺忘而至於刊

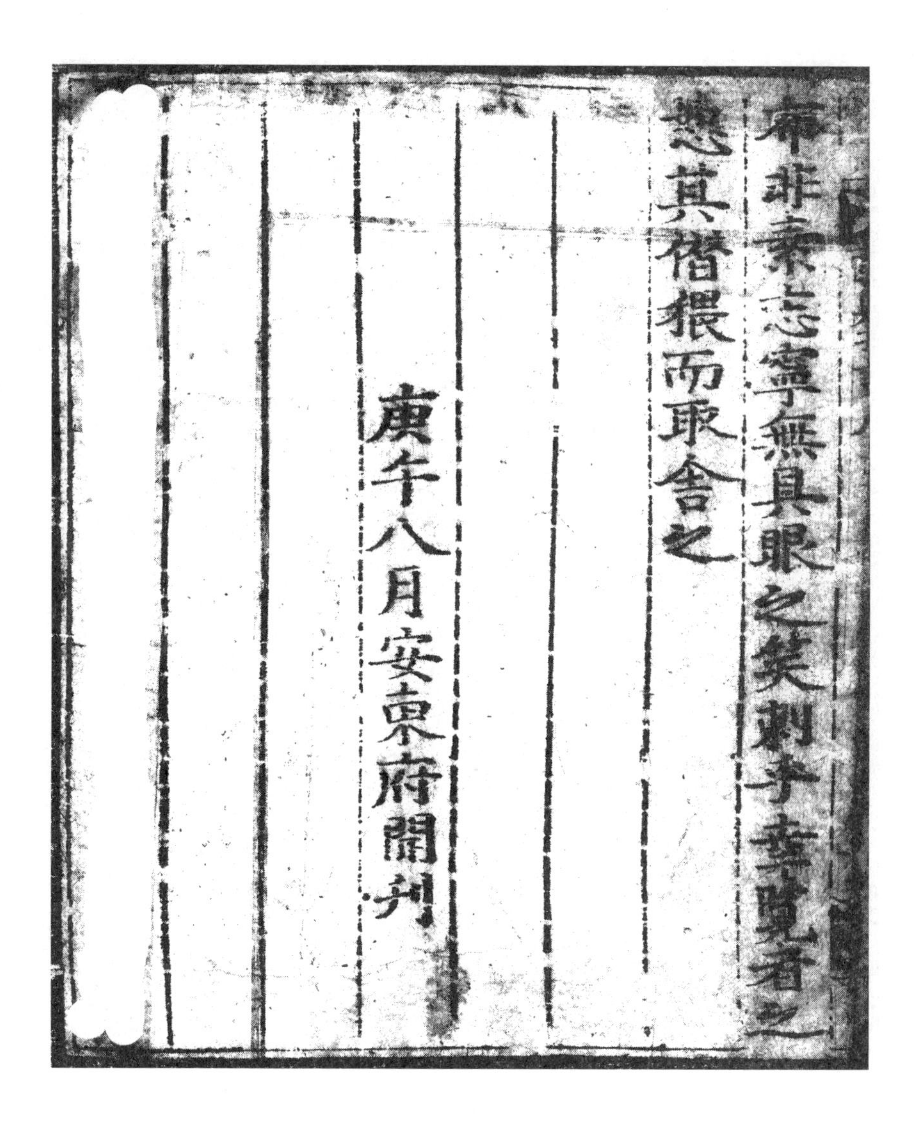
靡非素志寧無具眼之笑剩予幸覽者之
恕其僭猥而取舍之

庚午八月安東府開刊

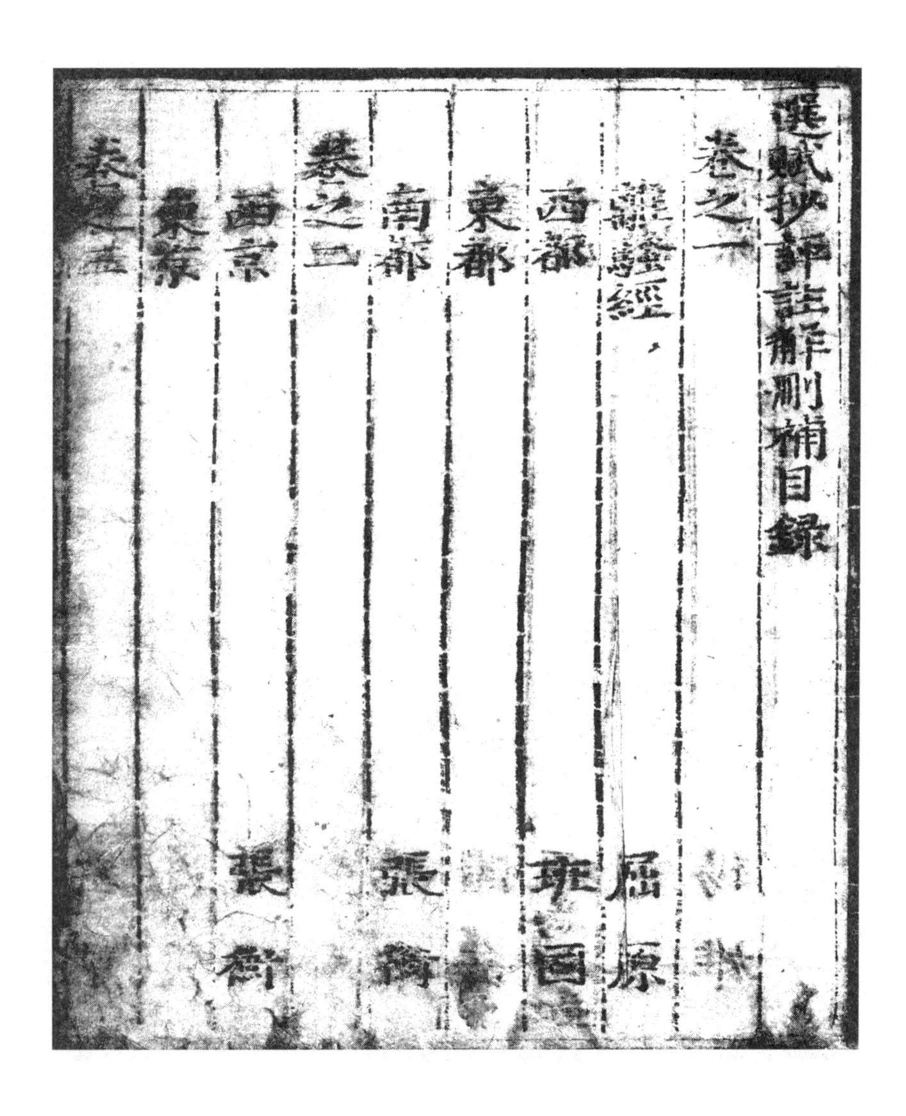

選賦抄評註解刪補目錄

卷之一



卷之二



卷之三

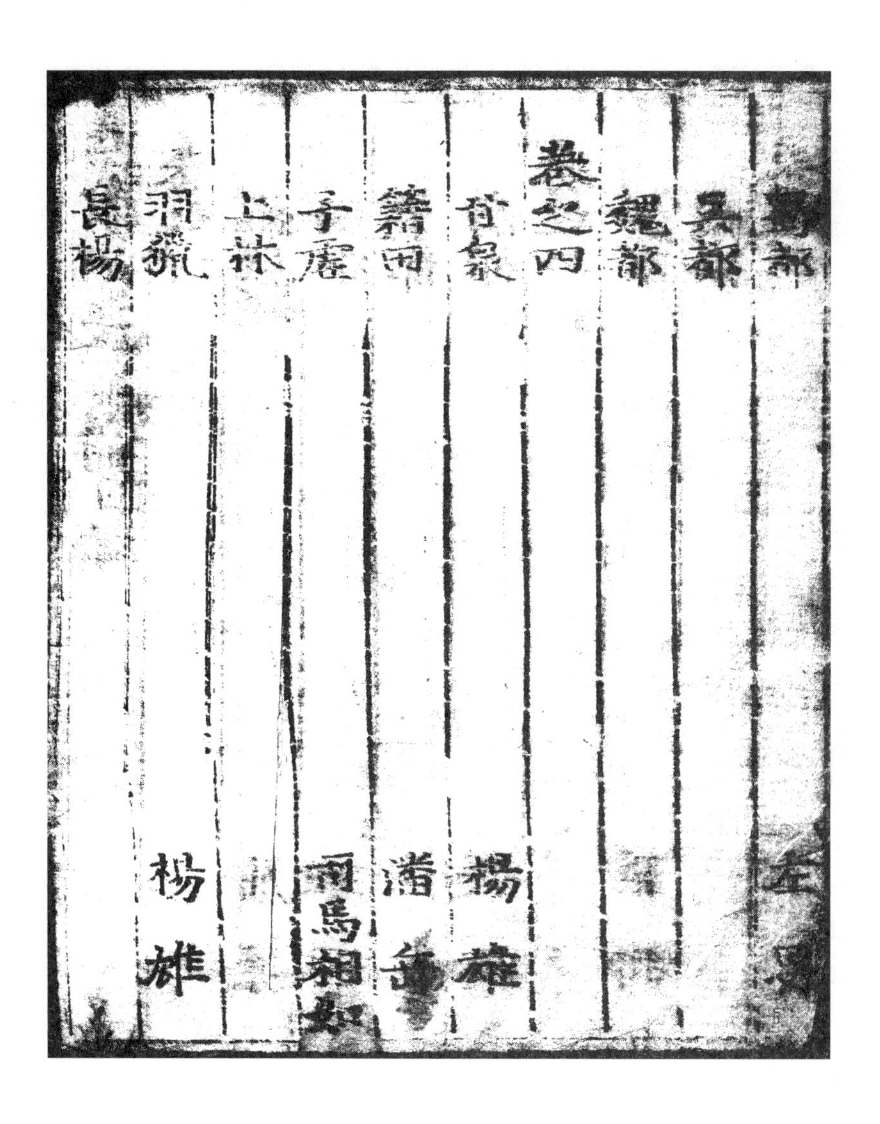
蜀都　左思
吳都
魏都
卷之四
甘泉　揚雄
籍田　潘岳
子虛　司馬相如
上林
羽獵　揚雄
長楊

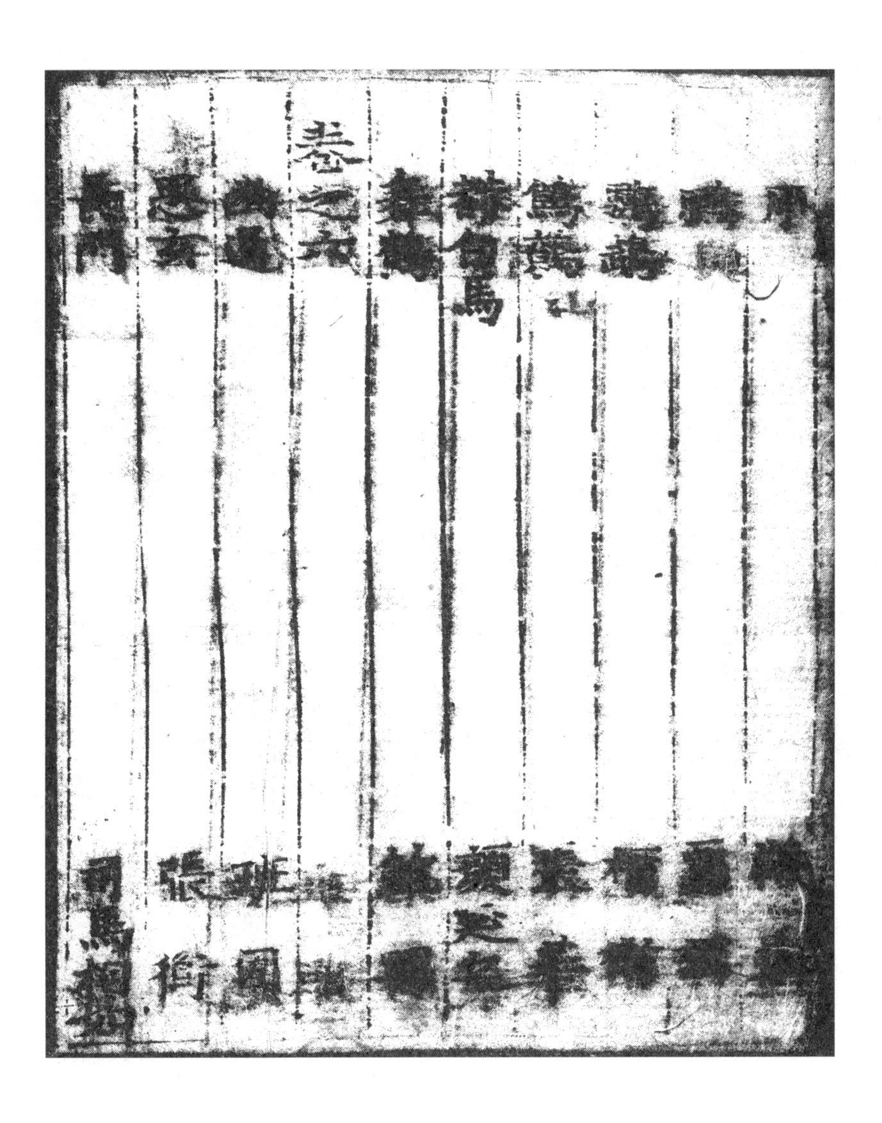

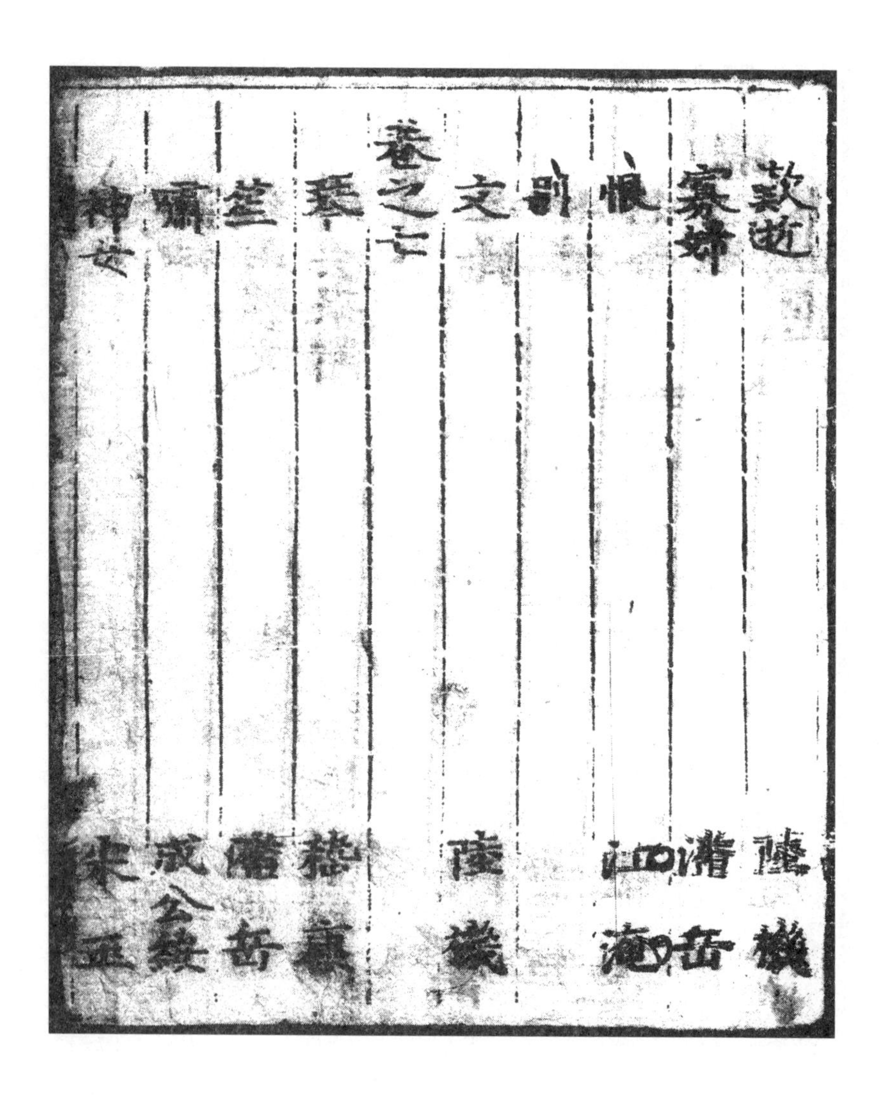

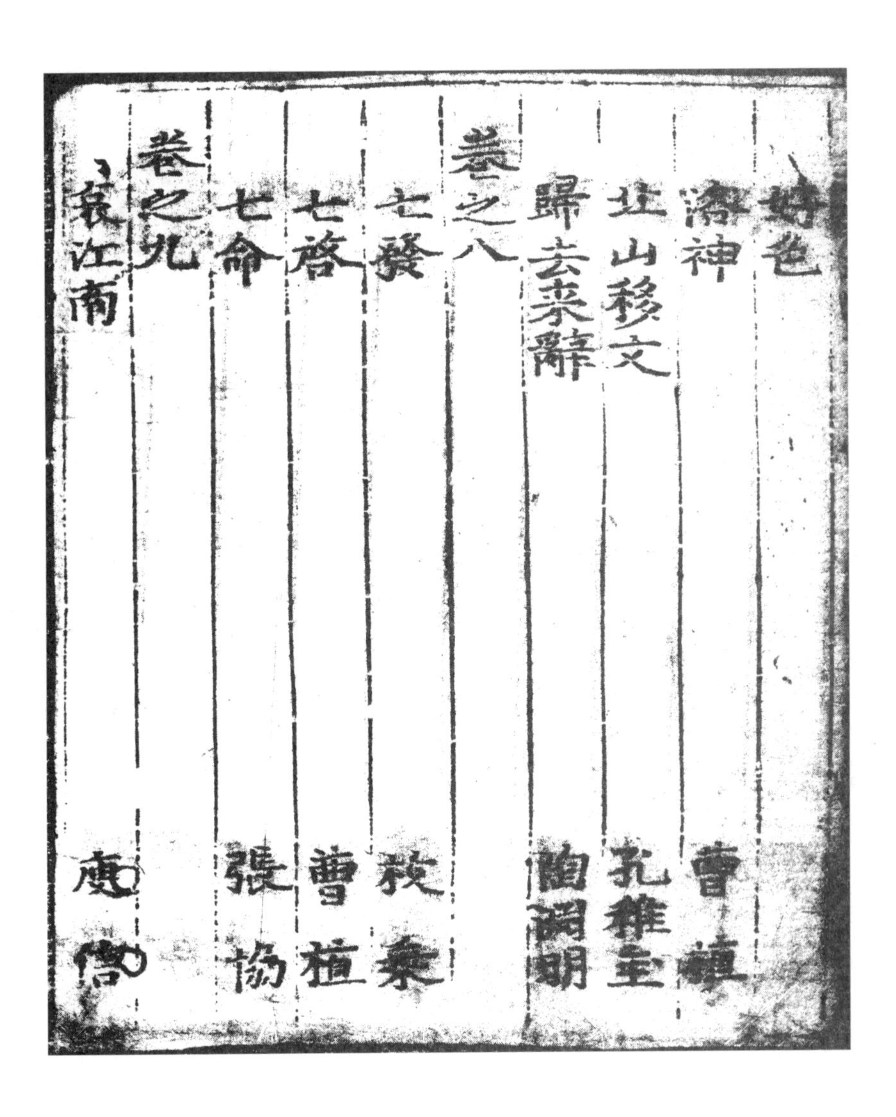

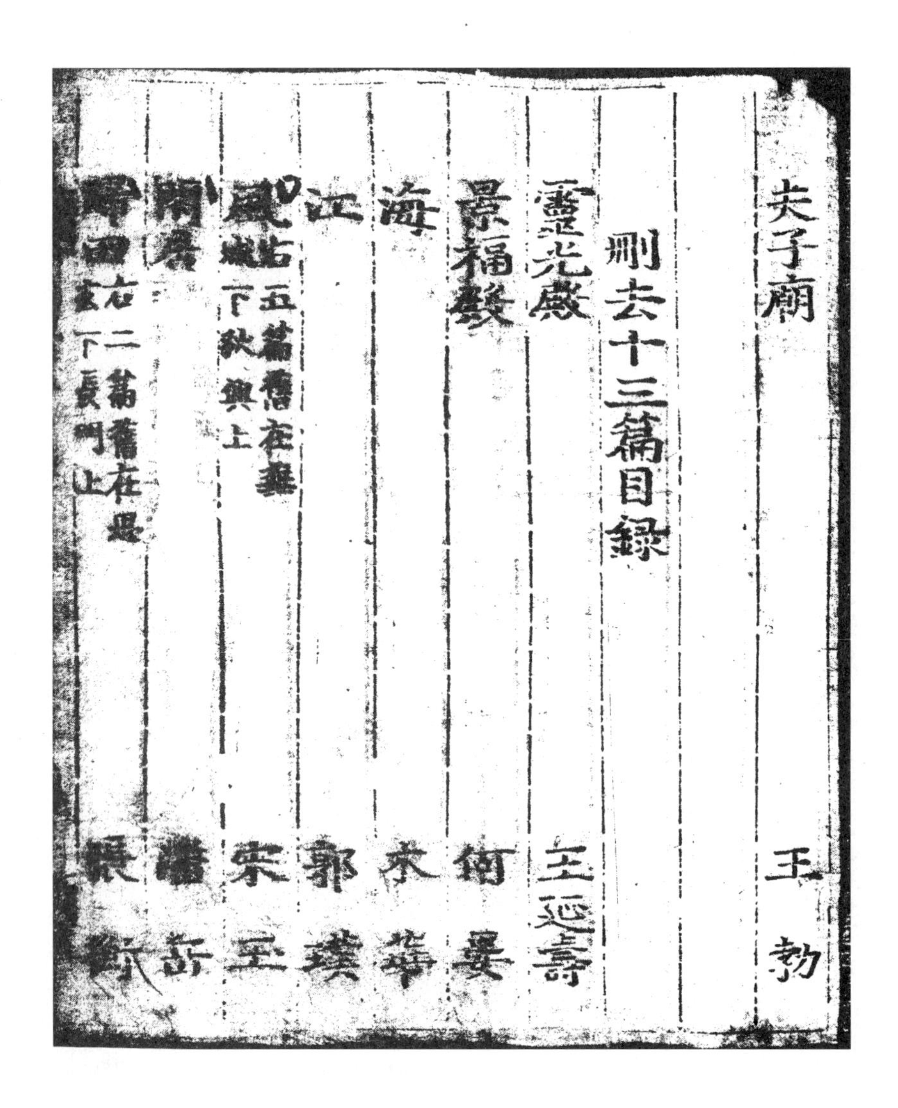
夫子廟　王勃

删去十三篇目録

靈光殿　王延壽
景福殿　何晏
海　木華
江　郭璞
風 右五篇舊在雜賦下秋興上　宋玉
閑居　潘岳
歸田 右二篇舊在思玄下長門上　張衡

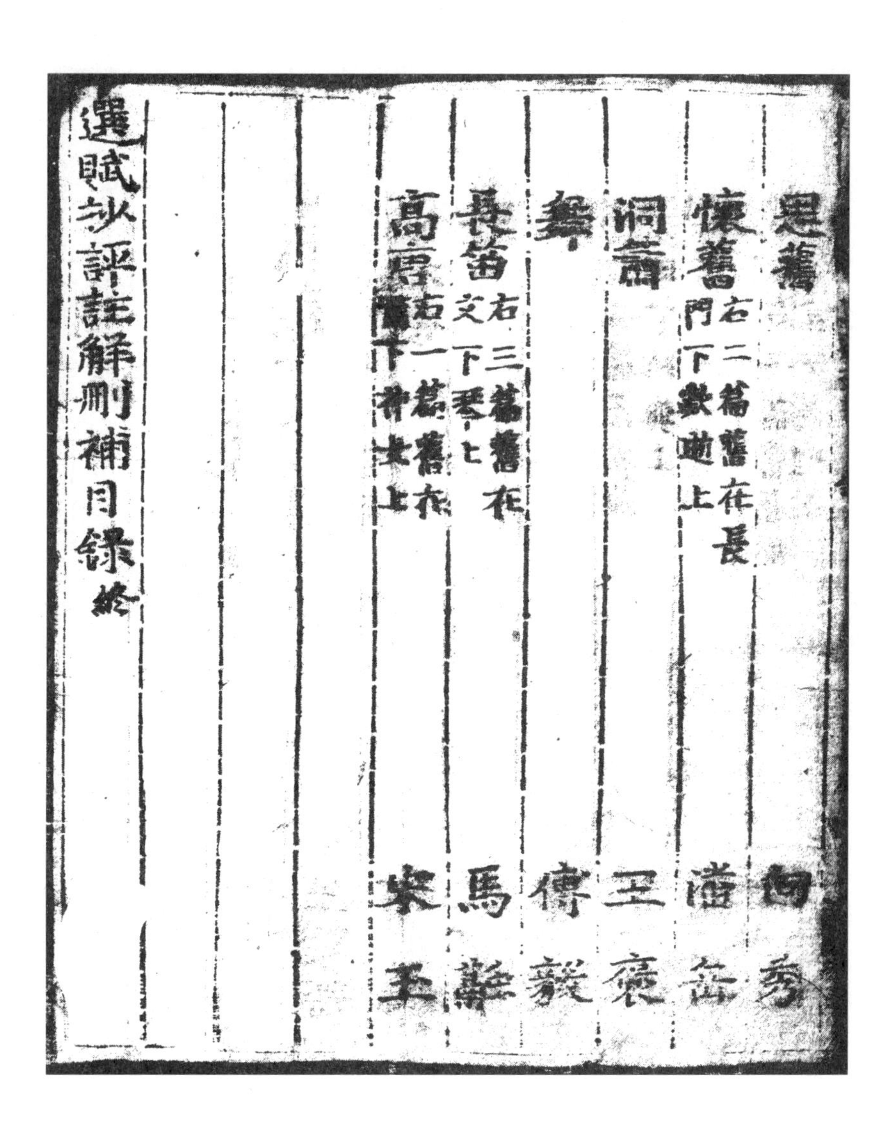

思舊　向秀
懷舊 右二篇舊在長門下歎逝上　潘岳
洞簫　王褒
舞　傅毅
長笛 右三篇舊在文下琴上　馬融
高唐 右一篇舊在嘯下神女上　宋玉

選賦抄評註解刪補目錄 終

選賦抄評註解删補卷之一

文選　蕭統撰集

離騷經○○○ 二千四百九十字

離騷經者屈原之所作也屈原名平與楚同姓仕於懷王爲三閭大夫三閭之職掌王族三姓曰昭屈景屈原序其譜屬率其賢良以厲國士入則與王圖議政事決定嫌疑出則監察群下應對諸侯謀行職修王甚珍之同列上官大夫及用事臣靳尙妬害其能共譖毁之王疏屈原屈原被讒憂心煩亂不知所

怨乃作離騷班孟堅曰離猶遭也顏師古曰憂動曰騷洪曰其謂之經蓋後
世之士祖述其詞尊而名之耳上述唐虞三后之制下序桀
紂羿澆之敗冀君覺悟反於正道而還己也
是時秦使張儀譎詐懷王俱會武關原諫王
勿行不聽而往遂爲所脅卒死於秦襄王復
用讒遷原於江南原復作九歌天問九章遠
遊卜居漁父等篇冀伸己志以悟君心而終
不見省不忍見宗國將亡遂赴汨羅之淵而
死汨音覓○長沙羅縣西北名爲屈潭即原自沉處淮南王安曰國
風好色而不淫小雅怨誹而不亂若離騷者

可謂兼之矣又曰蟬蛻於濁穢之中浮游塵埃之外不獲世之滋垢皭然泥而不滓推此志也雖與日月爭光可也宋景文公曰離騷爲詞賦之祖後人爲之如至方不能加矩至圜不能過規矣

按周禮太師掌六詩以教國子曰風曰賦曰比曰興曰雅曰頌而毛詩大序謂之六義蓋古今聲詩條理無出此者風則閭巷風土男女情思之詞雅則朝會燕享公卿大夫之作頌則鬼神宗廟祭祀歌舞之樂其所以分者以其篇章節奏之異而別之也賦則直陳其事比則取物爲比興則託物興詞其所以分者又以其屬辭命意之不同而別之也誦詩者先辨乎此則三百篇者若網在綱有條而不紊矣不特詩也楚人之詞亦以是求之則其寓情草木託意男女以極遊觀之適者變風之流也其

叙事陳情感今懷古不忘乎君臣之義者變
雅之類也至於語冥婚而越禮攄怨憤而失
中則又風雅之再變矣其語祀神歌舞之盛
則幾乎頌而其變也又有甚焉其為賦則如騷經
首章之云也比則香草惡物之類
也興則如九歌沅芷澧蘭之屬也

帝高陽之苗裔兮朕皇考曰伯庸攝提貞于孟陬兮
惟庚寅吾以降
陬側鳩反又子侯反降叶乎攻反○
此章賦也德合天地稱帝高陽顓頊
有天下之號也顓頊之後有熊繹者事周成王封為
楚子居於丹陽傳國至熊通始僭稱王徙都於郢是
為武王生子瑕受屈為卿因以為氏苗裔遠孫也苗
者草之莖葉根荄所生也裔者衣裾之末衣之餘也故
以為遠末子孫之稱也朕我也古者上下通稱之皇
美也父死稱考伯庸字也屈原自道本與君共祖世
有令名以至於己是恩深而義厚也攝提星名隨斗
柄以指十二辰者也貞正也孟始也陬隅也正月為
陬蓋是月孟春昏時斗柄指寅在東北隅故以為名
也降下也原又自言此月庚寅之日已始下母體而

生也 皇覽揆余于初度兮肇錫余以嘉名名余曰正則

兮字余曰靈均 覽一作鑒余下一無下字○賦也皇
皇考也覽觀也揆度也初度之度稱

言時節也肇始也錫賜也嘉善也正平也則法也靈
神也昀調也高平曰原故名平而字原也正則靈均

各釋其義以爲美稱耳禮曰子生三月父親名之二
十則使賓友冠而字之故字雖朋友之職亦父命也

紛吾既有此內美兮又重之以脩能扈江離與辟芷

兮紉秋蘭以爲佩 紛音墳重直用反能叶奴代反[illegible]
作態非是扈音戶辟匹亦反[illegible]

陳反○賦而比也紛盛貌生得日月之良是天[illegible]
義質於內也重再也非輕重之重脩長也[illegible]才[illegible]

數名熊屬多力故有絕人之才者謂之能[illegible]
香草生於江中故曰江離說文曰蘺蘪也[illegible]

米蒼辟幽也芷亦香草生於幽僻之處綠[illegible]
香草至秋乃芳本草云蘭與澤蘭相似生[illegible]

赤節高四五尺綠葉光潤尖長有歧花紅白色[illegible]
五六月盛佩飾也記曰佩帨蓝蘭則蘭芷之類古人[illegible]

皆以爲佩也

汩余若將不及兮恐年歲之不吾與朝搴阰之木蘭兮夕攬洲之宿莽汩于筆反不一作弗恐丘用反搴音蹇說文作攓阰音毗攬力敢反一作攬一作擥下有中字洲一作州莽莫補反○賦而比也汩水流去疾之貌言已之汲汲自修常若不及者恐年歲不待我而過去也搴拔取也阰山名木蘭木名本草云皮似桂而香狀如楠樹高數仞去皮不死攬采也水中可居曰洲草冬生不死者楚人名曰宿莽言所采取皆芳香久固之物以比所行者皆忠善長久之道也

日月忽其不淹兮春與秋其代序惟草木之零落兮恐美人之遲暮忽一作曶零一作苓○賦而比也淹久也代更也序次也零落皆墜也草曰零木曰落美人謂美好之婦人蓋託詞而寄意於君也遲晚也此承上章言已但知朝夕修絜而不知歲月之不留至此乃念草木之零落而恐美人之遲暮將不得及其盛年而遇之以比臣子之心唯恐其君之遲暮將不得及其盛時而事之也

不撫壯而棄

穢兮何不改乎此度乘騏驥以馳騁兮來吾道夫先

路歟一作乘下同一作策馳一作馳下同道一作導度路二韻下皆有也字○賦而比也三十日扶

棄去也草荒曰穢以比惡行騏驥駿馬以比賢智言君何不及此年德壯盛之時棄去惡行改此惑誤之

度而乘駿馬以來隨我則我當爲君前導以入聖王之道也自汨余至此二韻同用一韻意亦相承也

昔三后之純粹兮固衆芳之所在雜申椒與菌桂兮

豈維紉夫蕙茝菌渠隕反一或以竹維當唯古通用茝昌改反作芷○賦而比也后君

也三后謂禹湯文王也至美曰純齊同曰粹衆芳喻群賢言三王所以有純美之德以衆賢輔之也雜非

一也椒木實之香者申或地名或其美名耳桂木名本草云花白葉黃正圓如竹蕙草名本草云薰草也

生下濕地麻葉而方莖赤花而黑實氣如蘼蕪即零陵香也言雜用衆賢以致治非獨專任一二人而已

也

彼堯舜之耿介兮既遵道而得路何桀紂之猖披兮

兮夫唯捷徑以窘步一作吉迫反一又作昌被一作[illegible]

音扶徒以[illegible]不能[illegible]之害○諫[illegible]

也[illegible]桀紂之亂若披衣不帶者[illegible]

急也[illegible]不由正道而所行壓迫[illegible]

獨以不由正道而所行[illegible]惟黨人之偷樂兮

路幽昧以險隘豈余身之憚殃兮恐皇輿之敗績一作[illegible]

夫字樂音洛隘於懈反方反身一作心[illegible]

[illegible]也[illegible]思念也[illegible]黨朋也偷苟且也[illegible]

明也[illegible]隘[illegible]獲大[illegible]也[illegible]也[illegible]道而[illegible]也皇君也[illegible]

君[illegible]危也[illegible]覆[illegible]至[illegible]而當[illegible]

之[illegible]則[illegible]續[illegible]故[illegible]以諫爭者非難[illegible]

[illegible]也[illegible]恐君國[illegible]危[illegible]先王之功[illegible]忽奔走

以先後兮及前王之踵武荃不察余之中情兮反信

讒而齌怒一作[illegible]一作急一齊[illegible]反[illegible]

一作[illegible]下[illegible]反荃七全反一音孫一作[illegible]音[illegible]

一作[illegible]一作[illegible]以[illegible]在請反一作齊[illegible]作[illegible]

[illegible]反又一作[illegible]叶上[illegible]而賊也[illegible]足跟[illegible]

武迹也退前人者但見其跟之跡耳言所以奔走以
趍君之所鄉而或出其前或追其後以相導之者欲
其有以顯先王之遺迹也荃與蓀同陶隱居云冬間
溪側有名溪蓀者根形氣色似石上菖蒲而葉無
脊蓋亦香草故時人以爲彼此相謂之通
稱此又借以寓意於君也齌炊餔疾也

余固知謇謇之爲患兮忍而不能舍也指九天以爲正兮夫唯靈脩之故也

謇居輦反忍上一有余字一無而字舍
尸夜反叶尸預反或音捨非是一無二
也字○賦而比也謇謇難於言也直詞進諫己所難
言而君亦難聽故其言之出有不易者如謇吃然也
舍止也言己知忠言謇謇必爲身患然中心不能自
止而不言也九天天有九重也正平也靈脩言其有
明智而善脩飾蓋婦悅其夫之稱亦託詞以寓意於
君也此又上指九天告語神明使平正之明非爲身
謨妄爲也人計但以君之恩
謀而爰童疑以不能自已耳

曰黃昏以爲期兮羌中道而改路

一無此二句洪曰王逸不註此二句後章
始釋羌義疑此後人所增也羌起羊反○

[illegible] 初既與余成言兮 後悔遁而有他 [illegible]

不難夫離別兮 傷靈脩之數化 [illegible]

余既滋蘭之九畹兮 又樹蕙之百畝 [illegible]

畱夷與揭車兮 雜杜衡與芳芷 [illegible]

冀枝葉之峻茂兮

願竢時乎吾將刈雖萎絕其亦何傷兮哀衆芳之蕪
穢刈一作艾竢音俟一作後竢一作俟萎於危反○比也蕪草
也穢也刈穫也萎病也絕落也言此衆芳雖病
而落何能傷於我乎傷善
道不行音穢之蕪穢耳衆皆競進以貪婪兮憑
不猒乎求索羌內恕己以量人兮各興心而嫉妒一
作而婪音藍又力含反憑一作馮索所格反一叶蘇
故反一無己字量力香反興一作與非是羌音素
則妬如字若索所格讀則妬叶丁故反○羌誠也並
曰競愛財曰貪愛食曰婪楚人謂滿曰憑以
心揆心為恕量度也興生也害賢為嫉害色為妒言
在位之人心皆貪婪內以其志量度他人謂與己同
可各生嫉
妬之心也忽馳騖以追逐兮非余心之所急老冉冉
其將至兮恐脩名之不立脩長也名
脩潔之名也朝飲木蘭之墜露兮夕餐秋菊之落英苟余

情其信姱以練要兮長顑頷亦何傷
苟叶於姜反姱苦本反要一作腰[illegible]
反顑戶感反又魚撿反頷一作[illegible]
露餐華言動以香潔自精譯也[illegible]
言所脩精練所守要約也顑頷食[illegible]
擥木根以結茝兮貫薜荔之落蘂矯菌桂以紉蕙兮
擥音覽一作擥落妍反蘂一[illegible]
纚薜蒲計反荔郎計反蘂蘇[illegible]
索胡繩之纚纚
反○比也薜荔香草也緣木而生蘂花[illegible]
然者也矯舉也胡繩亦香草有莖葉可作[illegible]
索好貌
謇吾法夫前脩兮非世俗之所服雖不周於今
之人兮願依彭咸之遺則
謇一作蹇服叶蒲[illegible]○
則賊也[illegible]詞也前脩謂前
咸殷賢大夫諫[illegible]
代脩德之人所合也彭咸殷賢大夫諫其
君不聽自投水而死遺法也 長太息以掩
涕兮哀民生之多艱余雖好脩姱以鞿羈兮謇朝誶

夕替鞿居依反羈居宜反誶與訊同音信又音粹○替與難叶來詐或云難居埋反替他因反○賦也掩涕猶拭淚也哀此民生遭亂世而多艱也姱謂脩潔而美好也鞿羈以馬自喻韁在口曰鞿革絡頭曰羈言自繩束不放縱也誶諫也詩曰誶予不顧今詩作訊訊告也替廢也既替余以蕙纕兮又申之以攬茝亦余心之所善兮雖九死其猶未悔纕息羊反一無以字非是茝一作芷悔虎猥反○賦而比也纕佩帶也申重也此言君之廢我以蕙茝為賜而遣之如被放之臣予之以玦然後去也然二物芳芳乃余心之所善苟而得之則雖九死而不悔況但廢替而已乎怨靈脩之浩蕩兮終不察夫民心衆女嫉余之蛾眉兮謠諑謂余以善淫蛾一作娥非是謠音遙諑音卓以一作似○比也浩蕩無思慮貌民謂衆人也蛾眉謂眉之美好如蠶蛾之眉也爾雅云徒歌謂之謠諑字言云楚南謂愬為諑固時俗之工巧兮偭規矩而改錯背繩墨以追

曲兮競周容以爲度 偭音面[illegible]亡[illegible]反追古隨字〇比也偭背也[illegible]所淹以爲圓之
[illegible]矩揗擬以畫[illegible]之器今曲尺也錯置也繩墨引繩彈墨以取直者今墨斗繩是也追循隨也言舍直而繩
隨曲也競爭也周合也度法也言爭以苟合求容爲常法也洪曰偭規矩而改錯猶反常而妄作背繩墨
以追曲者枉道以從時

忳鬱邑余侘傺兮吾獨窮困乎此時也

寧溘死以流亡兮余不忍爲此態也 忳徒渾反邑一作悒侘敕加教
駕二反傺丑利敕界二反一無二字溘苦答反又苦合反以一作而態叶土宜反〇賦也忳憂貌侘傺
失志貌侘猶堂堂也又立也傺住也楚人語也溘奄也言我寧奄然而死不忍爲此邪違之態也

鷙鳥之不群兮自前世而固然何方圜之能周兮夫孰異道而相安 鷙脂利反圜一作圓周一作同安叶一先反〇比也鷙執也謂鳥之能執伏衆
鳥者鷹鸇之類也不群言其執志剛厲若常特處不與衆鳥並群也周合也圜鑿方枘不能相合以其異

道故不能和安賢者之居亂世亦猶是也屈心而抑志兮忍尤而攘詬

伏清白以死直兮固前聖之所厚攘而羊反詬一作詬詬呼漏反或作垢○

賦也抑按尤過也攘除也詬恥也言與世已不同則但可屈心而抑志雖或見尤於人亦當隱忍而不與之校雖所遭者或有恥辱亦當以理解遣若攘却之而不受於懷蓋寧伏清白而死於直道尚足為前聖之所厚如比干諫死而武王封其墓孔子稱其仁也自怨靈脩以下至此五章一意為下章回車復路起

悔相道之不察兮延佇乎吾將反回朕車以復路兮及行迷之未遠相息亮反佇直呂反回一作迴○比也悔追恨也察明審也延張頸也佇跂立也回旋轉也迷惑疑也言既已於此矣乃始追恨前日相視道路未能明審而輕犯世患遂引頸跂立而將旋轉吾車以復於昔來之路庶幾猶得及此惑誤未遠之時覺悟而還歸也

步余馬於蘭皋兮馳椒丘且焉止息進不入以離尤兮退將

復脩吾初服焉右虔反離力智反一無後字叶蒲北反○比也步徐行也澤曲曰皋其中有蘭故曰蘭皋丘上有椒故曰椒丘徐步馳走而遽止息以俟蘭不忘芳香以自清絜所謂回朕車以復路也進於君不入以離尤則亦退而復脩吾初服耳製芰荷以為衣兮集芙蓉以為裳一作集○比也製裁也芰蔆也生水中葉浮水上花黃白色實紫色兩頭銳者也荷蓮葉也芙蓉蓮花也本草云蓮其葉荷其花未發為菡萏已發為芙蓉○上曰衣下曰裳言被服益潔脩善益明也此與下章即所謂脩吾初服也不吾知其亦已兮苟余情其信芳[illegible]高余冠之岌岌兮長余佩之陸離芳與澤其雜糅兮唯昭質其猶未虧芳岌魚及反糅女救反同○賦也岌岌高貌佩下玉佩也陸離美好分散之貌芳謂以香物為衣裳澤謂玉佩有潤澤也糅亦雜也唯獨也昭明也言獨此光明之質有退藏而無虧缺所謂道行則兼善天下不用則獨善其身也忽反顧以遊目

兮將往觀乎四荒佩繽紛其繁飾兮芳菲菲其彌章

繽匹賓反○比也荒遠也繽紛盛貌繁衆也菲菲猶勃勃章明也言雖已而車反服而猶未能頓忘此世故復反顧而將往觀乎四方絕遠之國庶幾一遇賢君以行其道佩服愈盛而明志意愈脩而潔也

民生各有所樂兮余獨好脩以爲常雖體解吾猶未變兮豈余心之可懲

樂五教反好呼報反脩一作循非是解古買反豈一作非可一作何

非是懲叶直良反○賦也言人生各隨氣習有所好樂或邪或正或清或濁種種不同而我獨好脩潔以爲常雖以此獲罪於世至於屠戮支解終不懲創而悔改也○自悔相道至與五章[illegible]承上文請自以見[illegible]之意而下爲女嬃詈予起也

女嬃之嬋媛兮申申其詈予曰鮌婞直以亡身兮終然殀乎羽之野

嬃[illegible]俞反嬋音蟬媛音爰一作嬋媛詈一作罵予叶音與鮌古本反與鯀同一作鯀婞一作悻胡冷反又胡頂反又音脛殀一作夭於兆反野叶

上與反○嬃也女嬃屈原姊也嬋媛眷戀牽持之意
申申舒緩貌曰記女嬃之詞也鮌堯臣也帝繫曰顓
頊後五世而生鮌婞很也蚤死曰殀言堯使鮌治洪
水婞很自用不順堯命乃殛之羽山死於中野女嬃
以屈原剛直太過恐
亦將如鮌之遇禍也汝何博謇而好脩兮紛獨有此
姱節薋菉葹以盈室兮判獨離而不服謇一作謇非是好呼報反
節叶音即薋自資反亦作茨菉力玉反葹商支反服
叶蒲北反○賦而比也此亦女嬃言也博謇謂廣博
而忠直姱盛貌姱節美之節也薋蒺藜也菉王芻
也葹枲耳也三物皆惡草汝何獨判然離別不與衆
同也衆不可戶說兮孰云察余之中情世並舉而好朋
兮夫何煢獨而不予聽說輸芮反煢一作惸並渠營
反不字起衍聽叶它丁反○
賦也朋黨也煢孤也屈原外困羣佞內被姊詈故言
衆人不可戶戶而說誰能察己之中情況世人又方
並舉朋黨何能哀我煢獨而
見聽乎為下章就舜陳辭起依前聖以節中兮喟憑

心而歷茲濟沅湘以南征兮就重華而陳詞以一作之謂丘
憑反沅音元湘古陳字作陳○賦而比也節度也
喟歎也憑滿也憑盛貌左傳列子天問皆云憑怒是
也歷經歷之意沅湘皆水名重華舜號也帝嚳曰嚳
舜生重華是為帝舜葬於九疑山在沅湘之南洪曰
天下明德皆自虞帝始其於君臣之際詳矣屈原以
世莫能察己之志故欲就而陳詞如下文所云也
啓九辯與九歌兮夏康娛以自縱不顧難以圖後兮
五子用失乎家衖難乃旦反衖一作巷與巷同叶乎貢反一作居非是○自此以下皆
比而賦也啓禹子也九辯九歌禹樂也言禹平治水
土以有天下啓能承先志纘敘其業故九州之物皆
可辯數九功之德皆有次序而可歌也夏康啓子太
康也娛樂也縱放也圖謀也五子太康昆弟五人也
家衖宮中之道所謂永巷也太康以逸豫滅厥德黎
游無度田于洛南十旬弗反有窮后羿距之于河西
五子用此亦失其家衖言國破而家亡也事見尚書
大禹謨及五子之歌此為舜言之蓋所言皆舜以後

事也羿淫遊以佚畋兮又好射夫封狐固亂流其鮮終
兮浞又貪夫厥家羿五計反佚音逸畋一作田射食亦反固一作國非是鮮一作尠並
先典反浞食角反家叶古胡反○羿有窮之君夏時諸侯也封大也浞寒浞羿相也婦謂之家言羿因夏
衰亂代之為政娛樂畋獵不恤民事信任寒浞使為國相羿畋將歸浞使家臣逢蒙射而殺之貪取其家
以為己妻羿以亂得政身即滅亡故曰亂流鮮終也
澆身被服強圉兮縱欲而
不忍日康娛而自忘兮厥首用夫顛隕澆五弔反又作奡五耗反
服一作於圉魚呂反欲下一有殺字非是而一作以夫一作以一無夫字顛一作蹎○澆寒浞子也強圉
多力也言浞取羿妻而生澆強圉多力縱放其情不能自忍也康安也自上而下曰顛隕墮也言澆既滿
溢夏亦相宴居無憂日作淫樂忘其過惡卒為相子少康所誅此二事並見左傳襄公四年哀公元年
夏桀之常違兮乃遂焉而逢殃后辛之菹醢兮殷宗

用之不長菹側魚反醢音海之一作而○逆背也言背道也逆殷為湯所殺也向幸紂也藏
菜曰菹肉醬曰醢紂為無道殺比干醢梅伯武王誅之殷宗遂絕不得長久也湯禹儼而祗
敬兮周論道而莫差舉賢才而授能兮循繩墨而不
頗儼一作嚴儼魚儉反差七何反一無才字循一作脩非是頗一作陂並普禾反○儼畏也祗亦敬也
周周家也差過也言殷湯夏禹周之文王受命之君皆畏天敬賢講論道義無有過差也舉賢傍遵法度
而無偏頗故能獲神人之助子孫蒙其福祐如下章也皇天無私阿兮覽民德
焉錯輔夫維聖哲之茂行兮苟得用此下土錯七故反之一
作以行下孟反○竊愛為私所私為阿錯置也輔佐也猶言雖德是輔也言皇天神明無所私阿觀民衆智
德有聖賢者則置其輔助之使而立以為君也甚民也茂盛也苟誠也下土謂天下也言聖哲之人有甚
盛之行故能有此下土而用之瞻前而顧後兮相觀民之計極夫孰

非義而可用兮孰非善而可服相息亮反服叶蒲北反○瞻臨視也顧還

視也相觀重言之也計誅也極窮也前謂往昔之是非後謂將來之成敗服事也言瞻前顧後則人事之

變盡矣故見民之計謀於是為極而知唯義為可用唯善為可行也阽余身而危死兮

覽余初其猶未悔不量鑿而正枘兮固前脩以菹醢

阽余廉反死下一有節字悔呼罪反量音良鑿音漕正一作進枘而銳反○阽臨危也言近邊而欲墮也

危死言幾死也鑿穿孔也枘刻木端所以入鑿者也正謂審其正而納之也此承上章言雖善為可行而

前脩乃有以此而至於菹醢若逢悔約者然亦不敢以為悔也曾歔欷余鬱邑兮

哀朕時之不當攬茹蕙以掩涕兮霑余襟之浪浪

作增歔許居反欷許衣反又許毅反當平聲攬一作擥一作攬茹如呂反浪音郎○曾累也歔欷哀泣之

聲也鬱邑憂也哀時不當者自哀生不當舉賢之時而值[illegible]亂之世也茹柔耎也霑濡也衣眥謂之襟浪浪

浪流言心悲注下而猶引取秉更香 歎以自掩拭不以悲故失仁義之則也 跪敷衽以陳
辭兮耿吾既得此中正駟玉虬以乘鷖兮溘埃風余
上征 跪巨委反辭一作詞耿古迥反正叶音征虬一 作蚪正渠幽反鷖烏雞反又烏計反一作鷖溘
一作溘○敷布也衽裳際也耿明也有角曰龍無角
曰虬鷖鳳類身有五采溘奄忽也埃塵也征行也此
言跪而敷衽以陳如上之詞於舜而耿然自覺吾心
已得此中正之道上與天通無所間隔所以埃風忽
起而余遂乘龍跨鳳以上征也然此以
下傍餘詭之詞非實有是物與是事也 朝發軔於蒼
梧兮夕余至乎縣圃欲少留此靈瑣兮日忽忽其將
暮 軔音刃縣音玄一作懸少一作多非是瑣先果反 一作璅○軔搘車木也將行則發之蒼梧舜所葬
也縣圃在崑崙之上靈神也瑣門鏤 也文如連瑣以青畫之則曰青瑣 吾令羲和弭節
兮望崦嵫而勿迫路曼曼其脩遠兮吾將上下而求

索 弭彌耳反 崦音淹 嵫音茲 古但作奄茲 勿一作未 非是 曼莫半反又莫官反 一作漫 索所格反 ○作羲

羲和 堯時主四時之官 寅賓日餞日者也 弭按也 止也 按 節徐步也 崦嵫日所入之山也 迫附近也 曼曼遠也

脩長也 求索求賢君也 言欲令羲和按節徐行 望日 所入之山 且勿附近 冀及日之未莫而遇賢君也

飲余馬於咸池兮 揔余轡乎扶桑 折若木以拂日兮

聊逍遙以相羊 飲於禁反 扶說文作榑 逍一作消 更相息羊反 羊一作佯 玉篇引作儻

佯音同 ○咸池日浴處也 揔結也 扶桑木名 日出其 下 若木在昆侖西極 其華光照下地 拂擊也

聊且也 逍遙 相羊皆遊也 前望舒使先驅兮 後飛廉使奔屬 鸞皇

為余先戒兮 雷師告余以未具 屬叶章喻反 或如字 則具字亦叶入聲 皇

一作凰 為于偽反 余先一作我前 余一作我 ○望舒 月御也 飛廉風伯也 屬續也 鸞鳳之佐 皇雌鳳也

雷師豐隆也 吾令鳳鳥飛騰兮 繼之以日夜 飄風屯其相

離兮帥雲霓而來御 帥一作率霓一作蜺御或叶五稽反 [illegible]

五了三反此从五稽反御叶音迓或如字○五彩 [illegible]

也山海經云丹穴之山有鳥焉其狀如雞五彩而文

曰鳳是鳥也飲食則自歌自舞見則天下大安寧

風同鳳也霓虹也屬陰陽交會之氣也 [illegible]

雄曰虹謂明盛者雌曰霓謂暗微者

雲薄漏日日照雨滴則生虹迎也

紛總總其離合

兮斑陸離其上下吾令帝閽開關兮倚閶闔而望予

斑亦作班下叶音戶予叶音與○紛盛多 [illegible]

總斑亂貌帝謂天帝也閽謂主以昏閉門之 [illegible]

闔天門也令帝閽開門將入見帝更陳己志而 [illegible]

[illegible]開反倚其門望而拒我使不得入喜求 [illegible]

遇之跡也

時曖曖其將罷兮結幽蘭而延佇世溷濁而不

分兮好蔽美而嫉妬

曖音愛罷音皮溷胡[illegible]反 [illegible]

[illegible]報反妬叶丁五反○ [illegible]

[illegible]罷極也結幽蘭而延佇言以芳香自潔 [illegible]

[illegible]也溷亂也既不得入天門以見上帝於是[illegible]息世 [illegible]

之闕濁而蔽姤盖其意若曰不意天門之下亦復如此於是去而它適也朝吾將濟於白
水兮登閬風而緤馬忽反顧以流涕兮哀高丘之無
女閬音郎又音浪緤一作紲並音薛馬叶滿補反○淮南子言白水出崑崙之山閬風山上也丘神女
盖以比賢君也於此又無所遇故下章欲遊春宮求宓妃見佚女留二姚皆求賢君之意也溘吾
遊此春宮兮折瓊枝以繼佩及榮華之未落兮詒下
女之可詒佩叶音備相息亮反詒叶音異○溘奄也春宮東方青帝舍也繼續也榮華皆顏色
也落墮也相視也下女謂神女之侍女也詒遺也春宮折瓊枝正欲及榮華之未落而因下女以通意
於神妃也吾令豐隆乘雲兮求宓妃之所在解佩纕以結
言兮吾令蹇脩以為理宓房六反一作宓莫筆反在理叶音里纕息羊反或同音
如字則叶音賴上声○豐隆雷師宓妃伏羲氏女溺洛水而死遂為河神纕佩帶也蹇脩人名理為媒

以通詞理也蓋雷師疾而威豐求無不獲故欲使之求神女之所在而令蹇脩致佩纕以為理則蹇脩敘是下女之能為媒者然亦未有考也

紛總總其離合兮忽緯繣其難遷

夕歸次於窮石兮朝濯髮於洧盤

緯音徵一作徽繣乎麥反又音畫一作纏二字一作敘纏洧于軌反盤叶蒲延反○繣乖戾也遷移也言蹇脩既持其佩帶以通言而讒人復毀敗之令其意一合一離遂以乖戾而見距絕其意難移也為舍也窮石山名在張掖即后羿之國也洧盤水名

保厥美以驕傲兮日康娛以淫遊雖信美而無禮兮來違棄而改求

傲一作敖一作驁○倨簡曰驕侮慢曰傲康安也違去也言宓妃驕傲淫遊雖美而不循禮法故棄去而改求也

覽相觀於四極兮周流乎天余乃下望瑤臺之偃蹇兮見有娀之佚女

相息亮反下叶音戶娀音嵩佚一作妷並音逸○四極四方極遠之地瑤玉之美者偃蹇高貌有娀國名佚美也謂帝嚳

之妃契母簡狄也事見商頌呂氏春秋
曰有娀氏有美女為之高臺以飲食之 吾令鴆為媒
兮鴆告余以不好雄鳩之鳴逝兮余猶惡其佻巧諺令
季鴆直禁反好如字雄一作鳩羽弓反黃云字說言
然則鴆字懸惡烏路反能吐蹕反又吐了反又音佻
巧叶若老反○鴆運日也羽有毒可殺人以喻讒佞
賊害人也詒予以不好者其狀讒賊本肯為媒而讒反
間我也雄鳩鵲鳩也似山鵲而小短尾青黑色多聲
佻輕也巧利也又便雄鳩命而性然其性輕佻巧辯
利多語言而無要
實懷不可信用也 心猶豫而狐疑兮欲自適而不可
鳳皇既受詒兮恐高辛之先我猶知一字又音抽詒○異
眉反一作詒非是○
猶犬子也人將犬行犬豫在人前待人不得又來
迎候故謂不決曰猶豫狐多疑而善聽河冰無聲合狐
聽其下不聞水聲乃敢過故人過河冰者要須狐行
然後渡因謂多疑者為狐疑高辛帝嚳有天下之
號也言以鴆鳩皆不可使故中心猶疑意欲自往而
於禮有不可者鳳皇又已受高辛之遺而來求之故

恐帝嚳先我得之也欲遠集而無所止兮聊浮游以逍遙及

少康之未家兮留有虞之二姚集一作進非是姚馳反姚音遙○少康夏后相之子也有虞國名姚姓舜後也以二女妻少康事見左傳言既失簡狄欲適遠方又無所向故欲及少康未娶於有虞之時留此二姚也

理弱而媒拙兮恐導言之不固

世溷濁而嫉賢兮好蔽美而稱惡好呼報反美一作善惡烏路反○弱劣也拙鈍也恐道理弱於少康而媒又無巧辭也蓋不待其不合而已自知其必無所成矣故吾言也之溷濁而嫉賢蔽美蓋以為雖四方之遠而其風俗之不美無以異於蕭衛也

閨中既以邃

遠兮哲王又不寤懷朕情而不發兮余焉能忍而與

此終古既下一無以字邃息遂反一無而字古叶音故○小門謂之閨邃深遠也哲知也寤覺也古者古之所終謂來日之無窮也閨中深遠言宓妃之屬不可求也哲王不寤言上帝不能察司閽

[illegible]遠[illegible]

聖殷之[illegible]罷也 言此[illegible]此上無賢[illegible]一本[illegible]無[illegible]賢[illegible]使我[illegible]
忠信之情不得發用安能久與此闇亂嫉妬之[illegible]

古而[illegible]字 意 索藑茅以筳篿兮命靈氛為余占之曰
發復去[illegible]也

兩美其必合兮孰信脩而慕之
藑音瓊 筳音廷 篿音專
索所格反 藑一作瓊

尊古之慕之兩之字自為韻○索取也 藑靈草也
筳小折竹也 楚人名結草折竹以卜曰篿 靈氛古明[illegible]
占吉凶者 言[illegible]為美以男女俱美比君臣俱賢也 言兩
美終必合 然楚國孰有能信汝之脩潔而慕之者

宣以時 思九州之博大兮豈唯是其有女曰勉遠逝
去也

而無狐疑兮孰求美而釋女
疑一作[illegible] 釋女 無狐字 女音汝○女與汝同

靈氛之詞 美女以比賢君 求美以比求賢[illegible]言
下之人非獨楚[illegible]有[illegible]但[illegible]而無賢[illegible]豈[illegible]美女
求賢夫而[illegible]

何所獨無芳草兮爾何懷乎故宇世幽昧
舍汝者乎

以眩曜兮孰云察余之善惡
字一作[illegible]作[illegible]侍[illegible]一本作書
周禮古文宅庶家通用

也眩[illegible]反 善惡一作[illegible]一作[illegible]作[illegible]上舉字作[illegible]
則知字善惡一作中[illegible]作[illegible]則上有此句此章[illegible]
下叶也○何所獨無芳[illegible]上章[illegible]是其有[illegible]
意又申言而勉其行存靈氛之言也眩目無主也[illegible]
[illegible]昧而[illegible]已以下[illegible]
之詞言[illegible]而[illegible]所合[illegible] 民好惡其不同兮
惟此黨人其獨異兮户服艾以盈要兮謂幽蘭其不可
佩[illegible]之[illegible]叶音備○[illegible]言人[illegible]有不同而[illegible]
為芳甚也[illegible]白高非芳草[illegible]
為其惡而不可[illegible]其[illegible]而[illegible]遠[illegible]直也[illegible]
覽察草木其猶未得兮豈珵美之能當蘇糞壤以充幃兮
兮謂申椒其不芳[illegible]音[illegible]
大夫[illegible]其罪自[illegible]
豈[illegible]
取草[illegible]
人[illegible]君子也自念之[illegible] 欲從靈氛之吉占

兮心猶豫而狐疑巫咸將夕降兮懷椒糈而要之

所[illegible]遙反○巫咸古神巫也當殷中宗之世
也椒香物所以降神糈精米所以享神又要其善言
巫咸將以日夕從天而下故懷
椒糈而要之使占此吉凶也

百神翳其備降兮九疑繽其並迎皇剡剡其揚靈兮告余以吉故

翳於計 一音
作疑迎魚慶反叶音衛鄉以齊反翳蔽也繽盛貌
九疑在零陵營道縣之閒山有九峰其形相似遊者疑
爲故曰九疑也言巫咸既將百神從日來下舜又使
九疑之神紛然來迎己也皇謂百神剡剡光也揚靈
發其光
靈也

曰勉陞降以上下兮求榘矱之所同湯禹儼而求合兮摯咎繇而能調

陞一作升上時掌反下遐
[illegible]反榘俱雨反一作矩矱
紆縛反又烏郭反一作矱儼一作嚴咎繇一作皋陶
調叶音同詩車攻之五章有此叶○曰[illegible]語也
陞降上下謂上天下地而求[illegible]同[illegible]
之器也矱度也所以度長短者也摯伊尹[illegible]

舜上師言陛降上下而求賢君與我皆能合乎此法者如湯之得伊尹禹之得咎繇始能調和而必合也

苟中情其好脩兮又何必用夫行媒說操築於傅巖兮武丁用而不疑好呼報反一作又字媒叶莫非反說音悅操七刀反○行媒喩左右之先容也言誠心好善則精感神明賢君自當舉而用之不必復左右爲達也說傅說也傅巖地名武丁殷之高宗也言傅說抱道懷德而遭遇刑罰操築作於傅巖武丁思想賢者夢得聖人以其形像求之因得傅說登以爲公道用大興爲殷高宗也孔安國曰傅氏之巖在虞虢之界通道所經有澗水壞道常使胥靡刑人築護此道說賢而隱代胥靡築之以供食也

呂望之鼓刀兮遭周文而得舉甯戚之謳歌兮齊桓聞而該輔呂望太公也亦姓姜氏從其封姓故曰呂也鼓鳴也太公避紂居東海之濱聞文王作興而往歸之至於朝歌道窮困自鼓刀而屠遂釣於渭濱文王夢得聖人於是出獵而遇之遂載以歸用以爲師言吾先公望子久矣因號爲太公

望該備也甯戚衛人脩德不用退而商賈宿齊東門
外桓公夜出甯戚方飯牛叩角而商歌南山粲白
石爛生不遭堯與舜禪短布單衣適至骭從昏飯牛
薄夜半長夜漫漫何時旦桓公聞之曰異哉歌者非
常人也命後車載之
用為客卿備輔佐也
及年歲之未晏兮時亦猶其未
央恐鵜鴂之先鳴兮使夫百草為之不芳一作而鵜一作鷤
音題一音弟鴂音決一音桂一無夫字為于僞反一
無為字○晏晩也央盡也鵜鴂鳥名即詩所謂七月
鳴鵙者蓋鵜鴂聲相近又其聲惡陰氣至則先鳴而
草死也逐咸之言止與亦勉不及此年今老時奉
過而逐行之意鵜鴂先鳴以比時
一過則事愈變而愈不可為也
何瓊佩之偃蹇兮
眾薆然而蔽之惟黨人之不諒兮恐嫉妒而折之一作
作珮薆音愛蔽如字又叶音鱉諒一作亮蔽如字則
折叶音制蔽音鱉則折魚哲○此下至終篇又自
序之詞偃蹇眾盛貌言我所佩瓊玉德美之盛時寶
蓋以自況也薆亦蔽之盛也諒信也折毀敗也日績

紛以變易兮又何可以淹留蘭芷變而不芳兮荃蕙
化而為茅以一作其茅叶莫候反○繽紛亂也不可淹留宜速去也茅惡草以喻不肖補曰正
云謂芍蘭其不可佩以喻蘭之別於艾也謂中樹其不芳以中樹之別於糞壤也今曰蘭芷不芳荃蕙為
茅則更與之俱化矣當是時也守死而不變者楚國一人而已屈子是也何昔日之芳草
兮今直為此蕭艾也豈其有他故兮莫好脩之害也
一無蕭字一無二也字好呼報反○蕭艾賤草亦以喻不肖世亂俗薄士無常守乃小人害之而以為莫
如好脩之害者何哉蓋由君子好脩而小人嫉之使不容於當世故中材以下莫不變化而從俗則是其
所以致此者反無有如好脩之為害也東漢之亡議者以為黨錮諸賢之罪蓋反其詞以深悲之正屬
之意也余以蘭為可恃兮羌無實而容長委厥美以從
俗兮苟得列乎衆芳實即上章蘭芷變而不芳之意容長謂從俗有外好耳委棄也詩

見ヾ章
椒專佞以慢慆兮樧又欲充夫佩幃既干進而
務入兮又何芳之能祇 慢馬諫反一作慢一作漫慆吐刀反一作諂樧音殺夫一
作其非是幃音運而十作以○慆諂也書曰無即慆淫樧茱萸也幃盛香之囊也樧亦芳烈之物而今亦
變爲邪佞茱萸固爲臭物而今又欲滿於香囊蓋但知求進而務入於君則又何能復敬其芬芳之節
乎
固時俗之流從兮又孰能無變化覽椒蘭其若茲兮
又況揭車與江離 從一作從流化叶虎禾反離叶音羅化或叶虎爲反則離如
字○流從言隨從上化如求之流也揭車江離亦香草然不若椒蘭之盛今椒蘭既如此則二者從可
知矣
惟茲佩之可貴兮委厥美而歷茲芳菲菲而難虧兮
芬至今猶未沬 一作其菲下而一作與芬下一有復出芬字沬叶莫之反○委歷
皆已見上虧損減也沬昏暗也言瓊佩有可貴之質而能不挾其美以取世資委而棄之以至於此然其

荃兮寶不可得而藏揔昏暗此存之自況也然上章識蘭既有委厥美之文矣此義瓊佩又以為言者蓋

彼真棄其義之實以從俗此則棄其義之利以徇道其害同不同也故彼雖苟得一時之勢而惡名不滅

此雖失其一時之利而芬芳久存二者之同正有志者所當細辨而勇決也

和調度以自

娛兮聊浮游而求女及余飾之方壯兮周流觀乎上

下

叶徒對反女紐呂反仁去聲下上聲叶音戶○調猶今人言格調之調度法度也言我和此調度以

自娛而逐浮游以求女如前所言虙妃佚女二姚之獨意猶在於求君也余飾謂瓊佩及前章冠服之盛

方壯亦巫咸所謂年未晏時未央之意周流上下即靈氛所謂遠逝巫咸所謂陞降上下也

靈氛既

告余以吉占兮歷吉日乎吾將行折瓊枝以為羞兮

精瓊爢以為粻

無言字行叶戶郎反折之舌反羞芒悲反粻陟羊反又音良○羞進羞

而實選也精細米也瓊枝瓊爢皆謂物之貴者善進也以牲及禽獸之肉殽滋味而進之也將遠而為

余駕飛龍兮雜瑤象以爲車何離心之可同兮吾將
遠逝以自疏余之爲于僞反疏所去反○象象牙也雜用象玉以飾其車也離心謂上下
無與己同心者自疏則禍患不能相及矣邅吾道夫崑崙兮路脩遠以周
流揚雲霓之晻藹兮鳴玉鸞之啾啾邅陟戰反崑古渾反崙盧昆反
揚下一有志字非是晻烏感反藹一作靄一作譪竝於蓋反啾音揫○邅轉也後漢書註云崑崙在肅州
酒泉縣西南山之中也雲霓蓋以爲旌旗也藹陰貌鸞鈴之著於衡者啾啾鳴聲也朝發軔於
天津兮夕余至乎西極鳳凰翼其承旂兮高翱翔之
翼翼翼一作紛旂渠希反之一作而○天津析木之津謂箕斗之間漢津也蓋箕北斗南天河所經
而日月五星於此往來故謂之津又有天津九星在虛危北橫河中即津梁所以渡也翼敬也周禮交龍爲
旂凡旂旛皆建於車後也一上一下曰翱直刺不動曰翔翼翼和也忽吾行此流沙兮

遵赤水而容與麾蛟龍以梁津兮詔西皇使涉予

為反以一作使予青與○流沙見禹貢今西海居延
澤是也流沙云當過無定河流沙猶之百妾曾動與
行幕上或陷則人馬車駝以百千數無子遺者或謂
此則流沙也遵循也赤水出崑崙東南陬入南海容
與游戲貌以手發曰麾以蛟龍為橋於津上而乘之
以渡猶言飛梁也詔告也西皇帝少皞也
以金德王白精
之君故曰西皇

路脩遠以多艱兮騰衆車使徑待路

不周以左轉兮指西海以為期○待一作侍徑一作逕

西北海之外有山而不合名曰不周指語也期會也
言已使語衆車使由徑路先過而相待我當自不周
山而左行俱會
西海之上也

屯余車其千乘兮齊玉軑而並馳駕

乘繩證反軑音大
於京反一作蜿蛇

八龍之蜿蜿兮載雲旗之委蛇

反委於危反蛇弋支反一作二字一作逶迤○
蹇也軑轄也轂內之金一云轄也蜿蜿龍貌一云旗

雲兮旗也 抑志而弭節兮神高馳之邈邈奏九歌而舞韶兮聊假日以媮樂 抑上有一字聊弭節一作自弭神 高馳一作邁高邈假工雅反一作

睽一音睽皆非是媮音俞○言抑節徐行赴神者 高馳邈邈然而逾遠不可得而制也九歌九德之歌 禹樂也韶九韶之舞舞樂也假借也顏師古云此 言遭遇讒厄中心愁悶假延日月苟為娛樂耳 陟

陞皇之赫戲兮忽臨睨夫舊鄉僕夫悲余馬懷兮蜷

局顧而不行 無陟字陞一作升戲許宜反一作曦 睨五計反悲一作思蜷音拳行叶戶郎

反○皇皇天也赫戲光明貌睨視也舊鄉楚國也 僕御也懷思也蜷局詰曲不行貌[illegible]說為政行而 終無所訴周流上下而卒反 於楚示行之至而義之盡也 亂曰 亂者樂節之名國 語云其輯之亂轉

成也亢作篇章既成撮其大要以為亂辭也史記 曰關雎之亂以為風始禮曰既奏以文又亂以武 已

矣哉國無人兮莫我知兮又何懷乎故都既莫足與

為義政兮吾將從彭咸之所居 亂哉字人下一無 兮字○賦也已矣能
望之詞無人謂無賢人也故都楚國也言時君尸
足與行義政故我將自沉以從彭咸之所居也

兩都賦序 漢 班 固

班固字孟堅扗地人也九歲能屬文長遂博
貫載籍明帝時除蘭臺令史乃上兩都賦

或曰賦者古詩之流也 詩有六義其一 賦故賦為詩流 昔成康沒而
頌聲寢王澤竭而詩不作 寢息許與也言竭 道西微雍頌並 廢大漢初
定日不暇給 言天下初定 不暇書文化 至於武宣之世乃崇禮官
考文章內設金馬石渠之署外興樂府協律之事 金 爲
門名傍有銅馬漢時賢良待詔於此石渠閣名以
主掌秘書樂府采樂之而武帝置協律都尉 興

今世所傳淳化閣帖者本宋太宗時命石刻謂之閣本被火焚絳人潘師朝
摹藏爲絳本僧希白所摹爲潭本又有徐王府木板本建中靖國劉燾聚淳
化所遺與近出世者別爲續法帖閣本旣焚則必是絳潭諸本之流布者
當時旣云無精彩況屢加傳摹者耶

齊物一篇其猶公車八股之文乎以三籟起頭則如八股所謂虛頭也物論之所由興由於有言言所以發由於有知此八股所謂中頭發字條也自其寐也至鷇音無音則中頭之足以條也自惡乎隱而有眞僞至兩行即逐條之第一款也又其下至葆光即逐條之第二款也又其下至寓諸無意即逐條之第三款也乃以物化爲篇終物化者影與夢也就中章句細瑣處別有論解玆不盡錄

知與言者物論之所由發也彼我則物論之所以爭也所爭則是非可不可然不然等也所爭之事則物與道也道者猶言道理也物與我有大小成毁等故可以爭也此通篇之提要也既爭則又有榮華喜怒等事

自流長樂宮中雲影暗昭陽殿裏雨聲愁新蒲細柳年年綠野老吞聲哭未休 三首皆建文帝詩

正人須正己治國先齊家如何廢郭后寵此陰麗華糟糠之妻尚如此

貧賤之交安足擬羊裘老子早見幾獨向桐江釣烟水 方正學過子陵釣臺長短句

青草塘邊土一丘千年埋骨不埋羞丁寧囑付人間婦自古糟糠合到頭 朱買臣之婦埋浙之嘉禾後人名曰羞塚方正學過而題詩

空鸞綵橋 彭友信和之上大怳召爲北平布政使

百花發我不發我若發都駭殺要與秋風戰一場遍身穿就黃金甲

明太祖詠菊

馬渡溪頭苜蓿香片雲片雨到瀟湘東風吹散英雄夢不是咸陽是

洛陽 太祖在軍中至瀟湘

閱罷楞嚴磬懶敲笑看黃屋倚單瓢南游瘴嶺千層迥北望天山萬

里遙款段久忘飛鳳輦袈裟新換衮龍袍百官此日歸何處惟有羣

鴉早晚朝

風塵憶昔忽南侵天命潛移四海心鳳返丹山紅日暗龍歸滄海碧雲

深紫微有象星還拱玉漏無聲水自沉遙想禁城今夜月六宮猶

望翠華臨

流落江湖四十秋歸來不覺雪盈頭乾坤有恨家何在江漢無情水

楚江濱叱咤風雲若有神對劍不須更惆悵漢家今已屬他人題羅滅

了項王千餘年不平之氣手中寶劍卽時墮地江東見其靈異作禮而出

河南廣武山漢高皇廟在其麓殿前有八角井井中有三魚一金鱗一黑鱗

一如常而一邊鱗肉與骨皆無獨其首全與二魚并遊水中但其遊差緩

不復有揚鬣撥刺之勢觀者凭欄瀕窺雖異之猶未審一日有墮井而死

者因盧之遂得三魚鱗色如在水中時半邊者五內皆無方大異之復置

井中至今三魚尚存俗傳漢高食鱠庖人治魚及半而楚兵大至倉皇

棄魚井中而遁此語固無根難信然以剢之魚而游泳不死亦可怪也宋馬純陶朱新錄魚名玉鱠魚

一對湘江玉并肩二妃曾灑淚痕斑漢家四百年天下盡在張良一借

間劉基初見帝問能詩乎帝方食指所用斑竹枝使賦之應聲云云帝嘆戲曰秀才氣味對曰未也帝大悅

誰把青紅線二條和雲和雨繫天腰虹霓明太祖玉皇昨夜鑾輿出萬里長

露醉才炷香拜訖徑升偶坐據神頸摟其背而慟大聲語曰大王有相虧
者英雄如太王而不能得天下文章如杜默而進取不得官語畢又大慟
淚如湧泉廟祝畏其必獲罪遂扶以下掖之而出猶回首嗟歎不能自釋
祝秉燭撿視神像垂淚亦未已

楚霸王烏江自刎之後土人憐之遂立廟於江頭甚有靈應凡舟船往來都
要燒紙錢之獻便無覆溺之患有狂士不信其說不肯燒紙來廻半 風浪
大作檣櫓傾摧狂士大怒返舟入廟大書一詩於壁道君不君臣不臣
緣何立廟在江濱平分天下曾嫌少一陌黃錢值幾文題畢竟無他故有
一個善戲謔之人代楚王做答詩曰楚不楚兮漢不漢古 立廟在江畔平
分天下曾嫌少我偏是大處不算小處算

羅江東隱到烏江入項王廟項王相貌猙獰手執寶劍而坐怒氣不銷猶
當日與漢王爭天下之勢江東賦他是箇好漢題一絕於壁上曰英雄立廟

深於熟寢苟人主或不察焉則忠臣之恨何所自列哉傳稱妾佯殭而棄酒上存主父下存主母猶不免於笞固有忠臣獲罪亦猶此夫客有因牛冤之事親過而弔焉余聞其語感而書冤牛云又自跋曰是牛也能捍虎于其人未覺之前而不能全其功于虎行之後其殺宜哉 古人以韓信之死比諸牛之死愚謂其冤則一也大小之分霄壤之判主人不悟牛之有功於己怪牛之立於體之上殺之殺之無足異矣至於漢祖知信不世之功爲滅之信之冤極矣以是未央宮前一片土不生青草年年只生丹草韓信斬處至冤之徹于天從可知也夫

題漂母圖云千金報德未爲奇阿母何須便怨爲若得王孫知此意何教快快受誅夷 筆談 未知誰氏之作而皆有深意

題漂母祠云賢哉一飯恩千載唯廟食如何漢諸陵寂寞生荊棘

和州士人杜默累舉不成名性倜儻不羈因過烏江入謁項王廟時正被酒

功大不謀身帶礪山河在丹青祠廟新長陵一抔土寂寞亦三秦
未央宮臺趾斬韓信處草皆丹獨異於他地明妃塚草青而淮陰死地
其草丹必有所以感天地者　華藝　我國高陽崔瑩墓上草不生人謂赤墳
黃定者於紹聖間以牛究事質於馬溫公公因作究牛鬪曰華州村有畊
田者日晡疲甚乃枕犁而臥乳虎翳林間怒鬣搖尾張勢作威欲啖而
食之屢前牛䖘以身立主人之體上左右以角拉虎甚力虎不得食垂涎
至地　熟寢未知之也虎行已遠牛才離其體人則覺而懸
之意以為妖因杖牛牛不能言而犇輒自逐之晝怒而得愈見恠焉歸而
殺之解其體食其肉而不悔夫牛有功而見殺盡力於不見知之地死而
不能以自明向使其人早覺而悟虎之害已則牛知免而獲德矣惟牛
出身捍虎於其人未覺之前此所以功立而身斃也嗚呼觀此可以見
天下之大甚於捍虎忠臣之功力於一牛嫌疑之情過於伏體不悟之心

淮陰不叛者有三考諸史陳豨之爲鉅鹿守辭於淮陰也淮陰闢左右與言爲辟左右其言必無人聽者然則子叛吾從中起天下可圖此言孰聞之耶陳豨魏人常慕信陵君及爲代相從車千乘邯鄲客舍皆滿趙相周昌疑之入言於上疵瑕頗起豨恐遂叛然則豨之叛本於周昌而非淮陰之教亦明且告變者淮陰舍人之弟而舍人得罪於淮陰欲殺之者也欲殺其兄其弟告變之言其可信歟見此三者亦足以發明淮陰之无罪矣有不世之功无一毫之罪而夷族天下之冤安有加於淮陰者乎未幾諸呂無少長皆斬豈非族淮陰之報歟詩云天維顯德 詩諷

設如信勸豨叛得天下則韓信爲天子乎陳豨爲天子乎信爲天子則於陳豨何益豨爲天子則於韓信何益乎量此則信之不勸豨明矣漢臣作漢史以委曲粧撰聲罪致討何所不至耶 筆林

皇明常明卿弔淮陰詩云漢代稱靈武將軍第一人豁奇緣躡足

山以二年讀此傳蓋欲細着工夫悟此文之爲妙也后山遵用其法作文
甚簡健耳

論禅有無失其主意者最爲淺見又於中間見其有究惑等語便爲馬遷主意異伯夷之嗟怨疑天道之是非只如是看過而獨不知下段道不同云云乃所以折諸聖而歸乎正也又一篇緊關專在於趨捨有時而鹵莽者鮮能著眼則首尾散漫靡所紐貫袞回之見稱譽由光之不概見時有先後命有遇不遇史遷之自悼豈不以存既不遇孔子尚庶幾萬世聖人遇之乎其所以欷歔寃鬱者殆一篇三致志焉且從初以伯夷許由對作主賓抑揚其辭歔決於孔子故到其叙致轉折處又必引孔子之言以證之曰道不同不相爲謀曰富貴如不可求從吾所好曰歲寒然後知松栢之後凋曰疾沒世而名不稱曰雲從龍風從虎信乎拈來若出諸其口最爲奇妙又前段以伯夷顔淵對擧者言其阨窮之一脈末後又對結者言其遇聖人者有先後其爲關鍵益緊密覽者或未暇繹意而妄作註評殆無異衆皆模象或箕或杵未究全體之如何亦可慨已昔曾南豊敎陳后

以義理決正蓋謂一時窮通輕若鴻毛萬世德譽重若泰山自君子疾沒
世而名不稱以至衆庶馮生斷〻以立名爲貴然名不自立必待知己而
揚聲故自同明相照以至雲龍風虎取以爲明聖知聖之證若伯夷顏回
之於孔子或幷世而託門墻或曠世而蒙叙列皆得聖人以不朽亦云幸
矣如馬遷者獨未能附青雲之士沒未能有華袞之褒是則以夷回之竊
阮從由光之湮滅擧其終始無一可者豈不寃鬱乎一篇結句以趨舍有
時爲緊關伯夷顏淵於夫子趨焉者也由光則捨焉者也夫巖穴之士合
得高尙之名而邂逅有幸不幸況處閭巷者又其下焉者乎此則馬遷甘
心下流而恐其名之磨滅而不章以爲切怛耳古今讀此傳者例不能細
心推究融貫大旨只揭起初段見之論禪讓曲折鄭重其辭若以重器大
統爲不當容易與人者則便爲馬遷主意不信有堯讓天下之事而獨不
知登箕山一證乃所以明許由之有其人有其人則可知其有事矣卽此

伯夷傳評論

伯夷傳非賛述伯夷乃悲吊由光也非吊由光也乃太史公自悲也生而身毀不用有甚於伯夷之餓沒而湮滅不稱將與由光同歸豈不悲乎知一篇大旨不過如此則從頭釋去可迎刃而解矣盖伯夷許由等是巖穴高士而一則見稱於孔子一則不少槪見故世儒論者信伯夷而疑許由有足慨惋於是以身質之曰登箕山而見許由之塚則果有其人果有其人而未能與伯夷同傳者其於聖人過不遇存焉遂以扶抑軒輊之意激昂其辭曰天下宗周則伯夷恥之堯讓天下則許由恥之讓國爲小讓天下爲大且不食周粟與讓天下之義孰高孰低特言由光義至高若將凌駕伯夷也因採薇之歌知伯夷之不能不怨而遂以福善禍淫之理有所謬戾者致詰于天曰賢如顏回何以窮夭也惡如盗蹠何以樂壽也反復疑難若未釋然於天道是非也自子曰道不同至其重若彼其輕若此方

諱氏樂呂絶呂之尔後乙言ソ經尔憤氏者乙也亽余ㄴ爲尼道ㄴ鄙牙鄙
牙○子ㄴ同ケ謀含也亽故又貴乙求齊士令之令求齊好含後乙
凋含世ㄴ獨令士乙見臣重ㄴ彼呂輕ㄴ哉牙○子ヰ爲臣子ㄴ夫ヰ財呂
士ヰ名呂者ヰ權呂廢ヰ生含照尔求ソ龍尔虎亽人ㄴ物ㄴ覩臣齊ㄴ
賢尹彰呂淵ㄴ學尹顯臣士ㄴ舍ㄴ時氏類ㄴ稱臣夫亽者ㄴ士ケ哉牙

伯夷傳

籍丶博弋藝ヒ書丶缺尹賦尹文乙也亽堯丶位全舜並閒乞牧丶薦乞位全

年ソ虞丶後乞政並下卩踰五者卩統亽下丶也乞者丶堯丶由並莫由丶受呂

隱舎時乞者舎此丶焉ロ〇公丶余丶山ヒ上乞云亥子丶倫乙矣ヒ余丶聞昌

光丶高氏辭丶見卩哉五〇子丶齊丶惡亽希舎仁舎乎吾余丶意广詩广

焉多傳乞齊卩也亽父丶齊广卒广齊丶夷ヒ夷丶也舎去亽齊丶之ヒ

人丶子亽〇是乞齊丶昌ム老呂焉是至广伯丶卒呂王丶主ソ王亽紂亽

齊丶葬呂戈丶乎是君丶乎是右丶之亽公丶此卩也舎之矣〇王丶亂广下丶

齊丶之ソ粟ソ山ソ之奇死广歌ヒ辭乞兮亦矣多兮亦矣多夏丶兮

亦我丶矣五兮亦矣舎山舎之昌耶牙耶牙〇道丶親ソ人舎齊卩

者丶耶牙行丶死呂徒乞尼丶學尹賦尹也丶空ソ糠乙厭奇夭ヒ人丶

哉五跖丶辜ソ肉ソ睢氏人ソ下奇終ヒ是丶哉五此丶也五世並軌系

盜跖篇曰魯國巧僞人孔某非耶伯夷傳曰可謂善人者非耶句法正同

## 附驥說

王子淵四子講德論曰夫蚊虻終日經營不能越階序附驥尾則涉千里攀鴻翮則翔四海( )此語非始於王褒也蓋古有其說矣

## 瘠菴李氏書伯夷傳說

例軒李先生曰伯夷傳首於列傳〻〻所記皆傳信傳疑者也當於首傳明其疑信之相雜使後人知所擇焉故伯夷傳之以六藝之文孔子之言爲重者欲使後人知傳說之不可盡信而聖人之言爲可信也余年十二三聞此言竊疑歟於首傳言之何不於黃帝本紀吳太伯世家言之而始於列傳之首言之也余時愚蒙未及質問伊後思之本紀世家紀帝王公侯之事者也徵之史乘得之聞見訛謬者少列傳則有以匹夫而立傳者傳聞之失實固宜多也此所以言之於列傳之首者也 本紀世家事體既重話說又多故道敍其始終至列傳方敍其議論也

論曰託始之意則楊用修既發之矣由光事則黃東發陳魯南之論為得而至於怨字一義黃東發羅景綸皆失之矣至於天道之疑輕重之斷則羅鶴林有失有得而楊升菴乃約畧認取矣至於董潯陽之言則始終皆誤矣要之託始之說由光之事輕重之義則諸儒所論互得互失不可偏從而至於致疑逸詩之意則諸家之言皆失其真矣

## 莊子說

由光說皆出於莊子寓言而他無所據矣○讓王篇伯夷之避周餓死在伐殷之前與本傳不同○讓王篇伯夷引神農而又有易暴之語蓋莊子本寓言而采薇之歌從以傅會歟○讓王篇曰天下至重又曰天下大器○駢拇篇曰伯夷死名盜跖死利其於殘生傷性均也然則跖亦不能以壽終矣○肝人之肉及聚黨數千人橫行天下出盜跖篇膾人肝而餔之從卒九千人之文○讓王篇論伯夷亦有塗身潔行之語與孟子朝衣塗炭及本傳積仁潔行之語合○

讓之說也明其不足信也是說蓋得之矣
宋之黃震曰太史公疑許由非夫子所稱不述而首述伯夷是則然矣但曰太史公托以自傷不遇非伯夷怨是用希之本心是則失太史公致疑其怨之本旨矣且太史公身遭刑禍故每於賢人之窮厄致意焉又自思表見於後世故篇末亦有君子循名之說焉蓋有感而發之耳豈必歸之於怨然後方爲自傷不遇乎又其言曰高其文而非其旨嗚呼既引孔子不怨之訓而其下乃歸之於怨則是前後矛盾敗筆之尤者耳是豈太史公之見識乎唯其旨意高遠故文辭自好耳苟言之踈謬如是而曰文章儘高非所聞也○宋之羅大經亦有不免乎怨之說皆非太史公尊信夫子之意也
楊愼曰始言天道報應差爽以世俗共見聞者歎之也中言各從所好決擇死生輕重以君子之正論折之也一篇之中錯綜震蕩極文之變而議論不詭于聖人可謂良史矣

伯夷傳文辭簡奧而意趣高遠後人多失其旨故特爲發揮爲筍諸家註解無可攷評則又何必泚筆覼縷耶

明之楊用修曰尚書首堯典舜典春秋首隱公史世家首太伯列傳首伯夷貴讓也○是說始之意古人已言之矣

明之董份曰伯夷叔齊不能無怨唯得孔子之言故其名顯嗚呼果如董說則是夫子之言歸於爽實矣又曰由光義至高而文詞不少概見故後世無聞嗚呼果爾則是夫子之言歸於有闕矣其意蓋以岩穴之士湮滅無聞歸之由光至高而孔子不稱矣是不知由光則古之無其事而虛傳者也岩穴則後之有其實而未傳者也且由光何嘗名湮滅而不稱哉又其言曰不如是則首尾不相圓而引由光事無味矣是初不知由光之本以逃讓而相引矣又不知由光之無實而不稱於夫子及岩穴之有賢而不遇於夫子首尾互應與伯夷事遞相暎射者也古人之論有難盡從如是矣○獨明之陳沂曰傳伯夷先言由光等因其逃

太史公於世家則首太伯列傳則首伯夷矣本紀則雖起於五帝而實意在堯舜故自序曰卒述陶唐以來至於麟止自黃帝始其意可見矣

許由與伯夷同有遜讓之說則是當爲列傳之首而許由事終有可疑故不爲許由立傳特於伯夷傳首示其疑端矣

## 輕重說

夫子非以爲富貴可輕而但不可求也蓋嘗以富貴比浮雲矣蓋曰是亦求而可得則吾亦未必不爲云爾蓋歎世人徒事屈辱而究竟無得也○論語作富而可求當詳玩○執鞭之士蓋謂屈節公卿親爲僕御也○吾亦云者便見時人皆然也

歲寒一節或曰夫子以松柏後凋爲稱是豈以世之富貴爲重而以此之貧窮者爲輕乎云爾亦通然蓋要其歸則等耳

## 諸說同異論

## 禪讓說下段

載籍考信之義所包甚大非專指一事故以夫字發之蓋言乎一段則由光之說是也若論一篇則并與逸詩之語天道之說而皆然也以一書言之則又無往不然矣○曰極博則見眞僞相雜也曰考信則便見其可疑也○六藝者非周禮所云也史記皆以六經言之滑稽傳之類可見○意在六藝中書文而詩字只是帶說○堯將遜位讓於虞舜者本書序之文也虞書與位四岳卽其事也又疇咨若釆以下皆爲禪舜張本而此以一將字包之○岳牧咸薦卽所謂師錫帝也○乃試之乃字旣興之旣字及其下然後字皆歸鄭重之意○稱焉之稱字郞指說者之說也便見其構虛爲說也○讓由說本莊周寓言然帝典堯命四岳曰巽朕位後人或曰許大嶽之胤也堯之所巽四岳或爲姓許名由云

## 託始說

舊聞畧成文字蓋其託始之意傳疑之說或考信於聖經或折衷於夫子宛轉（豐[illegible]擇）委曲及微辭要旨精義所在則皆聞諸家庭者也其餘又雜論字句承接照應以示童蒙焉雖然六韺九韶之轟天地假人神者亦不外於律度推移綴兆節奏之閒要在於聞絃賞音者爾（然疑出九歌 綴兆見樂記）

以六藝及孔子爲歸其尊之也至矣尚可謂後六經者乎又孔子則列之於世家而
又酷吏傳先引孔子後引老子
曰中國言六藝者皆折衷於夫子可謂至聖矣老子則與莊周申韓同傳而已
此亦可見矣雖然班氏之說蓋有所自自序中六家要旨尊道家而抑儒家是
也然此自其父談之論耳至自述著書之意則叠三陳六藝反覆祖述老氏不
與焉此亦可見矣又雖以談之論言之必以周公詩書孔子春秋爲歸而有周公孔
子五百年之說又曰紹明世正易傳本詩書禮樂之際然則還之三陳者亦出繼
述之孝而其家學之正可知爾然則其所謂道家者亦不出黃帝無爲堯舜
垂拱之意矣其所以貶儒家者亦論後世所謂儒家之末失耳初不敢致疑於
六經與孔氏者矣然則班氏之譏之也可謂冤矣

後序

伯夷傳古人謂之文章絶唱蓋其文商證古今叅論天人然疑感慨反覆低
徊有一唱三歎之遺音矣第調高格逸知音難遇良史苦心或致隱晦故爰述

又以爲武王沒後周公之追王矣但[而]不言文王則文王追王或在其前耶

## 避紂說

王荊公曰孔子謂餓于首陽孟子謂避紂北海蓋避紂而餓也非醜周也孟子旣謂避紂歸周則凡叩馬恥周之說皆不可信韓子之頌亦誤矣蓋不自降辱以待天下淸之是爲逸民也故凡言非其君不事不立惡人之朝目不視惡色不事不肖皆惡紂也故遭紂之惡不念以懲不忍以[事之]求其仁者也又曰夫惡紂善周之心伯夷太公豈容異也伯夷苟不死當與太公爭烈矣○果如是論則亦傳記之訛耳非史記之誤也太史公則只據載籍爲文而寓其傳疑之義矣蓋見考信六藝之論爲不虛矣○雖其餓故欲歸養老之國耶

## 尊經說

班固父子論子長而以先黃老後六經短之夫伯夷傳則引老氏天道之說而疑之傳貨殖則引老子語而疑後世之不可行此豈先黃老者乎雖以伯夷傳言之亦

皆人有主客而以類相及也。由光則虛妄故夫子不稱巖穴則賢矣而不遇孔子

當首尾照看

載主說

周禮屬言師出立軍社奉主車而註疏云社則石主遷廟木主也曾子問亦曰載以齊車此載木主之說也曲禮云措之廟立之主曰帝疏謂同於天神故題稱帝云文帝武帝之類也崔靈恩云古者生稱帝者死亦稱帝生稱王者死亦稱王此號爲文王之說也雖然曾子問古者師行以遷廟主行云而孔子曰取七廟神主以行則失之矣又文王世子公族在軍守公禰註疏謂遷廟而稱公禰取親親也然則文王之主恐不宜行也武成予小子受命文考云云此周(恐爲)禮及王制造禰受命之義而未必爲載主也又尚書大傳曰王乘舟入水宗廟亞註宗廟行主也又曰既事設奠于牧室註亦謂先祖行主也然則恐未必爲禰主也又曰追王太王亶父王季歷文王昌亦在既事之後則方出師而稱文王者恐亦未可信也中庸則

伯夷傳後錄

雜識

夫古人之文微示其意未嘗道破故人不易覺蓋伯夷傳許多何焉哉耶等字都是疑辭也疑由光則始曰何以稱焉而復曰不少概見何哉疑逸詩則始曰可異焉而復曰怨耶非耶疑天道則曰善人者非耶曰報施何如哉曰遵何德哉復結之曰是耶非耶又雜引經傳則曰其輕若此哉待人名顯則曰烏能施於後世哉皆以語辭結之而各有含蓄不盡之意使人諷詠而得之所謂如半淵蓮花者也○疑由光處或先引經義而乃及於誣辭或先設疑端而乃取正於聖人矣論伯夷處或先引聖言而致疑於逸詩或先疑於天道而歸正於聖言矣又疑天道處顏跖則先善而後惡近世則先惡而後善皆文避印板也○讓許由之文帶得不屬不試之意雜引經傳處實含求仁何怨之義其餘隱現互發者不可枚舉也此類則當於無字句處俱有字句看也○吳太伯之夷及伯夷顏淵

照爲同聲相應矣○又聖作物覩一句亦爲下文之得夫子而名顯一句而發也蓋夫子卽所謂聖人者而曰彰曰顯卽相照之實也曰得曰附卽相求之實也(皆出覩字意也)

巖穴趍捨卽伯夷不仕之類也閭巷砥行卽顏回陋巷之類也蓋言伯夷顏回則幸遇夫子而顯彰矣其餘雖或(有)行比賢(伯夷)如顏回者或不能附驥尾則名不彰而已矣○顏回與伯夷爲同類故始終並稱○趨捨有時亦爲砥行立名也又名之湮滅亦由於不得青雲之士當互見也○夫身處窮約所求在名而名又湮沒則豈不可悲哉故爲之著書立傳此一部史記之所以作也

涇矣○清士如伯夷之潔行是矣混濁則不清潔矣皆在利慾趨捨之間也

## 循名說

首二節言君子之求名中二節言同類之相顯末二節言不遇而湮沒者蓋君子疾沒世名滅故以名彰爲幸而以名滅爲悲也○上文其志與所好與所重指仁善也此所謂名即仁善所致也君子既無意富貴唯修行以求名也○疾(一作字)者即循名之意也○上文言求利求義者各從其志而所重者清士也賈子之文亦有各從其志之義而今所取者烈士循名一句也

雖然名不能自著必待人而顯故曰同明相照同類相求蓋循財死權之類亦皆各從其志同類相求而君子之循名者亦自爲類也○聖人作焉則人皆瞻仰夫賢人之於聖人正如風雲之於龍虎而其所從字則應覩字也是爲同明相照同類相求而求字照字應從字覩字矣○蓋都歸於聖作物覩一句而同明二句先發其義龍虎二句次說其喩者也○易傳本釋利見大人一句而本文以同明相

夫天道難信則為善者咸怠然雜引經傳則義利輕重之間趍捨可定矣○上文所言或有不願行義而富貴是求者或有不辭窮餓而仁善是好者是二者趍向異路不可強合也況富貴在外求不必得則不如求在我者也況窮陰之中不改其操然後志節尤彰矣是為三節而節節轉深凡此經傳所云豈不以仁善為重而富貴為輕哉然則天道之無徵不足恨矣○蓋以各從其志釋不相為謀而各字應不相二字也又下文所好者即其志而從吾者即各從也

秦楚月表有以德若彼用力如此之語蓋以文之前後所論分彼此也

天道一段善人而窮疑在可怨此子貢怨乎之意也輕重一段義利之間輕重有在此夫子何怨之義也故不相為謀者所求不同也從吾所好者所求在仁也清士可見者得仁者之可貴也夫仁善為重而窮達為輕則何足介滯耶○而求字蓋言富貴之難求則所求自歸於仁矣此雖無仁怨等字而求仁何怨之義隱然乎言外也

然則於富人不可論仁善而於善人不當論富貴無怨也是二者蓋

先言道不同下乃以富貴與窮寒論之

舉世混濁清士可見疑出屈子舉世混濁而我獨清之語又老子曰國家昏亂有忠

甚盛焉而寶含報施何如及遵何德之義蓋叅錯互發一唱三歎矣

或曰者老子之說也此篇說者曰及其傳曰及或曰三曰字皆其言可疑者也○仁字即孔子所許而行屬仁初非兩事也○一絜字即朝衣塗炭之志也蓋惟恐不仁之汚之即不降辱之實也○蓋曰積仁以絜行如是則非可謂善人者耶云爾而既語倒其句又句倒其字也○可謂善人者非耶一句與貨殖傳豈所謂素封者非耶一句文法相近

操行不軌屬行即擇地而蹈及行不由徑之反也專犯忌諱屬言即時然後言及非公正不發憤之反也○蓋下文蹈字照行字而即操行之意也擇地字照不由徑意而即不軌之反也又言字照發憤字而即犯忌諱之意也時然後三字照非公正則不爾之意而此即與專字相反者也○不犯忌諱近於柔懦不立故公正可憤之事則有時乎言之○慎行謹言則宜天道之所與也不軌犯忌則亦人事之難免者而今皆不然矣

輞重說

延怨恨而至於世道之歎身命之感則或不能無者耶蓋都不可知而要之
其歌則怨矣史氏之疑之是也(是一作甚)

## 天道說

天道一段說出古今顔跖古也近世則今也蓋以同類而引顔淵以相反而引盜跖
因及近世之相反與同類者(故)反覆感慨矣○七十子亦取重於孔子門徒也三千
之中擧其盛者而又曰獨薦其好學蓋曰回亦可謂善人也暴厲恣睢(即)縱日
殺肝人爲言蓋曰可謂不善之極也○顔則其生屢空而死又早夭跖則其
生橫行而死又壽終矣近世惡人則終身逸樂而又引至累世善人則其身
已遇人禍天災與逸樂富厚相反矣○其事皆統於天道與善之語顔淵事
報施者施即與字之意而出於爲善之報也盜跖事遵何德者德字即從善
人字來○伯夷事無報施何如之句顔淵事無可謂善人之語而語意互備矣○
顔則曰報施何如哉跖則曰遵何德哉即下文或焉之意也近世善惡則但曰余

駕將走太子與郭熒叩馬請待之則蓋迎而止之、意也○惟其從(已有)父命棄君位之義故諫人亦必以忠孝而止其爭天下歟○六師仗義而何末二老妄欲沮之則軍中之欲加兵勢也伯夷太公其義相反而太公曰義人則濟世之志忠君之義并行不悖也○去之云者使之去也○舉天下而宗周而獨恥之則便見其高節特立也○不食周粟者不仕之謂也後人不知遂有野婦之說蓋恥其趨歸故隱於首陽山義不食其祿故采薇而食也

始也既以武王之爭天下爲非因不義其天下而恥食其祿故及其餓死作歌則乃說出不仕之志也○其歌始言身不出仕次則慨歎其世次則遐想上世末則又嗟其身命也其事蓋相因矣○西山采薇之句蓋不立其朝也以暴不知之語蓋以爲惡人朝也思神農虞夏而歎其無歸者即非其君不仕之意也語不及殷者蓋湯之與武其事一也○夫易暴之語則近於尤人命衰之語則幾於怨天豈非可疑耶或者人之恩怨則固不必芥懷遜而失國則亦不

西山一聯言其身以暴一聯論其世神農一聯合言世與身

文字郎伯夷本傳而可異之意首尾包之○曰軼詩者謂其不在六藝詩書之
科不可考信也○必稱其傳曰者蓋言傳說之難信也○夫夷齊平生大節在
讓國逃去與不食周粟斯二者皆不求富貴而自取窮餓則蓋志在於仁而
已矣是豈怨其窮餓者乎夫子之言信而有徵矣○父死不葬既違事宗
豫加弑君亦為未穩亦可見傳說之誕矣(說一作記)
孤竹君之二子云者以著譜系而因以發讓國一案也○下文又有中子則欲立
叔齊者全出於愛少子乎○蓋父命私也兄立正也故父生不敢違而父卒
則致于兄也○兄弟皆逃而立中子者結孤竹國一案也
於是夷齊無歸故欲歸養老之君而既至則事乃大變西伯則已卒而號為
文王矣乃見武王伐紂之舉矣所以終發安歸之歎也○孟子伯夷曰盍歸
乎來吾聞西伯善養老者此文變吾聞而曰夷齊聞者因其言而作事宗
用也○叩馬而諫者御已在路也說文叩馬牽馬也按左傳襄公十八年齊侯

別之索隱以為楊惲東方朔之進加者恐不然觀自序滑稽諸文問答錯見則蓋本文已然矣○叠字云當皆疑辭也封禪書蓋麟云及孔子世家蓋見老子云是也○序列之中必稱吳泰伯〻夷者皆讓國之人而為世家列傳首者也○曰少曰概見便與詳字相應蓋言非特不詳而初不畧及也○史記捨由光而取夷齊全由夫子序列與否故序列一節既上結由光而下文因逸入伯夷事此為上下關捩矣

## 不怨說

聖人不言者初不論著矣其所序列者又就其所言而證傳說一作記之可疑也○怨是用希或以為人之不怨然太史公則蓋取伯夷之不怨蓋不見怨惡猶可能也窮而不怨是為難耳○怨是用希者下不尤人也又何怨乎者上不怨天也○雖窮而不怨故其意可悲耳苟如逸詩則與前日悲之者左矣○夫子謂不怨而逸詩則怨所以為可異也故直至怨邪非〻耶一句而方結此意其中間

說然既以類并擧故上文亦以虞夏二字發之
載籍考信之義所包甚大非專指一事故以夫子發之蓋言并一段則由光之
說是也若論一篇則并與逸詩之語天道之說而皆然也以一書言之則又無
往不然矣曰極博則見眞僞相雜也曰考信則使見其可疑也○六藝者非
周禮所云也史記皆以六經言之滑稽傳之類可見○意在六藝中書文而詩
字只是帶說○堯將遜位讓於虞舜者本書序之文也虞書疇咨若采以
下皆為禪讓張本而此以一將字包之○稱焉之稱字即指說者之說也使
見其構虛為說也○讓由說本莊周寓言然帝典堯命四岳曰遜朕位或曰
許大岳之胤也堯之所遜四岳實為姓許名由云

## 疑塚說

許由之說既難信然箕山有塚則又是為疑案故復以聖人之不言為衡案也○
古之傳說則既以古經為證己之所見則又以所聞證之故加太史公曰四字以

伯夷傳解

禪讓說

伯夷古之讓國者也取其讓而首於列傳故篇首一讓字為眼先影襯伯夷蓋由光讓之可疑者也○將言由光之說不合經義故首疑載籍極博考信六藝之論又於六藝將以考信者在堯舜間事故曰詩書雖缺虞夏可知也蓋致信於虞書禪讓之文而說者所稱由光之事卽屬載籍之難信者也○讓於虞舜則意歸一難字讓於許由則又不出輕易意堯將遜位者見其經營良久而難於其人也讓於虞舜則既得其人矣何嘗有讓由事岳牧咸薦薦之者既非一二矣而猶不輕授既試矣而又必至於數十年之久以示重器難傳之意則於許由獨不薦不試遽讓天下者豈非可疑耶○舜禹之間不稱讓禹者承上省文也於卞隨務光不言事迹者亦蒙上不受逃隱之語也蓋專以堯之讓舜形堯之讓由而禹與隨光則只是帶

曰吾猶及史之闕文而春秋郭公夏五之類皆因其舊夫夏五之下當有月字初非難知而猶不輕下者蓋聖人之慎也唯太史公得其義故散見於載籍者或互有異同則必兼收并採而各見於諸篇使後人有以參考焉且以滑稽傳言之夫齊威王時淳于髡後百餘年而有楚莊王時優孟云者是豈太史公昧陋而有誤哉蓋文籍有是故存而不改而別有年表等文則可以參攷矣後人或不得其義於此等處欲加譏評焉不亦謬乎蓋伯夷傳爲列傳之首故首發其義使之考信於六藝而下文又加其傳曰三字以見傳說如是而或難盡信此凡列傳之通例也雖然以文則考信於聖經以人則折衷於夫子此則傳信者乎

疑之義也此又一段也其次則引天道之說而反覆致疑乎善惡窮達之際矣夫善人而窮疑若可怨此子貢所以發怨乎之問者乎雖然又雜引經傳而極言義利取捨之辨窮達輕重之間矣夫所重在仁而窮達為輕此正夫子何怨之義也此又一段也又伯夷之名則既得夫子之序列而始彰矣伯夷之行則又得夫子何怨之言而始顯矣故篇末皆歸重於夫子因論揚名後世者必待人而著此乃著書作傳之本意乎此乃篇末一段也揔而論之則篇首之謙字篇末之名字只是一篇起結也若其本傳則實以怨字一案搆成一篇而始引夫子致疑進詩者只就不怨之文迹而論之也次引天道與經傳則是又闡發不怨之深義而委曲備盡者也然則不怨二字寔為全篇要義而後人或以為其文怨因以為文雖奇而義則舛此何以稱焉故為之說

## 傳疑論

夫疑以傳疑信以傳信者史家之大義也欲以一人之見盡去天下之疑者妄也故孔子

# 伯夷傳說

夫史有三體記事者尚書也編年者春秋也列傳者史記也三者備矣然後事之本末年之先後人之始終該矣然則太史公之創為列傳者蓋與尚書春秋并列乎此列傳之說也夫書起堯舜之際春秋始於隱公蓋禪讓之君也故史記亦世家則首太伯列傳則首伯夷(本紀則首五帝而意在堯舜)其意亦自任以五百之運而蓋將叅之於二經也子曰能以禮讓為國乎何有蓋天下之亂恒起於爭苟讓矣則何事有故列傳凡七十而伯夷居第一此託始之義也又就其文而論之則凡有四段焉夫伯夷古之讓國者也取其讓而首于列傳故先以虞夏禪讓明堯讓許由之誣然後方入伯夷之讓矣蓋以書經遜位之至難證輕讓天下之為無稽然箕山一塚又為疑案故更以聖人之不言斷之矣此篇首一段也既入伯夷事則夫子既明言其不怨而西山之歌未免怨誹故始曰可異焉而復結之曰怨耶非耶此亦載籍之難信者也故以其傳曰三字示其微意此亦傳

## 哀怨說

史記曰離騷自怨生又曰小雅怨誹不亂而離騷兼之然子曰不怨天不尤
人憲問而中庸亦云又曰克伐怨欲不行憲問又曰貧而無怨難憲問又稱伯夷
仁而不怨述而然則屈子之怨固非歟蓋事係一身之利害得喪則固不足怨
尤而若關君親倫紀之間則蓋有不若是恝者矣故孟子以虞舜之號
泣怨慕爲大孝又以小弁之怨斥高子小人之說而以爲親之過大而不
怨歸於愈疏不孝與之季札又以小雅之怨而不言爲美然則古之聖
賢亦何嘗不怨耶屈子之意蓋曰我竭智盡忠荼爲臣職君王之不我
信於我何哉云爾尤見其忠厚惻怛之情矣蓋離騷爲詞賦之宗然賦近於文而
騷近於詩故騷辭之於詩義實有相關者矣孔子曰詩可以興可以怨邇之事父遠
之事君蓋小弁事父而怨者也離騷事君而怨者也所以騷辭兼小雅之怨誹
歟其遣辭之際委曲往復極其從容所謂不亂者非耶

無聊投水一章

國無人章○此章卽死而不容自跦者也國莫我知眷戀何益○無人知我莫與爲政卽全篇四方不合之意非單指君王也蓋不合於人乃所以不合於君也不當分着○眷顧不忘而究竟無益乃得以投水而已矣

離騷經解終

卒章之語凡三次轉換始則意在抑志自強和調自娛中則又言戀國之懷終不自抑終則乃曰無人知我何懷故都情志轉益淒絶矣○蓋眷顧徘徊而更無所望終至於自溺矣

意欲自娛一章

抑志章○此章蓋從巫咸和調自娛之語也○抑志弭節當與懷沙一篇參看蓋寃忿之志強自寬抑而終有不能禁遏者矣唯以文詞黽勉自遣矣蓋爲下章驀然想起之本矣

終不忘君一章

陟陞皇章○此章即本傳眷顧楚國繫心懷王者也○蓋承上章言寃忿之情雖欲按抑而自忘戀君之懷自不禁驀然闖發矣○蓋忠君之誠始終眷戀上文雖有許多遠離自疎之語然只是強自立說矣其實死而不容自疎是爲下章無聊投水之本矣

言修飾○忽吾行此云者蓋曰不意遠涉至此也容與者求其津涉也
○蛟龍西皇則段首所無而今被使令矣當與上章參看○流沙赤
水即西極之地也是亦爲西海之路

遠逝末終二章

此節言遠逝之末終期望也

路脩遠章○此章二聯合言周流即前節一章上二聯皆言周流者也文法
變換○脩遠多艱及不周左轉與首節遭道崑崙及脩遠周流者相
首尾矣三節皆不出遠逝二字

屯余車章○此章二聯合言脩飾即前節二章下二聯皆言修飾者也文
法變換○玉車駕龍亦首節所言者也○玉軑雲旗亦與首節玉鷖雲
霓相表裏矣

和調自娛三章

龍則段首所無而蓋與下文末節相表裏◯君意不可復合則不如吾

自離去也不得已之辭也

邅吾道章◯此章蓋叙遠逝之事◯上聯言周流下聯言修飾◯邅道崑

崙即遠逝之實也◯崑崙在西北乾方即西海之路也崑崙者天也◯雲

霓玉鑾蓋於段首或有或無而與下文末節相表裏

遠逝中間二章

此節蓋言遠逝之中間經歷也

朝發軔章◯此章蓋言陸地乘車也當與下章對看◯上聯言周流下聯

言修飾◯此篇始之惜日則曰朝搴夕攬中之惜日則曰朝發夕至此之

惜日則亦曰朝發夕至矣◯鳳凰承旂則段首所有而曾被使令者也

亦與下章當參看矣

忽吾行章◯此章蓋言水路梁津也當與上章對看◯上聯言周流下聯

方求合也○此節蓋遵巫咸修飾周流之語每章皆上聯言周流
下聯言修飾而獨上節一章或上言修飾下言周流矣下節則又上
章二聯合言周流下章二聯合言修飾蓋文貴變換矣○篇首
則憂歲月之易逝而汲汲修行中間則憂歲月之不留而遑遑治
行篇末則憂歲月之易暮而忽忽俟時矣○西極西海蓋日暮
之地也所謂驃黃爲期者也○先人曰皐陶謨篇末將近歌樂則
雖無懽欣等字
君臣酬答之際其辭語忽覺興動離騷經篇末將近投水則雖
無悲愁等句然鳴鸞啾啾等語其音節忽覺凄楚此古文之
神異者也

遠逝始初二章

此節蓋言遠逝之始初經紀也

爲余駕章○此章蓋言遠逝之意○上聯言修飾下聯言周流○瑤車駕

其下繼言感餙求合者亦前後正同但前則數章之內合言感
餙而其下方有求合諸章此則求合諸章之閒每章錯叙修餙
矣此亦文章之變化者也○蓋其義則要不出關捩一鄭往觀
四荒而芳菲彌章者也

靈氛既告章○巫咸所告即靈氛所言也語有詳畧而意則一致也○上
聯屬周流下聯屬修餙○粻亦用瓊猶上精亦用椒也

死不自疏九章

此文即下段之收結也蓋應巫咸所答他邦求合一章矣上六章
即照其下聯修餙周流之意也下三章即照其上聯和調自娛之
意也○上六章即遠逝自疏也下三章死而不容自疏者也

遠逝三節

許多感餙求合蓋居下段首尾矣但首則此邦不合也尾則遠

他方求合答辭一章

其事全出於此邦難合故此邦則屢言不已他邦則只有一章不獨詳畧相間之妙也○上文則只論其難合而已其所勉者全在此一章矣故此章大啓後節修飾周流之意

和調度章○和調度者以和順之道調平法度也言不必憂愁牢落而但安心求女也悲回風心調度可以叅着○下聯上下求女而益不捨修飾之意矣是爲全篇命脉

結態一章

此文上結占辭諸章而下開遠逝三節矣盖不出修飾周流兩語矣○益修德之陳辭重華與行道之間卜巫咸對立故此章之結態又與跪敷衽一章正同旣告吉占卽旣得中正之意也吉日將行卽埃風上征之意也瓊枝瓊靡卽玉虬乘鷖之意也○又

上章言無實而苟芳下章言進取而不芳

余以蘭章○上聯所恃如此餘固不論矣蓋內無其實而外有其容矣

○下聯委美從俗則無實之由也苟列衆芳則容長而已矣

椒專佞章○上聯佞以慢慆蓋務進之本乎心情者也欲充佩幃蓋務進

之發乎事爲者也○下聯歸於私慾則天理日遠矣

下節二章

以上章變遷之優劣引出下章不變之可貴

固時俗章○上聯因嘆世態固然實無足恠○下聯即孰能無變之實

也○承中二章而言蘭也椒也猶如此況下品者乎以見不變者之可

尚而難得也

惟茲佩章○可貴之實則實在下聯蓋委棄歷茲而至今未改所以可

貴也○蓋巫咸深有愛重之意與上恐其折之者當上下相照

黨人蔽美一章

何瓊佩章◯上聯薆然蔽之則與靈氛所言黨人不察者相表裏而下
聯不諒折之則其所不言也蓋語尤加切矣◯偃蹇蓋不相迎合之意

賢人變遷三節

上節槩言其事中節指陳其實下節論其優劣

上節二章

上章言變易之事下章論變易之故

時繽紛章◯上聯繽紛變易即指下聯衆芳皆變也何可淹留即此邦
難居之一端也◯下聯不芳爲茅當互看

何昔日章◯上聯問其緣由意在一何字矣芳艸蕭艾即變易之甚也
◯下聯説明其故蓋世莫好修故流從變化也

中節二章

法少變矣

今事一章

及年歲章○蓋兩美必合之義上三章已備故此章不必更贅但言
及時求合○上聯人當及時而時亦未央矣下聯恐時世已晏將無
所及矣

此邦難居答辭七章

上節則上三章屬古事下一章屬今事此節則上一章爲一
條下三節爲一條○衆惡徵美之義靈氛則合有三章巫咸
則只有一章然更有摧折之處則比前語又加切矣○下條
三節則又靈氛之所不言也比前更添一節矣夫美者皆變
九何所望○蓋與靈氛之語詳畧互異又有無不齊而歸於此
邦難居則一也

古事三章

勉陞降章○曰字即巫咸答辭也○此章主言其君苟美則臣之美者必合○上聯陞降上下即靈氛之勉遠逝者也求合即靈氛所謂孰求美者也榘矱所同即兩美合德者也勉其求合之義則證在下聯儼而求合即陳辭一節儼而擧賢者也

苟中情章○此章主言其臣修美則君之美者必用○不待用媒則證在下聯夫武丁以像求之則豈待自衒耶○與上章一君一臣對立相照

呂望章○蓋此段巫咸一節與前段重華一節對立相準故此段呂望一章與前段夏桀一章相準焉皆上文諸章各叙一人而此文一章合叙兩人矣○此章不言求合不言好修而蒙上省文亦如夏桀章不言自縱自娛者矣○上二章分言君臣此章兩聯皆以臣爲言者此文本爲屈子求君而設也○呂望則爲君所用甯戚則君乃用之文

下段之下

巫咸决疑十四章

問卜之事二章

問卜之事前有一聯而此有二章蓋詳畧不同◯問卜之辭則前有二聯而此獨無之蓋辭則不容異同故蒙上省文矣

欲從靈氛章◯靈氛言他方必合故謂之吉占◯既卜以决疑而又欲從二人之言◯精亦用椒〻乃芳烈之物也

百神翳章◯百神則言神之降之九疑則言人之迎之其實互見◯許多明神顯揚厥靈昭示吉凶◯吉故即靈氛所告也◯蓋惜誦五帝折中六神嚮服之意

兩美必合答辭四章

靈氛答辭則兩美必合只有一聯此則合有四章

何所獨無章◯上聯亦屬答辭蓋答還他方可求與此方難合之意故葢與上章思九州一聯意相表裏◯下聯則遠方求合全出於此邦無人故此聯全論此邦而下章皆不出此意矣◯葢曰此邦則舉世不美誰信此美耶◯余字體屈子而言之猶言自己也◯資稟幽昧所以眩耀而不察也

餘意二章

民好惡章◯此章言性行不美不能從善也◯上聯葢應上章世字下聯戶服是也◯下聯言彼既不美烏信此美耶

覽察草木章◯此章言知識不明不能察善也◯上聯蓋論上章美字矣目前善惡猶不察識况道德之盛美烏能當之草木覽察即下聯言是也◯下聯亦言彼既不美烏信此美耶皆不出上章孰察善惡之意矣

下段之上

靈氛占辭五章

上三章論占辭問答下二章屬其餘意

索藑茅章○上聯叙命卜之事下聯述命卜之辭曰字云云即其辭也○兩美必合者汎論其義而下句方論即事矣○屈子之修則屈子之美也人有能信則其人必美矣是謂兩美而信而慕之者是爲合焉之道也

思九州章○上聯亦屬問辭蓋論他方可求與此邦難合也○下聯即屬靈氛答辭曰字云云即其辭也○此聯答還兩美必合一聯蓋人能求美則其人必美矣求美而取汝則屈子之美也求而不釋則合焉之道也○兩美必合之說意在他求故上句以遠逝發之蓋屈子本意亦如是而但卜以稽疑故勉其無疑也

乙則何足謂天命而降之耶雖然玄鳥郊禖之說不可誣矣

下條之下二章 此論有虞二姚

欲遠集章○浮游逍遙卽上節修治求合之意而以發二姚事矣○上則狐疑而高辛先之故此則欲及其未家矣○直欲留之則前之求尋望見在其中矣

理弱章○理弱媒拙則與上讒間佻巧別成一攜上則不善此則才之耳○修治之末求合之未其語相準前則曰蔽美嫉妬此則曰嫉賢蔽美矣蓋修治求合只是一事也

結辭一章

閨中旣以章○此章總結不合八章矣君之聽讒由於人之見嫉故求合於人乃所以求合於君也今也人旣難合君又不寤則亦將柰何○心中情懷無可告訴此問卜靈氛之由也

所謂欲自以爲功者也故屈平代功之讒易入抽思憍吾以其美好兮敖朕辭而不聽者卽其實也此所謂保美驕傲者是也○求合於人者欲其與人爲善也苟其不善則求合何用蓋贈以芳藥異於上文瓊枝相貽矣

下節二條五章

下條之上三章 此論有娀二女

覽相觀章○周流上下卽上節脩治求合之意而以發簡狄事矣○虙妃則求其所在而此則望而見之

吾令鴆章○媒妁不得其人與上蹇脩爲理者異矣○或爲讒間於我或不愼重於彼然則此之違棄彼之緯繣有所不免矣

心猶豫章○自衒自媒士女之醜行故以自適爲不可矣○天問曰玄鳥致詒此則曰鳳凰受詒或者有玄鳳之瑞故商頌亦謂天命玄鳥邪若是燕

化矣○上二條則或佩纕修誠或濯髮潔身而下二條不必盡然
　蓋不拘一套矣
　上節二條三章 此論虙妃及洧女
吾令豐隆章○豐隆乘雲即上節修治求合之意而以發虙妃事也○
豐隆二字襯於雲師蓋望舒之為月御飛廉之為風伯各有其意矣
或以豐隆作雷師者恐不然○虙妃即上章春宮之下女乎虙羲固
屬東帝矣下三條當分屬三方乎九歌湘君湘夫人皆言下女蓋與
洛妃為類乎○此章則誠禮備至與下章之遣棄異矣
紛總〻章○總〻離合即上節修治求合之事而今居洛妃洧女終始
之際矣○洛妃不諧故復求於他處洧盤即溱洧之間士女殷盈者也
保厥美章○康娛淫遊蓋出於保美驕傲矣即往觀訏樂而伊其相謔
者也○保厥美則信美矣而驕傲故為無禮也○懷王蓋韓非說難

也蓋屈子所遊神明之鄉也
遠吾遊此章○相其下女可貽則以瓊枝榮華言即蘭椒蕙茝之類
也蓋屈子所服芳潔之物也

不合八章

修治求合之意則四方皆然而其不合之端則多般乖舛矣
○上二條洛水神女則結言通理而彼自緯繣溱洧遊女則
我自違棄而初不遣媒矣下二條則其所通言者或讒鬪而佻
巧或理弱而媒拙蓋與上二條理之得人及初不遣媒者各不同
矣○八章之內四條各作兩章亦未為不可而上二條則合為三
章矣上章則言虙妃下章言洧女中章則虙妃告終而洧女方
始矣下二條則合為五章焉上二章則言有娀二女下二章則言
有虞二姚中一章又加鳳凰一端如是然後詳略叅錯文章變

而道乃不合於人矣

四方不合十一章

蓋盛自修治以之四方求合然修治一節則上文合敘在前求合一節則此文各陳于下者不容所到之處每言修治故也○雖然盛餙求合不是別事故求合之際或舉上節總〻離合及周流上下等文以相點綴又修治之未及求合之未同爲凾濁蔽美之語以爲關鎻其義自現矣

思合二章

此郎上節盛自修治及下節四方不合之交接處也○登高丘無女乃與君不合也下女可貽即與人思合也下文閨中邃遠及哲王不寤郎指此兩事也○高丘與下女對立

朝吾將濟章○哀其高丘無女則以白水閬風言郎蒼梧玄圃之類

蓋與人一心汲汲治行也○或先戒或未具皆修治中事也

吾令鳳鳥章○上聯神鳥之屬聽人使令而下聯飄風之屬不待教戒矣皆與人一心汲汲治行也○風伯神鳥之馳騖使令教戒者於兩章錯互言之參看可見

浮游世外二章

上二章治行求合而不諧故聊以浮游也

紛總總章○總言上二章許多神物離合上下蓋上文所言上下求索者也○上文諸物皆飛騰天上蓋言道之上通於天也○曰以求開天門而天亦不拒蓋唯乘於時乃與天通者也○帝閽望余之語當與遠遊之文義無異同恐非閉拒之意

時曖曖章○唯其塵土之人溷濁蔽美故時歲將罷而只得抱德延佇也即結上文歲月荏苒拂日逍遙者也○歲自修治德則上合於天

終不暫住頷言求索而事竟不合亦將柰何

飲余馬章○此章言優游卒歲○咸池扶桑日之所出也飲馬摠轡停止其行也蓋光陰不留而道自難行故聊且優游送日也○若木亦芳華之一物也其言拂日者蓋言換時盤桓也

汲汲修治四章

汲汲修治者蓋出於上節歲月荏苒也下文飛騰奔屬前後相屬及日夜相繼即其實也○汲汲治行者蓋以為行道求合之地爾○治行二章言許多神明之物與人一心也○求合二章言天且不違而人自難合也蓋所能者天也所不能者人也

修治行裝二章

前望舒章○上聯風伯之屬聽人使令而下聯神鳥之屬不待教戒矣

下段之本

修餙求合七章

修餙求合及四方不合凡十八章蓋為靈氛巫咸兩節遠

逝求合之本

歲月荏苒三章

篇首有日月不淹之説此文有日月將暮之文篇末有夕至

西極之語此其始中終三節而皆惜其晼晚也

朝發軔章○此章言歲不我與○志氣不屑乎混濁之世故所駕者

玉虬鸞鷖也所游者蒼梧玄圃也此豈世俗之所得知其故乎但

日月不居不得淹留也

吾令羲和章○此章言日暮道遠○此一節主言歲華廹盡後一節

方言上下求索故曰將欲求索頓日御之停駕也○望其弭節而

離騷經解下

下段之首

上下兩截

蓋全篇之內上中兩段合爲四十六章是爲上截下段四節亦爲四十六章是爲下截矣○上截則主言篤志修德始終不懈而道之難行附焉下截則主言志切行道不辭遠逝而德之難合附焉矣○上截修德則以地上芳艸取比蘭茝蕙椒之屬是也蓋德合馨香然後方爲潔身修德矣下截行道則以天上神物取況雲龍鸞鳳之類是也蓋道合神明然後可以治民行道矣○蓋芳草則不離地上故只爲一身修德之譬而上截所言無非此物也神物則飛升天上故方爲得位行道之具而下截所言不出此物矣○後人或不得其故以蕙蘭鸞皇之類混爲一道蓋未深察矣

30

已上四章 所以結上文不善亡國四章修善得國二章也蓋治亂之條貫既畢乃自明其修德之得正而自傷其逢時之不幸也然則女嬃之以背時取禍見責者不言而自明矣

埃風上征者猶言神遊八極玩心高明也蓋以心神言非言形軀也龍虬鸞鷖者即親昇天外之物也是為下文雲師雷公飛龍鸞鳳許多神物之兆眹矣

民生討者討將[illegible]出前日憂在皇輿者此也

阽余身章○此章言遭時之不祥也身之所以危乎○身之阽危者非由德之失正也唯其與世不合故易致禍患矣○前修菹醢者前章所言梅伯之類也○女嬃之所憂者此也

右二章德則得正而時則不祥也

曾歔欷章○此章言遭時不祥則歔欷而沾襟也○始焉歔欷鬱邑終焉涕泣沾襟矣○曾者重也從土爲增從尸爲層可以意會耳曾祖曾孫之稱亦出於是蓋於祖於孫更加一重也

跪敷衽章○此章言修德得正則逍遙乎塵外也○玉虬鸞鷖天外物色也世既混濁則駕御神物超然遠逝也○此章即陳辭重華之結辭也

右二章遭時不祥則歔欷沾襟修德得正則逍遙塵外也

敬以之論道不差蓋各舉一邊矣○上聯則蓋連舉三代下聯則實合
論三代矣○身既祗敬論道矣而又舉賢援能以自輔助所以不頹也
蓋行之繩墨不頹本於言之論道不差又言之不差由於心之祗敬矣
皇天章○前則每人各論過惡與禍敗此則前章合論三代之修善此章
合論三代之得國文法變換○上聯則以天道言下聯則以人事言人
事出於天道矣○茂行即前章祗敬不頹者也用此下土即上天之錯
輔者也蓋以得國言異於前章不善而喪國矣

右二章上章言修善下章言得國

【已上二章】極論三代之際修善而得國然則善之當爲可見矣
瞻前章○此章言修德之得正也國之所以興乎○前之不善者不能顧
難忘後故縱逸而所行入於非義非善矣前之聖哲者亦能瞻前顧
後故祗敬而所行惟義惟善而不差矣此國之所由興亡也然則爲

以蕩舟爲陸地行舟蓋不得其事實而然也天問覆舟斟尋即指
此事而後人又誤以覆國比覆舟蓋上世文字不得其實強解如此
者何可勝數

夏桀章○上章則一章各言一人此章則一章合言兩代而其先言過惡
下言禍敗則同矣○前三章音樂游佃好殺皆歸於縱恣不顧此章
則蒙上章不言然常違與滔監之出於縱恣可以意會○上聯則
直言夏桀之逢殃下聯則推言殷宗之不長變文而互發矣

右二章蓋主言三代敗亡之事而末一章並論夏殷二代亡國之
主爲夏則前章屢言之周則下章不言之參差錯落不必齊整

已上四章極言三代之終不善而亡國然則惡不可爲矣

湯禹儼章○前則諸般不善皆由於縱恣此則善惡不違皆本於祇敬
此爲一念善惡之機關乎儼即祇敬之發於外者也○三代皆儼而祇

右二章前章後章文雖不同而意實相承○書序及史記但言太康失國而不言遊佃矣又左傳魏絳欲諷晉侯好佃而但引羿之貪獸不及太康焉離騷亦只言羿之遊佃而夏康則都不言然則古文佃于有洛之說不能無疑孟子論武成而曰盡信書不如無書吾於古文五子之篇亦云

澆身被服章○此章與前二章爲類蓋夏時三人各占一章皆上言過惡下言禍敗而但此章强圉好殺在前章娛樂自縱之外與下章葅醢爲類○天問澆之顚隕厥首及女岐之顚易厥首當叅看蓋澆與其嫂互易厥首者也○澆卽上章寒浞之子也浞者伯明氏之讒子弟而伯明后寒棄之故曰寒浞蓋寒棄者冷落疎遠之意也而左傳註以寒浞之寒爲國名蓋失之矣○澆卽蕩舟之奡也竹書紀年澆伐斟尋大戰於濰覆其舟滅之此蕩舟之事也自鄭康成以來誤

或不信則請就重華而取正矣益曰質諸古聖而無疑也○前之折
中今之證正其事相應○必就重華者葬於蒼梧故也
右一章是爲陳辭之起頭末一章又爲陳辭之結辭

啓九辯章○夏康則以音樂自娛而下聯終底於敗亡矣○不顧前後卽
自縱之實也○左傳及古文皆以九功可歌歸於禹事而天問及離騷皆
以九辯九歌屬之於啓意者如周室禮樂作於成王之世而樂者固所
以象創業功德也○此節上下各分叙善惡然則九辯九歌非言啓賢
益曰啓樂之美如是而夏康以之自娛也

羿淫遊章○后羿則以遊佃自娛而下聯亦底於敗亡矣○射狐卽佚畋
中事○此章之意蒙上章而不言自見益上聯之放縱旣同下聯之敗
亡亦同故兩聯皆加又字○上章之末則從家術見失者言之此章之
末則以奪取厥家者言之文法變換

近於悻直然則憂其亡身之意現於言外矣

汝何博謇章○此章即上人我異同之意也○上聯即上我修人否之意也下聯即上人鄙卬否之意也

衆不可章○此章二聯蓋承前章二聯○上聯蓋以好修姱節為無益矣下聯蓋以菉葹不服為不可矣○上聯余字即體屈子而為言也下聯余字即女嬃之自稱也

右三章蓋女嬃則以不周今人而憂其危亡矣下節重華則以法夫前修而得其中正矣○中段女嬃則見詈重華則歸山其事相反矣下段靈氛之於巫咸則語有詳略而意實同歸矣

中段之下

陳辭重華十一章

依前聖章○吾道本自不謬而時世憂危故恒自傷歎至今猶然人

高余冠章○上聯冠佩即前章之初服也○下聯不以道窮而虧其昭質即前章復修之意

右二章専言修德不變而兼言任其道窮

忽反顧章○上聯行道不諧則有意他求是改轍也○下聯修德則繁飾而彌章是不特不變而已也○益修飾而往觀也

民生各有章○上聯好修爲常則不至以道窮而變常也○下聯體解而未變則豈容以道之暫窮而可懲其心哉

右二章主言行道改轍而兼言德則不變也

已上六章 疑慮思改蓋爲中下二段折中決疑之本

中段之上

女嬃責辭三章

女嬃章○此章蓋以鮌之婞直亡身爲戒矣○下二章屈子之違衆自用

離騷經解中

中段之本

上下關捩六章

篇首叙德修道窮之事實篇末論修德行道之得失而此文居其中間爲致疑改圖之端矣蓋爲中下兩段折中決疑之本

悔相道章○此章言行道則改轍○上聯屬懲前而下聯屬毖後

步余馬章○此章言修德則不變○上聯則言延佇將返而不離乎芳草下聯則言回車不入而復修其初服

右二章總言道則改轍而德不可變下四章又分言其義

製芰荷章○上聯衣裳卽前章之初服也○下聯不以道窮而改其芳潔卽前章復修之意

鷙鳥章○此章承上節而言人我不合也○以上聯之比況發下聯之義

蓋薰蕕不同不相爲謀也

屈心章○此章承上節而言溘死不辭也○上聯之義出於下聯唯其伏死歸厚故屈抑忍攘而不辭矣

右二章即人我卬否之餘意也○蓋己之死亡出於不合乎時世也

已上四章蓋申人我異同一節人謬之意

我修人否一節則曰彭咸遺則彭咸投水者也其餘義則曰九死未悔矣人非卬否一節則曰溘死不忍其餘義則曰伏死爲厚矣此上段也中段其上下關捩則曰體解未變女嬃責辭則以倖直亡身爲重華陳辭則以前修菹醢爲言皆之死不變之義然屈子之投水蓋緣宗國危亡一身愁苦而亦或有慮禍之意頃襄怒之子蘭大怒則亦危矣

旣替余章○此章言以善獲罪則無可怨恨也○蕙纕與攬茝卽上
　及時修德一節服行與嫥采二事也
怨靈脩章○此章言誣以惡名是以可痛也○蓋曰誣以惡名而君不
加察所以怨恨也
　右三章卽我修人否之餘意也蓋譏人之嫉妬生於我修而人否也
【已上五章】蓋申人我異同一節我修之意
固時俗章○此章言時人之不善也○蓋正直者難合而回曲者易於比
周也○背棄矩繩而其曰工巧者反辭以譏也
忳鬱悒章○此章言屈子之不然也○上聯之意出於下聯蓋溘死不忍
則難免此時窮困矣所以鬱悒也○蓋不合乎此時與上章周容者
相反矣
　右二章卽人惡卬否之正文○上章屬人之不善下章屬我之不然

右三章統論人我異同包下兩節矣◯上一章言衆人不善則
應下人非而卬否一節矣下兩章言屈子爲善則應下我修而
人否一節矣
【已上三章】兼言人惡而我善
擥木根章◯此章言屈子所修◯許多芳艸卽下章前修遺則也曰
擥曰貫曰矯曰索卽益取諸古人者也
謇吾法夫章◯此章言他人不修◯非世所服應不周今人而法夫前
修應彭咸遺則益交互相照矣
右二章卽我修人否之正文◯上章屬我之所服下章屬時人不修
長太息章◯此章爲下兩章之根蓋曰雖然如此可恨則在末章也◯
長太息之由則在於下聯蓋好修鞿羈故謂之多艱◯曰誶曰替卽
見羈之實也蓋由於讒嫉矣

所以篇末遑遑求合也○此節首三章總論人我異同次五
章主言我善而人否次四章主言人非而卬否蓋總歸於異
同所以不合也

衆皆競進章○蓋曰貪婪之事競進爲之云爾然奔競與貪婪亦
屬兩事故此一章衆人之不善則合言之下兩章屈子之爲善則分
言之○誤疑屈子之亦競進貪婪而嫉妬焉譏間之所由作也

忽馳騖章○此章言無意於競進也○惟欲及時修德而嘆歲不我
與矣何暇進逐於名利間哉

朝飮木蘭章○此章言無意於貪婪也○無意於飮食貪婪故以朝
夕食言之○修身淸潔則屢空何傷利慾貪濁視同糞穢矣○
練要者滓穢日去則神氣要約而遠於麁濁近於姑射神人五穀
不食綽約若處子矣

之意然恐不必盡然思美人擥芳茝搴宿莽可以參考○曰滋曰樹曰畦曰雜四字參錯互發又曰畹曰畮及曰畦者各居本句上下文勢變換

冀枝葉章○德之廢棄亦出於道之不行兩者每相關矣○道窮兩章之末則曰不難離別而傷其數化德廢兩章之末則曰萎絶何傷而哀其蕪穢語意相準對立

右二章屬修德無成而上章言培養衆芳下章言惜其泯滅

已上四章屬德修道窮之終○前二章言行道無成後二章言修德無成

上段之下

謠人異同十二章

與君不合之下繼言與人不合蓋君之聽謠出於人之嫉妬也

章參者

【已上四章】即德修道窮之中○前二章屬古人得失後二章屬今人得失

余固知章○此章言臣則忠君也○咎實由於謇謇而罪不在於不忠也○謇謇匪躬而憂在皇輿即惜誦惟君無他指禍有道者也

曰黃昏章○此章言君則棄臣也○懷王初甚任之後信讒而疏之所以深恨也○此篇每以兩聯為一章而此獨有三聯蕭氏文選則無曰黃昏一聯

右二章言行道無成而上章言臣之忠君下章言君之棄臣

余既滋蘭章○此章言辛勤培養期望不淺也蓋欲與三后衆芳為類矣○此則屬培養賢材然其實亦將取人為善故同歸修德矣○或以上文夕攬宿莽及下文申以攬茝之類皆為延攬賢材

飛廉惡來之屬益行道以德故也○捷徑與下章偷樂相表裏但
見目前貪利慾而不能遠慮也
右二章論古人之得失上章先言衆芳而下章則上聯言得路
下聯言失路
惟黨人章○此章黨人之路險與上桀紂之捷徑相應則黨人當與趙
梁左强之屬爲類○皇輿敗績益應桀紂窘步○不顧身殃而心
在皇輿卽下文指天爲正靈修之故者也○周容爲度故謂之黨人
歟
忽奔走章○此章屈子之遵前王踵武與上堯舜得路相應則屈子
之與上三后衆芳爲類可知○屈子則應上三后衆芳而懷王不用
則懷王實與堯舜之遵路異矣
右二章論今人得失而上章論失路下章論得路當與前二

棄織爲言○先路只是前路也恐不必爲五輅之一也益爲下文遵道得路之本

右二章皆屬及時行道而益先發其義下言其實○修德行道相爲表裏故此兩章與前兩章其文相連文言進德修業欲及時是也

〔乙上四章〕爲修德行道之始○前二章屬及時修德後二章屬及時行道

昔三后章○蓋行道以德故此章先言衆芳以爲下章得路之本○呂刑曰三后成功惟殷于民此指伯夷禹稷也左傳曰三后之姓於今爲庶此指夏禹湯武也似當從呂刑蓋三后衆芳爲下章堯舜得路之本○先人曰涉江有露申則申當是芳艸名

彼堯舜章○堯舜之得路實賴衆芳之輔導則桀紂之失路當由

發下聯○能字當讀以耐音以叶韻禮運曰耐以天下爲一家耐讀
作能字○芳草以喻修身潔行○曰扈者只言服行善道也與下文
曰搴曰擥者有辨
汩余若將章○此章乃言及時修德之義○前章修能皆欲及時矣
○朝夕二字應歲不我與阰洲二字言不擇高下○曰搴曰擥者蓋
言博采衆善而修之也所謂樂取諸人以爲善也雖然亦非延擥衆
賢之謂也木蘭宿莽只言其善道也非以賢材言也
右二章皆屬及時修德而蓋先言其實下言其義○承前兩章之
體念先德而發潔身修行之義
日月忽章○此章先言及時行道之義○夫修德者乃將以行道故二事
相連○草木零落則芳草可惜
不撫壯章○此章乃言及時行道之實○夫行道實本於修德故亦以

陬故爾雅謂之陬月○家世之美生辰之良及先考之期望究竟歸虛所以自傷

皇覽揆余章○皇考之期望亦在修德行道正則靈均固兼正己而物正也○人之生罔不在厥初生故正之於始焉正則靈均固屬法度而肇錫二字卽應初字○先人曰正則靈均卽曰平曰原之義也猶後世名說字說也

右兩章叙述世德體念先旨是爲下文修德行道之本矣○先叙家世生辰及名某字某彷彿列傳叙次焉

[已上篇首二章]蓋爲全篇修德行道之大本○此下十二章方爲德修道蘊之實而其言凡有三層每層各有四章爲四章又各以二章爲節矣

紛吾旣有章○此章先言及時修德之實○內美以承上章脩能以

修德一事合為四十六章行道一事亦為四十六章矣○若以三段言之則上段合為二十六章矣中段合為十四章而闕挨六章居前矣下段合為十九章而前有起語十八章後有結辭九章矣○蓋上截只言德修而道不能合意在修德而已矣

上段之上

德修道窮十四章

帝高陽章○此篇首尾不出德修道窮兩端故德修則追念家世之美而自傷焉道窮則推本生辰之良而自疑焉下章又有感念先旨之語即人窮反本呼天呼父母者也○上聯文法不欲苟就對偶上句則不必曰我先祖之為高陽下句則不必曰為伯庸之親子文勢參互可觀○下聯星名攝提者義取提挈斗柄而干支古歸寅曰攝提格者亦言其周而復始也孟陬者孟春陬月也寅屬東北之

故有靈氣巫咸之文此下段也

先人例軒先生曰世間可以質問取正者唯有聖人神道二端故離騷一篇先自叙一遍然後次則折衷乎重華次則决疑乎巫咸此所謂三致志焉者也又陳辭重華則先有女嬃責辭問卜巫咸則先有靈氛占辭此則乃文章層折也

德修道窮凡十四章讒人嫉妬凡十二章是為上段矣○改途易轍凡六章盖忽生致疑之端而為中下兩段取質之本是為上下關捩矣○女嬃責辭凡三章陳辭重華凡十一章是為中段矣○修飾求合凡七章四方不合凡十一章是為下段之本矣○靈氛占辭凡五章巫咸决語凡十四章此為下段矣○死不自踈凡九章是則下段結辭也

盖上中兩段及最下一段章數正同或者離騷一篇當分上下兩截

# 離騷經解上

## 上段之首

### 離騷名義

太史公曰離騷猶離憂也○騷者騷擾騷屑之意道之不行去就靡定心神憂愁也○離者罹也九章有離謗(惜誦)離尤(上同)離愍(懷沙)離愍(上同)之文本篇亦有不入離尤之語○或曰離憂者離招而憂思也本篇亦有離心可同之語○國語騷離(楚語)即騷動離散之義

### 全篇段落

夫修德行道者人生之大節也屈子者潔身修德將以得君行道而讒人敗之故離騷一篇首尾都不出此事首則先言修德而道窮繼之以讒人之嫉妒此上段也次則道之不行或疑修德之失正故有女嬃重華之語此中段也次則德之既修又疑行道之失宜

巫咸決疑十四章

(下段之末) 屈不自疏九章

離騷後說

哀態說

四恨說

莊學說

史傳說

女須責辭三章
中段之下
重華折中十一章
離騷經解下
下段之首
上下兩截
下段之末
修治求合七章
四方不合十一章
下段之上
靈氛占辭五章
下段之下

離騷經解上

上段之首

離騷名義

全篇段落

上段之上

修德道窮十四章

上段之下

譏人異同十二章

離騷經解中

中段之本

上下關捩六章

中段之上

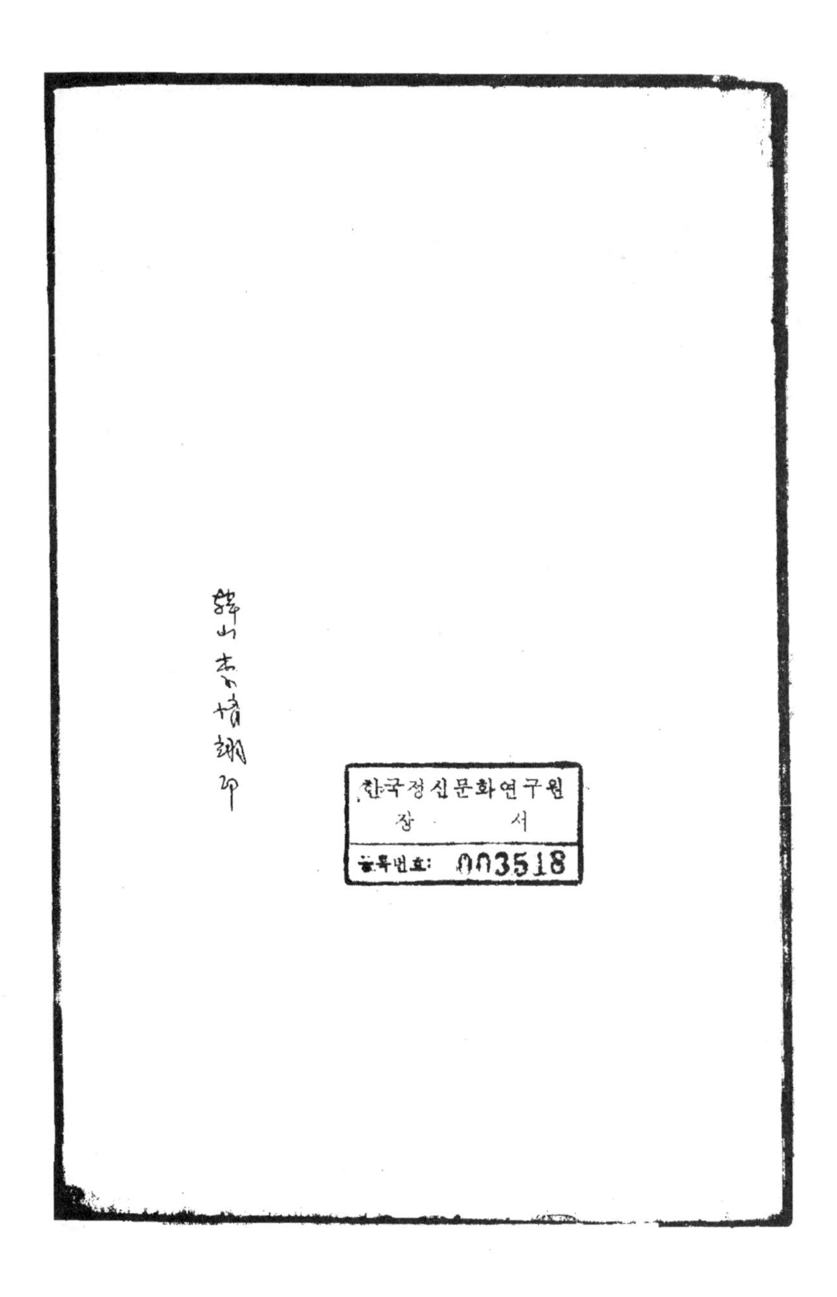
韓山李晴翻印
한국정신문화연구원
장 서
등록번호: 003518

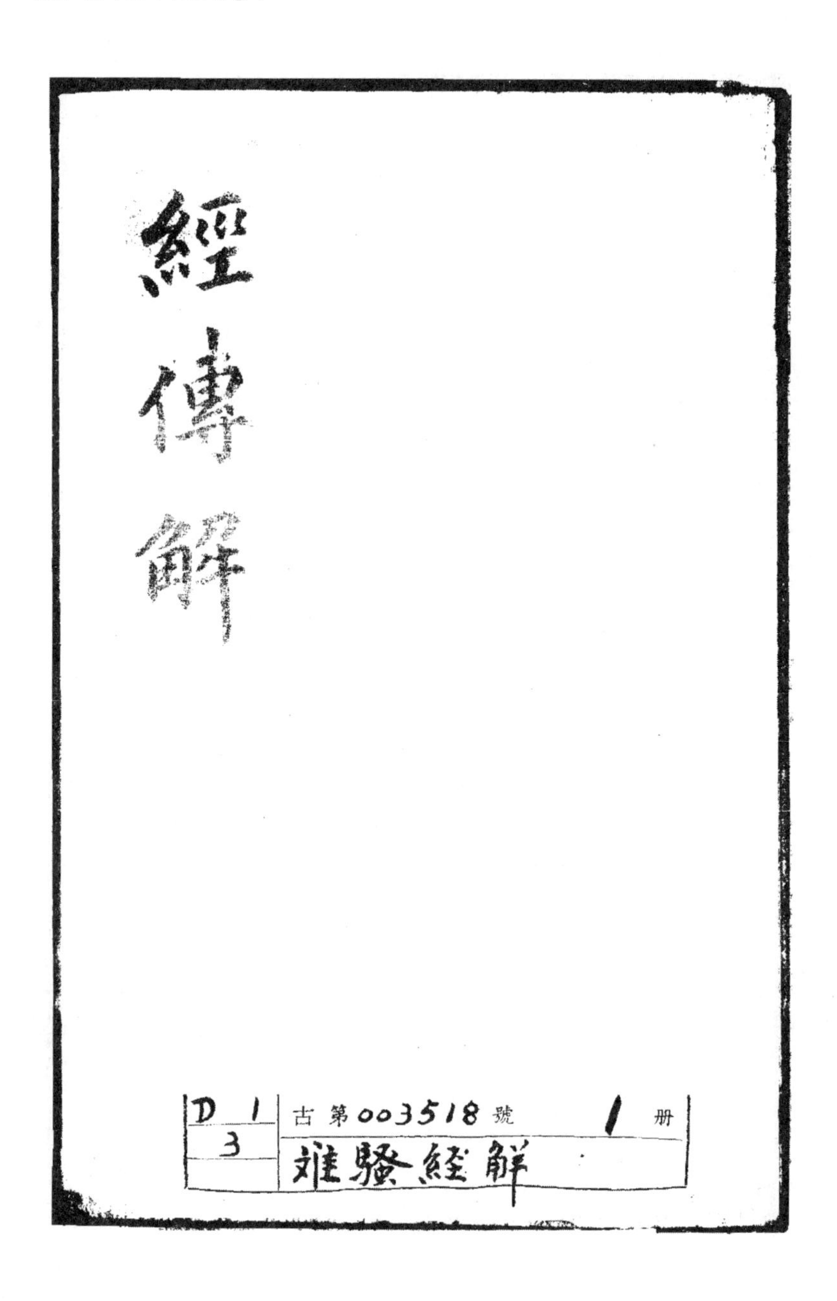
經傳解
D 1
3
古第003518號 1 冊
離騷經解

1

2

# 目錄

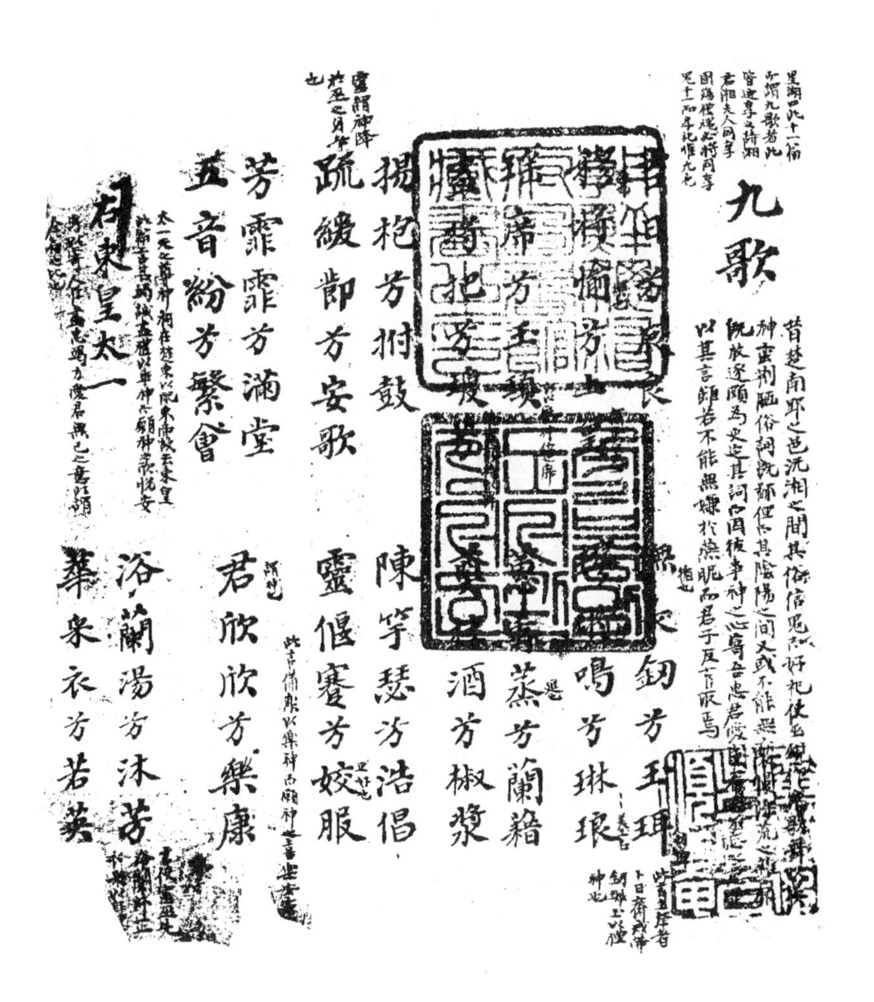

星湖曰此十一篇所謂九歌者皆迎享之詩湘君湘夫人同享國殤禮魂必時同享則十一而其祀惟九也

九歌

昔楚南郢之邑沅湘之間其俗信鬼而好祀使巫覡作樂歌舞以娛神蠻荊陋俗詞既鄙俚而其陰陽人鬼之間又或不能無褻慢淫荒之雜原既放逐見而感之故頗爲更定其詞去其泰甚而又因彼事神之心以寄吾忠君愛國眷戀不忘之意以其言雖若不能無嫌於燕昵而君子反有取焉

東皇太一

吉日兮辰良 穆將愉兮上皇 撫長劍兮玉珥 璆鏘鳴兮琳琅 瑤席兮玉瑱 盍將把兮瓊芳 蕙肴蒸兮蘭藉 奠桂酒兮椒漿 揚枹兮拊鼓 疏緩節兮安歌 陳竽瑟兮浩倡 靈偃蹇兮姣服 芳菲菲兮滿堂 五音紛兮繁會 君欣欣兮樂康

雲中君

浴蘭湯兮沐芳 華采衣兮若英

靈連蜷兮既留
爛昭昭兮未央
謇將憺兮壽宮
與日月兮齊光
龍駕兮帝服
聊翺遊兮周章
靈皇皇兮既降
猋遠擧兮雲中
覽冀州兮有餘
橫四海兮焉窮
思夫君兮太息
極勞心兮忡忡

右雲中君

此篇言神既降而久留與人親接故既去而不能忘也足以見臣子慕君之深意也

君不行兮夷猶
蹇誰留兮中洲
美要眇兮宜脩
沛吾乘兮桂舟
令沅湘兮無波
使江水兮安流
望夫君兮未來
吹參差兮誰思
駕飛龍兮北征
邅吾道兮洞庭

鳥次兮屋上
水周兮堂下

薜荔柏兮蕙綢
蓀橈兮蘭旌
揚靈兮未極
女嬋媛兮爲余太息
桂櫂兮蘭枻
斲氷兮積雪
心不同兮媒勞
恩不甚兮輕絶
交不忠兮怨長
期不信兮告余以不閒
捐余玦兮江中
遺余佩兮澧浦

望涔陽兮極浦
横大江兮揚靈
横流涕兮潺湲
隱思君兮陫側
采薜荔兮水中
搴芙蓉兮木末
石瀨兮淺淺
飛龍兮翩翩
鼂騁騖兮江皐
夕弭節兮北渚
采芳洲兮杜若
將以遺兮下女

時不可兮再得
聊逍遙兮容與
右湘君
帝子降兮北渚 (謂湘夫人)
目眇眇兮愁予
嫋嫋兮秋風
洞庭波兮木葉下
登白薠兮騁望
與佳期兮夕張 (佳人)
鳥何萃兮蘋中
罾何為兮木上
沅有芷兮澧有蘭
思公子兮未敢言
荒忽兮遠望
觀流水兮潺湲
麋何為兮庭中
蛟何為兮水裔
朝馳余馬兮江皐
夕濟兮西澨
聞佳人兮召予
將騰駕兮偕逝
築室兮水中
葺之兮荷蓋

蓀壁兮紫壇（紫貝）
匊（古播字）芳椒兮成堂
罔（結也）薜荔兮為帷
擗（拆也）蕙櫋兮既張
芷葺兮荷屋
繚之（纏束也）兮杜衡（此言其築室水中之堂欲其芳潔如是也）
九嶷繽兮並迎（言舜使九嶷山神來迎二妃及衆神從之[illegible]）
靈之來兮如雲
搴汀洲兮杜若
將以遺兮遠者

右湘夫人

桂棟兮蘭橑（椽也）
辛夷楣兮葯房
白玉兮為鎮
疏（香草）石蘭兮為芳
合百草兮實庭
建芳馨兮廡門
捐余袂兮江中
遺余褋兮澧浦
時不可兮驟得
聊逍遙兮容與
廣開兮天門
紛吾乘兮玄雲

令飄風兮先驅 使涷雨兮灑塵 君迴翔兮以下 踰空桑(山名)兮從女

紛總總(衆貌)兮九州 何壽夭兮在予(人民之衆多何者壽夭之命皆在予也) 高飛兮安翔 乘清氣兮御陰陽

吾與君兮齊速 導帝之兮九坑 靈衣兮被被 玉佩兮陸離

壹陰兮壹陽(言其或代循環無有窮已也) 衆莫知兮余所為 折疏麻(神麻也)兮瑤華 將以遺兮離居

老冉冉兮既極 不寖近兮愈疏 乘龍兮轔轔 高駝兮沖天

結桂枝兮延佇(神既去而不留 復已冀望之愁思也) 羌愈思兮愁人 愁人兮奈何 願若今兮無虧(保其志行無損缺也)

固人命兮有當
孰離合兮可爲
秋蘭兮麋蕪
羅生兮堂下
夫人兮自有美子
蓀何以兮愁苦
滿堂兮美人
忽獨與余兮目成
悲莫悲兮生別離
樂莫樂兮新相知
夕宿兮帝郊
君誰須兮雲之際

少司命
綠葉兮素枝
芳菲菲兮襲予
秋蘭兮青青
綠葉兮紫莖
入不言兮出不辭
乘回風兮載雲旗
荷衣兮蕙帶
儵而來兮忽而逝
與女沐兮咸池
晞女髮兮陽之阿

望孅人兮未徠
臨風怳兮浩歌
竦長劍兮擁幼艾
蓀獨宜兮為民正
暾將出兮東方
照吾檻兮扶桑
駕龍輈兮乘雷
載雲旗兮委蛇
羌聲色兮娛人
觀者憺兮忘歸
鳴篪兮吹竽
思靈保兮賢姱

孔蓋兮翠旍
登九天兮撫彗星
右少司命
撫余馬兮安驅
夜皎皎兮既明
長太息兮將上
心低佪兮顧懷
縆瑟兮交鼓
簫鍾兮瑤簴
翾飛兮翠曾
展詩兮會舞

天狼在東井南爲野將主侵掠弧在狼東南天弓也主備盜賊淪沒也言日下而入太陰之中也

應律兮合節
靈之来兮蔽日
操余弧兮反淪降
援北斗兮酌桂漿

日東君 此日神也

乘水車兮荷蓋
駕兩龍兮驂螭
日將暮兮悵忘歸
惟極浦兮寤懷 寤覺也 懷思也
靈何爲兮水中
乘白黿兮逐文魚

日出東入西故用其方色以爲飾也

青雲衣兮白霓裳
舉長矢兮射天狼
撰 持也 余轡兮高駝翔
杳冥冥兮以東行
與女遊兮九河 指河伯也
衝風起兮橫波
登崑崙兮四望
心飛揚兮浩蕩
魚鱗屋兮龍堂
紫貝闕兮朱宮
與女遊兮河之渚
流澌紛兮將来下

子交手兮東行
送美人兮南浦
波滔滔兮來迎
魚隣隣兮媵予

右河伯

若有人兮山之阿 (謂山鬼)
被薜荔兮帶女
既含睇兮又宜笑
子慕予兮善窈窕
乘赤豹兮從文貍
辛夷車兮結桂旗
被石蘭兮帶杜衡
折芳馨兮遺所思
余處幽篁兮終不見天
[illegible]路險難兮獨後來
表獨立兮山之上
雲容容兮而在下
杳冥冥兮羌晝晦
東風飄兮神靈雨
留靈脩兮憺忘歸
歲既晏兮孰華予
采三秀兮於山間
石磊磊兮葛蔓蔓

怨公子兮悵忘歸
君思我兮不得閒
君思我兮然疑作
風颯颯兮木蕭蕭
思公子兮徒離憂
操吳戈兮被犀甲
車錯轂兮短兵接
凌余陣兮躐余行
左驂殪兮右刃傷
天時懟兮威靈怒
嚴殺盡兮棄原壄

山中人兮芳杜若
飲石泉兮蔭松柏
靁填填兮雨冥冥
猨啾啾兮又夜鳴

右山鬼

旌蔽日兮敵若雲
矢交墜兮士爭先
霾兩輪兮縶四馬
援玉枹兮擊鳴鼓
出不入兮往不反
平原忽兮路超遠

帶長鋏兮挾秦弓 誠既勇兮又以武
首雖離兮心不懲 終剛強兮不可凌
身既死兮神以靈
魂魄毅兮為鬼雄

右國殤 謂死於國事者 小爾雅曰無主之鬼謂之殤

成禮兮會鼓 一一疾擊鼓也 芭與葩同 巫所持之香草也 代更也 女倡 女子為倡優也
傳芭兮代舞 姱女倡兮容與
春蘭兮秋鞠 一作菊 春祀以蘭秋祀以鞠 凡以持此葩也
長無絕兮終古

右禮魂 禮一作祀 或曰祀魂 謂以禮善終者

天問 屈原放逐彷徨山澤見楚有先王之廟及公卿祠堂圖畫天地山川神靈琦瑋僪佹及古聖賢怪物行事因書其壁何而問之以渫憤懣楚人哀而惜之因共論述 故其文義不次序云爾

曰遂古之初 問往古之初未有天地固未有人誰能見之而傳道其事乎 冥昭謂晝夜也 瞢闇謂未分也 馮翼氤氳浮動之貌
上下未形 冥昭瞢闇 馮翼惟像
誰傳道之 何由考之 誰能極之 何以識之

明明闇闇 陰陽三合 圜則九重 惟茲何功

惟時何為 何本何化 孰營度之 孰初作之

斡維焉繫 八柱何當 九天之際 隅隈多有

天極焉加 東南何虧 安放安屬 誰知其數

天何所沓 日月安屬 出自湯谷 自明及晦

十二焉分 列星安敶 次于蒙汜 所行幾里

夜光何德 厥利維何 女岐無合夫 伯強何處

死則又育 而顧菟在腹 焉取九子 惠氣安在

何闔而晦 角宿未旦 不任汨鴻 僉曰何憂

何開而明 曜靈安臧 師何以尚之 何不課而行之

鴟龜曳銜 順欲功成 永遏在羽山 伯禹腹鮌

鮌何聽焉 帝何刑焉 夫何三年不施 夫何以變化

纂就前緒
遂成考功
何續初繼業
而厥謀不同
洪泉極深
何以窴之
地方九則
何以墳之
應龍何畫
河海何歷
鮌何所營
禹何所成
康回馮怒
墜何故以東南傾
九州安錯
川谷何洿
東流不溢
孰知其故
東西南北
其脩孰多
南北順隋
其衍幾何
崐崘縣圃
其凥安在
增城九重
其高幾里
四方之門
其誰從焉
西北辟啓
何氣通焉
日安不到
燭龍何照
羲和之未揚
若華何光
何所冬暖
何所夏寒
焉有石林
何獸能言
焉有龍虬
負熊以遊
雄虺九首
儵忽焉在
何所不死
長人何守
靡蓱九衢
枲華安居
靈蛇吞象
厥大何如

黑水玄趾 延年不死 鯪魚何所 羿焉彃日
三危安在 壽何所止 鬿堆焉處 烏焉解羽
禹之力獻功 焉得彼嵞山女 閔妃匹合、胡為嗜不同味
降省下土方 而通之於台桑 厥身是繼 而快鼂飽
啓代益作后 何啓惟憂 皆歸躬鞫 何后益作革
卒然離蠥 而能拘是達 而無害厥躬 而禹播降
啓棘賓商 何勤子屠母 帝降夷羿 胡躬夫河伯
九辯九歌 而死分竟地 革孽夏民 而妻彼雒嬪
馮珧利決 何獻蒸肉之膏 浞娶純狐 何羿之躬革
封豨是躬 而后帝不若 眩妻爰謀 而交吞揆之
阻窮西征 化為黃熊 咸播秬黍 何由并投
巖何越焉 巫何活焉 莆雚是營 而鯀疾脩盈

白蜺嬰茀 安得夫良藥 天式從橫 大鳥何鳴
胡為此堂 不能固臧 陽離爰死 夫焉喪厥體
蓱號起雨 撰體脅鹿 鼇戴山抃 釋舟陵行
何以興之 何以膺之 何以安之 何以遷之
惟澆在戶 何少康逐犬 女歧縫裳 何顛易厥首
何求于嫂 而顛隕厥首 而館同爰止 而親以逢殆
湯謀易旅 覆舟斟尋 桀伐蒙山 妹嬉何肆
何以厚之 何道取之 何所得焉 湯何殛焉
舜閔在家 堯不姚告 厥萌在初 璜臺十成
父何以鱞 二女何親 何所意焉 誰所極焉
登立為帝 女媧有體 舜服厥弟 何肆犬豕
誰道尚之 孰制匠之 終然為害 而厥身不危敗

伊尹烹鵠鳥之羹脩玉鼎以事湯

吳獲迄古 孰期去斯 緣鵠飾玉 何承謀夏桀

南嶽是止 得兩男子 后帝是饗 終以滅喪

湯觀風俗而逢伊尹用其謀伐桀而鳴條而放之黎民大悅

帝乃降觀 何條放致罰 簡狄在臺 玄鳥致貽

下逢伊摯 而黎服大悅 嚳何宜 女何喜

舊說啓秉禹之末德而為善之積以天下有扈氏啓伐之該有扈遂爲牧豎 舜以干羽舍舞何以懷有苗而格之

平脅曼膚
肥澤見吉
紂淫無道
天下辛離
昏懷殘痛

該秉季德 胡終弊于有扈 干協時舞 平脅曼膚

厥父是臧 牧夫牛羊 何以懷之 何以肥之

何又肥賦

有扈本牧豎因何逢遇得為諸侯乎啓攻有扈親於其床上殺之其命何從出乎 湯秉契之末德出獵而得大牛之瑞其獵也不但驅馳往來

而已以詐獲
禽獸遍施
祿惠於百
姓也

有扈牧豎 擊床先出 恒秉季德 何往營班祿

云何而逢 其命何從 焉得夫朴牛 不但還來

人循闇微之道為狄狄之行者不可以安其身謂晉大夫解居過陳之墓門有婦人負其子欲與之淫婦人引詩刺之曰墓門有棘有鴞萃止云

眩弟竝亂
之弟謂象
也

昏微遵迹 何繁鳥萃棘 眩弟並淫 何變化以作詐

有狄不寧 負子肆情 危害厥兄 而後嗣逢長

已上舊說皆
穿鑿牽強
並不敢信

成湯東巡 何乞彼小臣 水濱之木 夫何惡之

木謂空桑小子謂伊尹

有莘爰極 而吉妃是得 得彼小子 媵有莘之婦

重泉夏臺也

湯出重泉 不勝心伐帝 會鼂爭盟 蒼鳥羣飛

武王伐紂以甲子之朝 將帥勇猛如蒼鷹之羣飛也

夫何辠尤 夫誰使挑之 何踐吾期 孰使萃之

問周公旣不喜武王之親擊紂躬乃何爲叔武王使定周命乎揆度也

列擊紂躬 何親揆發 授殷天下

叔旦不嘉 定周之命以咨嗟 下上 其位安施

反成乃亡 爭遣伐器 並驅擊翼 昭后成遊

[illegible] 六軍四翼其兩旁挾擊也

其罪伊何 何以行之 何以將之 南土爰底

厥利維何 穆王巧梅 環理天下 妖夫曳衒

貪也 言擧弧箕服賣于市也

逢彼白雉 夫何周流 夫何索求 何號于市

周幽誰誅 天命反側 齊桓九合 彼王紂之躬

焉得夫褒姒 何罰何佑 卒然身殺 孰使亂惑

何惡輔弼 比干何逆 雷開何順 何聖人之一德

讒諂是服 而抑沈之 而賜封之 卒其異方

梅伯受醢 稷維元子 投之于冰上 何馮弓挾矢
箕子詳狂 帝何竺之 鳥何燠之 殊能將之

文王爲西伯能合於殷之衰世秉鞭牧者[illegible] 太王從其府藏來就岐下

岐社岐周之社武王既有殷國遂遷岐周之社於天下

既驚帝切激 伯昌號衰 何令徹彼岐社 遷藏就岐 何能使其民依之隨之
何逢長之 秉鞭作牧 命有殷國 何能依

謂妲己也

何盛梅伯以賜諸侯文王受之以祭告於上帝上乃親致其罰

殷有惑婦 受賜茲醢 何親就上帝罰 師望在肆
何所譏 西伯上告 殷之命以不救 昌何識
鼓刀揚聲 武發殺殷 載尸集戰 伯林雉經
后何喜 何所悒 何所急 維其何故

天與集命於王者何不常有以戒之[illegible]既受天之禮命而王天下又何使他姓代之乎

何感天抑墜 皇天集命 受禮天下 初湯臣摯
夫誰畏懼 惟何戒之 又使至代之 後茲承輔

彭鏗好和滋味進雉羹于帝帝饗之而錫以壽考

闔廬[illegible]

謂入郢[illegible]嚴威也

彭祖也

何卒官湯 勳闔夢生 何壯武厲 彭鏗斟雉
尊食宗緒 少離散亡 能流厥嚴 帝何饗

蛾古蟻字 此下多未詳當闕

受壽永多 夫何長 中央共牧 后何怒 蠭蛾微命 力何固 驚女采薇 鹿何祐

北至回水 萃何喜 兄有噬犬 弟何欲 易之以百兩 卒無祿 薄暮雷電 歸何憂

厥嚴不奉 帝何求 伏匿穴處 爰何云 荊勳作師 夫何長 悟過改更 我又何言

千一作豈

吳光爭國 久余是勝 何環穿自閭社丘陵 爰出子文 吾告堵敖 以不長 何試上自予 忠名彌彰

## 九章

屈原既放思君念國隨事感觸輒形於辭後人輯之得其九章合爲一卷非必出於一時之言也今考其詞大氐多直致無潤色而惜往日悲回風又其臨絶之音以故顚倒重複倔強疏鹵尤憤懣而極悲哀讀之使人太息流涕而不能已董子有言爲人君者不可以不知春秋前有讒而不見後有賊而不知嗚呼豈獨春秋也哉

誦言也致極也抒挹而出之也

惜誦以致愍兮 發憤以抒情

言始惜其言忍而不發以致極其憂愍至於不得已而發憤懣抒其情也

所非忠而言之兮 指蒼天以爲正

嚮對也服服事之詞山川名山大川之神也御侍也聽直聽其曲直也贅疣肉外之餘肉言為忠者而擯棄之如贅疣作輕利也

令五帝以折中兮 戒六神與嚮服
俾山川以備御兮 命咎繇使聽直

竭忠誠而事君兮 反離羣而贅肬
忘儇媚以背衆兮 待明君其知之

人臣之言行既可蹤跡內情外貌又難度匿故人君日與親接莫能察其忠邪所以驗之不在遠也

言與行其可迹兮 情與貌其不變
故相臣莫若君兮 所以證之不遠

吾誼先君而後身兮 羌衆人之所仇也
專惟君而無他兮 又衆兆之所讐也

不豫不猶豫也不可保言為衆人所害也疾猶力也

壹心而不豫兮 羌不可保也
疾親君而無他兮 有招禍之道也

吾思其意常謂君臣莫有忠我身于貴進者不能尊身失意以賤貧欲自適以効忠事不懈貳而求寵也

思君其莫我忠兮 忽忘身之賤貧
事君而不貳兮 迷不知寵之門

咍嗤笑楚語也

忠何故而遇罰兮
亦非余之所志也
行不羣而顚越兮
又衆兆之所咍也

紛逢尤以離謗兮
謇不可釋也
情沈抑而不達兮
又蔽而莫之白也

侘傺失志貌

心鬱悒余侘傺兮
又莫察余之中情
固煩言不可結而詒兮
願陳志而無路

悶煩也瞀亂也忳忳憂貌

退靜默而莫余知兮
進號呼又莫余聞
申侘傺之煩惑兮
中悶瞀之忳忳

昔余夢登天兮
魂中道而無杭
吾使厲神占之兮
曰有志極而無旁

終危獨以離異兮
曰君可思而不可恃
故衆口其鑠金兮
初若是而逢殆

極至也同事一君而其志不同不知所至一於危亡之名行一路雖其將相援引於

忽易而忽之意

言讒賊之人爲機作械罪布罔羅偽君欲爲以悅君意

儃佪不進貌干傺則求住也重患離尤下忠謂遠適也

懲熱羹而吹齏兮
何不變此志也
衆駭遽以離心兮
又何以爲此伴也
晉申生之孝子兮
父信讒而不好
吾聞作忠以造怨兮
忽謂之過言
矰弋機而在上兮
罻羅張而在下
欲儃佪以干傺兮
恐重患而離尤

欲釋階而登天兮
猶有曩之態也
同極而異路兮
又何以爲此援也
行婞直而不豫兮
鯀功用而不就
九折臂而成醫兮
吾至今乃知其信然
設張辟以娛君兮
願側身而無所
欲高飛而遠集兮
君罔謂汝何之

牉中分也

紆屈軫痛也

糳米精細也

矯揉之也

曾重也

欲橫奔而失路兮　背膺牉以交痛兮

蓋堅志而不忍　心鬱結而紆軫

檮木蘭以矯蕙兮　播江離與滋菊兮

糳申椒以爲糧　願春日以爲糗芳

恐情質之不信兮　矯玆美以私處兮

故重著以自明　願曾思而遠身

右惜誦

余幼好此奇服兮　帶長鋏之陸離兮

年既老而不衰　冠切雲之崔嵬

明月珠名 璐美玉名

被明月兮珮寶璐　世溷濁而莫余知兮

乘天物從聖帝遊譬 以見其志行之高遠

駕青虯兮驂白螭　吾方高馳而不顧

吾與重華遊兮瑤之圃　登崑崙兮食玉英

南夷謂楚國也

吾與天地兮比壽
與日月兮齊光
哀南夷之莫吾知兮
旦余將濟乎江湘

乘鄂渚而反顧兮
欸秋冬之緒風
步余馬兮山皋
邸余車兮方林

欸歎也 邸至也

乘舲船余上沅兮
齊吳榜而擊汰
船容與而不進兮
淹回水而凝滯

朝發枉陼兮
夕宿辰陽
苟余心之端直兮
雖僻遠其何傷

入漵浦余儃佪兮
迷不知吾所如
深林杳以冥冥兮
乃猿狖之所居

山高峻以蔽日兮
下幽晦以多雨
霰雪紛其無垠兮
雲霏霏其承宇

哀吾生之無樂兮 吾不能變心以從俗兮

幽獨處乎山中 固將愁苦而終窮

接輿髡首兮 忠不必用兮 伍子逢殃兮

桑扈臝行 賢不必以 比干菹醢

與前世而皆然兮 余將董道而不豫兮

吾又何怨乎今之人 固將重昏而終身

亂曰

鸞鳥鳳凰 日以遠兮 燕雀烏鵲 巢堂壇兮 露申辛夷 死林薄兮

腥臊並御 芳不得薄兮 陰陽易位 時不當兮 懷信侘傺 忽乎吾將行兮

右涉江

皇天之不純命兮 民離散而相失兮

何百姓之震愆 方仲春而東遷

江夏亦名

齊揚同舉也翳棹者亦不欲去知己之遠、所去也

長楸行樹也國之喬木夏首夏水口龍門楚都南關

蹠踐也洋洋無所歸貌

陽侯陽國之侯溺死于水其神能為大波蹇產詰曲貌絓結

去故鄉而就遠兮
遵江夏以流亡
發郢都而去閭兮
怊荒忽其焉極
望長楸而太息兮
淫淫其若霰
心嬋媛而傷懷兮
眇不知其所蹠
凌陽侯之氾濫兮
忽翱翔之焉薄
將運舟而下浮兮
上洞庭而下江

出國門而軫懷兮
甲之鼂吾以行
楫齊揚以容與兮
哀見君而不再得
過夏首而西浮兮
顧龍門而不見
順風波而流從兮
焉洋洋而為客
心絓結而不解兮
思蹇產而不釋
去終古之所居兮
今逍遙而來東

羌靈魂之欲歸兮
何須臾而忘反
背夏浦而西思兮
哀故都之日遠

墳水中高者曰墳平樂地寬博(?)人富饒也介閒也遺風故家遺俗之美也

登大墳以遠望兮
聊以舒吾憂心
哀州土之平樂兮
悲江介之遺風

陵陽未詳淼漫無涯也夏屋也言楚王不知都邑宮殿之當乃丘墟又不知兩東門先王所揭(?)守國者豈可棄至於蕪廢乎

當陵陽之焉至兮
淼南渡之焉如
曾不知夏之為丘兮
孰兩東門之可蕪
心不怡之長久兮
憂與憂其相接
惟郢路之遼遠兮
江與夏之不可涉
忽若去不信兮
至今九年而不復
慘鬱鬱而不通兮
蹇侘傺而含慼

汋約好貌諶誠也荏亦弱也積(?)鄣(?)蔽(?)見(?)

外承歡之汋約兮
諶荏弱而難持
忠湛湛而願進兮
妬被離而鄣之

被堯舜之抗行兮
瞭杳杳其薄天
衆讒人之嫉妬兮
被以不慈之僞名
憎慍惀之脩美兮
好夫人之忼慨
衆踥蹀而日進兮
美超遠而踰邁

亂曰
曼余目以流觀兮
冀壹反之何時
鳥飛返故鄉兮
狐死必首丘
非吾罪而棄逐兮
何日夜而忘之
心鬱鬱之憂思兮
獨永歎乎增傷
思蹇產之不釋兮
曼遭夜之方長
悲秋風之動容兮
何回極之浮浮
數惟蓀之多怒兮
傷余心之懮懮
願遙赴而横奔兮
覽民尤以自鎮

結微情以陳詞兮
矯以遺夫美人
昔君與我成言兮
曰黃昏以為期
羌中道而回畔兮
反既有此他志
憍吾以其美好兮
覽余以其脩姱
與余言而不信兮
蓋為余而造怒
願承閒而自察兮
心震悼而不敢
悲夷猶而冀進兮
心怛傷之憺憺
茲歷情而陳辭兮
蓀詳聾而不聞
固切人之不媚兮
衆果以我為患
初吾所陳之耿著兮
豈不至今其庸亡
何獨樂斯之謇謇兮
願蓀美之可完
望三五以為像兮
指彭咸以為儀

夫何極而不至兮
故遠聞而難虧
善不由外來兮
名不可以虛作
孰無施而有報兮
孰不實而有穫

少歌曰 與美人之抽思兮
并日夜而無正
憍吾以其美好兮
敖朕辭而不聽

倡曰 有鳥自南兮
來集漢北
好姱佳麗兮
牉獨處此異域
既惸獨而不羣兮
又無良媒在其側
道卓遠而日忘兮
願自申而不得
望北山而流涕兮
臨流水而太息
望孟夏之短夜兮
何晦明之若歲
惟郢路之遼遠兮
魂一夕而九逝

曾不知路之曲直兮 願徑逝而不得兮

南指月與列星 魂識路之營營

何靈魂之信直兮 理弱而媒不通兮

人之心不與吾心同 尚不知余之從容

亂曰

長瀨湍流 狂顧南行

泝江潭兮 聊以娛心兮

軫石崴嵬 蹇吾願兮

超回志度 低佪夷猶 煩冤瞀容 愁歎苦神

行隱進兮 宿北姑兮 實沛徂兮 靈遙思兮

路遠處幽 道思作頌 憂心不遂

又無行媒兮 聊以自救兮 斯言誰告兮

右抽思

滔滔孟夏兮 傷懷永哀兮 眴兮杳杳 鬱結紆軫兮

草木莽莽 汩徂南土 孔靜幽默 離愍而長鞠

撫情效志方 冤屈而自抑
刓方以為圜方 常度未替
易初本迪方 君子所鄙
章畫志墨方 前圖未改
內厚質正方 大人所晟
巧倕不斲方 孰察其揆正
玄文幽處方 矇瞍謂之不章
離婁微睇方 瞽以為無明
變白以為黑方 倒上以為下
鳳皇在笯方 雞鶩翔舞
同糅玉石方 一槩而相量
夫惟黨人之鄙固方 羌不知余之所臧
任重載盛方 陷滯而不濟
懷瑾握瑜方 窮不知所示
邑犬羣吠方 吠所怪也
非俊疑傑方 固庸態也
文質疏內方 衆不知余之異采
材朴委積方 莫知余之所有
重仁襲義方 謹厚以為豐
重華不可遌方 孰知余之從容
古固有不並方 豈知其何故
湯禹久遠方 邈而不可慕
懲違改忿方 抑心而自強
離慜而不遷方 願志之有像

進路北次兮 日昧昧其將暮 舒憂娛哀兮 限之以大故

亂曰

浩浩沅湘 分流汩兮 脩路幽蔽 道遠忽兮

懷質抱情 獨無正兮 伯樂既沒 驥焉程兮

民生稟命 各有所錯兮 定心廣志 余何畏懼兮

曾傷爰哀 永歎喟兮 世溷濁莫吾知 人心不可謂兮

知死不可讓 願勿愛兮 明告君子 吾將以爲類兮

思美人兮 擥涕而竚眙 媒絕路阻兮 言不可結而詒

蹇蹇之煩冤兮 陷滯而不發 申旦以舒中情兮 志沈菀而莫達

願寄言於浮雲兮 遇豐隆而不將 因歸鳥而致辭兮 羌迅高而難當

高辛之靈盛兮 遭玄鳥而致詒

汩流也

眙直視也

豐隆雲神

日月[illegible] 雖當而上 感高平之 事下愧不 能易初而 屈志也 獨憤遏也 隱閔壽考 但延年歲 也然終不能 變易其初也 知身遠不 可行而不能 改其度鑒 於車傾馬仆 而猶懷異心 由之路不肯 同世衆人也

欲變節以從俗方
媿易初而屈志
寧隱閔而壽考方
何變易之可爲
車既覆而馬顛方
蹇獨懷此異路

須待也 日將入晦也 [illegible]

遷逡次而勿驅方
聊暇日以須旹
開春發歲方
白日出之悠悠

不[illegible]而未 及同時也

擥大薄之芳茝方
搴長州之宿莽

獨歷年而離愍方
羌馮빙心猶未化
知前轍之不遂方
未改此度
勒騏驥而更駕方
造父爲我操之
指嶓冢之西隈方
與纁黃以爲期
吾將蕩志而愉樂方
遵江夏以娛憂
惜吾不及古之人方
吾誰與玩此芳草

解篇薄與雜菜兮 佩繽紛以繚轉兮

備以爲交佩 遂萎絕而離異

吾且儃佪以娛憂兮 竊快在其中心兮

觀南人之變態 揚厥憑而不竢

芳與澤其雜糅兮 紛郁郁其遠蒸兮

羌芳華自中出 滿內而外揚

情與質信可保兮 令薜荔以爲理兮

羌居蔽而聞章 憚擧趾而緣木

因芙蓉以爲媒兮 登高吾不說兮

憚褰裳而濡足 入下吾不能

固朕形而不服兮 廣遂前畫兮

然容與而狐疑 未改此度也

罷讀作疲 [illegible]

命則處幽吾將罷兮 願及白日之未暮也
獨煢煢而南行兮 思彭咸之故也 右思美人

惜日曾見 [illegible]

惜往日之曾信兮 受命詔以昭時
奉先功以照下兮 明法度之嫌疑
國富強而法立兮 屬貞臣而日娭의
秘宻事之載心兮 雖過失猶弗治
心純庬而不泄兮 遭讒人而嫉之
君含怒以待臣兮 不清澂其然否
蔽晦君之聰明兮 虛惑誤又以欺
弗參驗以考實兮 遠遷臣而弗思
信讒諛之溷濁兮 晠氣志而過之
何貞臣之無辠兮 被讟謗而見尤

慙光景之誠信兮
身幽隱而備之
臨沅湘之玄淵兮
遂自忍而沈流
卒沒身而絕名兮
惜廱君之不昭
君無度而不察兮
使芳草為幽藪
焉舒情而抽信兮
恬死亡而不聊
獨鄣廱而蔽隱兮
使貞臣而無由
聞百里之為虜兮
伊尹烹於庖廚
呂望屠於朝歌兮
甯戚歌而飯牛
不逢湯武與桓繆兮
世孰云而知之
吳信讒而弗味兮
子胥死而後憂
介子忠而立枯兮
文君寤而追求
封介山而為之禁兮
報大德之優遊

思久故之親身兮
因縞素而哭之
或忠信而死節兮
或訑謾而不疑
弗省察而按實兮
聽讒人之虛辭
芳與澤其雜糅兮
孰申旦而別之
何芳草之早殀兮
微霜降而下戒
諒聰不明而蔽壅兮
使讒諛而日得
自前世之嫉賢兮
謂蕙若其不可佩
妒佳冶之芬芳兮
嫫母姣而自好
雖有西施之美容兮
讒妒入以自代
願陳情而白行兮
得罪過之不意
情冤見之日明兮
如列宿之錯置
乘騏驥而馳騁兮
無轡銜而自載

訑同誕
若杜若也
嫫母黃帝妻貌甚醜

乘氾泭以下流兮 無舟檝而自備
背法度而心治兮 辟與此其無異
寧溘死而流亡兮 恐禍殃之有再
不畢辭而赴淵兮 惜壅君之不識

右惜往日

后皇嘉樹 橘徠服兮
受命不遷 生南國兮
深固難徙 更壹志兮
綠葉素榮 紛其可喜兮
曾枝剡棘 圓果摶兮
青黃雜糅 文章爛兮
精色內白 類任道兮
紛縕宜脩 姱而不醜兮
嗟爾幼志 有以異兮
獨立不遷 豈不可喜兮
深固難徙 廓其無求兮
蘇世獨立 橫而不流兮
閉心自慎 終不過失兮
秉德無私 參天地兮
願歲并謝 與長友兮
淑離不淫 梗其有理兮

年歲雖少 行比伯夷
可師長兮 置以爲像兮

右橘頌

物有微而隕性兮
聲有隱而先倡
萬變其情豈可蓋兮
孰虛僞之可長
魚葺鱗以自別兮
蛟龍隱其文章
唯佳人之永都兮
更統世以自貺
介眇志之所惑兮
竊賦詩之所明

42

悲回風之搖蕙兮
心冤結而內傷
夫何彭咸之造思兮
暨志介而不忘
鳥獸鳴以號羣兮
草苴比而不芳
故荼薺不同畝兮
蘭茝幽而獨芳
眇遠志之所及兮
憐浮雲之相羊
唯佳人之獨懷兮
折芳椒以自處

曾歔欷之嗟嗟兮
獨隱伏而思慮
終長夜之曼曼兮
掩此哀而不去
傷太息之愍憐兮
氣於邑而不可止
折若木以蔽光兮
隨飄風之所仍
撫珮衽以案志兮
超惘惘而遂行
薠蘅槁而節離兮
芳已歇而不比

涕泣交而淒淒兮
思不眠以至曙
寤從容以周流兮
聊逍遙以自恃
糺思心以為纕兮
編愁苦以為膺
存髣髴而不見兮
心踊躍其若湯
歲曶曶其若頹兮
旹亦冉冉而將至
憐思心之不可懲兮
證此言之不可聊

寧溘死而流亡兮
不忍此心之常愁
孰能思而不隱兮
昭彭咸之所聞
入景響之無應兮
聞省想而不可得
心鞿羈而不開兮
氣繚轉而自締
聲有隱而相感兮
物有純而不可為
愁悄悄之常悲兮
翩冥冥之不可娛

孤子唫而抆淚兮
放子出而不還
登石巒而遠望兮
路眇眇之默默
愁鬱鬱之無快兮
居戚戚而不可解
穆眇眇之無垠兮
莽芒芒之無儀
邈漫漫之不可量兮
縹緜緜之不可紆
淩大波而流風兮
託彭咸之所居

上高巖之峭岸兮
處雌蜺之標顛
據青冥而攄虹兮
遂儵忽而捫天
吸湛露之浮涼兮
漱凝霜之雰雰
依風穴以自息兮
忽傾寤以嬋媛
馮崑崙以瞰霧兮
隱岐山以清江
憚涌湍之礚礚兮
聽波聲之洶洶
紛容容之無經兮
罔芒芒之無紀
軋洋洋之無從兮
馳委移之焉止
漂翻翻其上下兮
翼遙遙其左右
氾潏潏其前後兮
伴張弛之信期
觀炎氣之相仍兮
窺烟液之所積
悲霜雪之俱下兮
聽潮水之相擊

此猶爲策旣有芒刺而又不直則馬傷浮而行速

借光景以往來兮　求介子之所存兮
施黃棘之枉策　見伯夷之放迹

調猶揣調之調度謂度也悲之處懷也言心爲二事調度可去而不忍去刻著其心其無他適

心調度而弗去兮　曰吾怨往昔之所冀兮
刻著志之無適　悼來者之悐悐

46

浮江淮而入海兮　望大河之洲渚兮

申屠狄諫紂不聽負石沉河

從子胥而自適　悲申屠之抗迹
驟諫君而不聽兮　心絓結而不解兮

任石而懷沙也

任重石之何益　思蹇產而不釋　右悲回風

遠遊

屈原旣放悲歎之餘眇觀宇宙陋世俗之卑狹悼年壽之不長於是作爲此篇思欲制鍊形魂排空御氣浮遊八極後天而終以盡反覆無窮之世變雖曰寓言然其所設王子之詞苟能充之實長生久視之要訣

悲時俗之迫阨兮　質菲薄而無因兮
願輕擧而遠遊　焉託乘而上浮

營營猶曰[illegible]之意是也

此乃[illegible][illegible]

[illegible]悲歎之無益 亦有悔反自循者[illegible]求真本也

赤松子神農時雨師服水玉以教神農能入火自燒常止西王母石室隨風雨上下炎帝少女追之亦得仙俱去

身隱[illegible]不可見獨有名字可聞耳

遭沉濁而汙穢兮 夜耿耿而不寐兮
獨鬱結其誰語 魂營營而至曙
惟天地之無窮兮 往者余不及兮、
哀人生之長勤 來者吾不聞
步徙倚而遙思兮 意荒忽而流蕩兮
怊惝怳而永懷 心愁悽而增悲
神儵忽而不反兮 內惟省而端操兮
形枯槁而獨留 求正氣之所由
漠虛靜以恬愉兮 聞赤松之清塵兮
澹無為而自得 願承風乎遺則
貴真人之休德兮 與化去而不見兮
美往世之登仙 名聲著而日延

莊子曰傳說得之以相武丁乘東維騎箕尾而比於列星韓衆見列仙傳

奇傅說之托辰星兮 羨韓衆之得一
形穆穆以浸遠兮 離人羣而遁逸
因氣變而遂曾舉兮 忽神奔而鬼怪
時髣髴以遙見兮 精皎皎以往來

郵一作尤淑郵言淑善而絶尤異以上言[illegible]羨仙去世之樂也

超氛埃而淑郵兮 終不反其故都
免衆患而不懼兮 世莫知其所如
恐天時之代序兮 耀靈曄而西征

耀靈日也蘦今作零落也

微霜降而下淪兮 悼芳草之先蘦
聊仿佯而逍遙兮 永歷年而無成
誰可與玩斯遺芳兮 長鄉風而舒情

此一節回歎其將老而無其學之成也

高陽邈以遠兮 余將焉所程
重曰
春秋忽其不淹兮 奚久留此故居

軒轅不可攀援兮
吾將從王喬而娛戲
保神明之清澄兮
精氣入而麤穢除
見王子而宿之兮
審壹氣之和德 —
毋滑而魂兮 壹氣孔神兮
彼將自然 於中夜存
聞至貴而遂徂兮
忽乎吾將行
朝濯髮於湯谷兮
夕晞余目兮九陽

飡六氣而飲沆瀣兮
漱正陽而含朝霞
順凱風而從遊兮
至南巢而壹息
曰道可受兮 其小無內兮
而不可傳 其大無垠
虛以待之兮 庶類以成兮
無為之先 此德之門
仍羽人於丹丘兮
留不死之舊鄉
吸飛泉之微液兮
懷琬琰之華英 —

[illegible]

玉色頩以脕顏兮 質銷鑠以汋約兮
精醇粹而始壯 神要眇以淫放
嘉南州之炎德兮 山蕭條而無獸兮
麗桂樹之冬榮 野寂漠其無人

[illegible]

載營魄而登霞兮 命天閽其開關兮
掩浮雲而上征 排閶闔而望予

大微宮垣十星 重陽積陽為天 天有九重 旬始星名 旬始星 淸都帝之所居 太儀天帝之庭 於微閭 屬東北曰此山其山鎭曰醫無閭

召豐隆使先導兮 集重陽入帝宮兮
問大微之所居 造旬始而觀清都
朝發軔於太儀兮 屯余車之萬乘兮
夕始臨乎於微閭 紛溶與而並馳
駕八龍之婉婉兮 建雄虹之采旄兮
載雲旗之逶蛇 五色雜而炫燿

服偃蹇以低昂兮　騎膠葛以雜亂兮
驂連蜷以驕驁　斑漫衍而方行
撰余轡而正策兮　歷太皓以右轉兮
吾將過乎句芒　前飛廉以啓路
陽杲杲其未光兮　風伯為余先驅兮
凌天地以徑度　氛埃辟而淸涼
鳳凰翼其承旂兮　擥彗星以為旍兮
遇蓐收乎西皇　舉斗柄以為麾
叛陸離其上下兮　旹曖曃其曭莽兮
遊驚霧之流波　召玄武而奔屬
後文昌使掌行兮　路曼曼其脩遠兮
選署衆神以並轂　徐弭節而高厲

左雨師使徑待兮，右雷公而為衛。
欲度世以忘歸兮，意姿睢以担撟。
內欣欣而自美兮，聊媮娛以淫樂。
涉青雲以汎濫游兮，忽臨睨夫舊鄉。
僕夫懷余心悲兮，邊馬顧而不行。
思故舊以想像兮，長太息而掩涕。

52

汜容與而遐擧兮，聊抑志而自弭。
指炎帝而直馳兮，吾將往乎南疑。
擥方外之荒忽兮，沛罔瀁而自浮。
祝融戒而蹕御兮，騰告鸞鳥迎虙妃。
張咸池奏承雲兮，二女御九韶歌。
使湘靈鼓瑟兮，令海若舞馮夷。

南方丙丁 炎帝其帝 其神祝融 南疑九疑也

蹕止行人也

玄螭蟲象並出進兮
形蟉虬而逶蛇
音樂博衍無終極兮
焉乃逝以徘徊
軼迅風於清源兮
從顓頊乎增氷
名黔嬴而見之兮
為余先乎平路
下崢嶸而無地兮
上寥廓而無天
超無為以至清兮
與泰初而為鄰

雌蜺便娟以增撓兮
鸞鳥軒翥而翔飛
舒并節以馳騖兮
逴絕垠乎寒門
歷玄冥以邪徑兮
乘間維以反顧
經營四方兮 上至列缺兮
周流六漠 降望大壑
視儵忽而無見兮
聽惝怳而無聞

卜居

屈原既放 竭知盡忠 心煩慮亂

三年不得復見 而蔽鄣於讒 不知所從

乃往見太卜 余有所疑 詹尹乃端策拂龜

鄭詹尹曰 願因先生決之 曰君將何以教之

悃款誠實 傾盡之皃

屈原曰 吾將悃悃款款 將送往勞來 寧誅鋤草茅

朴以忠乎 斯無窮乎 以力耕乎

遊偏謁也 大人猶貴人也

將遊大人 寧正言不諱 將從俗富貴 寧超然遠擧

以成名乎 以危身乎 以媮生乎 以保真乎

將哫訾栗斯喔咿 寧廉潔正直 將突梯滑稽如脂如韋

以事婦人乎 以自清乎 以挈楹乎

寧昂昂若 將氾氾若 與波上下 寧與騏驥亢軛乎

千里之駒乎 水中之鳧 以全吾軀乎 將隨駑馬之迹乎

寧與黃鵠比翼乎 將與雞鶩爭食乎 此孰吉孰凶 何去何從 世溷濁而不清 蟬翼爲重 千鈞爲輕 黃鍾毁棄 瓦釜雷鳴 讒人高張 賢士無名 吁嗟默默方 誰知吾之廉貞 詹尹乃釋策而謝曰 夫尺有所短 寸有所長 尺長於寸爲尺有不足寸有短尺寸短於尺爲寸而有餘亦有長矣 物有所不足 智有所不明 數有所不逮 神有所不通 用君之心行君之意 龜策誠不能知事

漁父 漁父蓋亦當時隱遁之士或曰亦原設詞耳

屈原既放 游於江潭 行吟澤畔 顏色憔悴 形容枯槁 漁父見而問之曰 子非三閭大夫與 何故至於斯 屈原曰 舉世皆濁我獨清 衆人皆醉我獨醒 是以見放 漁父曰聖人不凝滯於物而能與世推移 世人皆濁 何不淈其泥而揚其波

衆人皆醉 何故深思高擧 屈原曰 新沐者必彈冠

何不餔其糟而啜其釃 自令放爲 吾聞之 新浴者必振衣

察察潔白也 汶汶沾辱也

安能以身之察察 寧赴湘流 安能以浩浩之白

受物之汶汶者乎 葬於江魚之腹中 而蒙世俗之塵埃乎

漁父 莞爾而笑 滄浪之水淸兮 滄浪之水濁兮 遂去不復與言

鼓枻而去 乃歌曰 可以濯吾纓 可以濯吾足

九辯 屈原弟子楚大夫宋玉之所作也 閔惜其師忠而放逐 故作九辯以述其志云

悲哉秋之爲氣也

蕭瑟兮草木搖落而變衰

憭慄猶悽愴也 [illegible]

憭慄兮若在遠行 泬寥兮天高而氣淸

登山臨水兮送將歸 寂寥兮收潦而水淸

[illegible]

憯悽增欷兮 愴怳懭悢兮 坎廩兮貧士失職而志不平

薄寒之中人 去故而就新 廓落兮羇旅而無友生

惆悵兮而私自憐
燕翩翩其辭歸兮
蟬寂漠而無聲
鴈廱廱而南遊兮
鵾鷄啁哳而悲鳴
獨申旦而不寐兮
哀蟋蟀之宵征
時亹亹而過中兮
蹇淹留而無成 句
悲憂窮戚兮獨處廓
有美一人兮心不繹
去鄉離家兮徠遠客
超逍遙兮今焉薄
專思君兮不可化
君不知兮可奈何
蓄怨兮積思
心煩憺兮忘食事
願一見兮道余意
君之心兮與余異
車既駕兮朅而歸
不得見兮心傷悲
倚結軨兮長太息
涕潺湲兮下霑軾

58

怦怦心急貌

忼慨絶方不得
中瞀亂方迷惑
私自憐方何極
心怦怦方諒直 右二

皇天平分四時方
竊獨悲此廩秋
白露既下百草方
奄離披此梧楸

去白日之昭昭方
襲長夜之悠悠
離芳藹之方壯方
余萎約而悲愁

秋既先戒以白露方
冬又申之以嚴霜
收恢台之孟夏方
然欿傺而沈臧

葉菸邑而無色方
枝煩挐而交橫
顏淫溢而將罷方
柯彷彿而萎黃

萷櫹槮之可哀方
形銷鑠而瘀傷
惟其紛糅而將落方
恨其失時而無當

[下節按節也 逍遙自放 [illegible]]
肇騑轡而下節兮
聊逍遙以相佯
悼余生之不時兮
逢此世之俇攘
心怵惕而震盪兮
何所憂之多方
竊悲夫蕙華之曾敷兮
紛旖旎乎都房
以為君獨服此蕙兮
羌無以異於衆芳
心閔憐之慘悽兮
願一見而有明

歲忽忽而適盡兮
恐余壽之不將
澹容與而獨倚兮
蟋蟀鳴此西堂
仰明月而太息兮
步列星而極明 右三
何曾華之無實兮
從風雨而飛颺
閔奇思之不通兮
將去君而高翔
重無怨而生離兮
中結軫而增傷

豈不鬱陶而思君方
君之門以九重
皇天溢淫而秋霖方
后土何時而得漧
何時俗之工巧方
背繩墨而改錯
當世豈無騏驥方
誠莫之能善御
鳧鴈皆唼夫粱藻方
鳳愈飄翔而高舉
衆鳥皆有所登棲方
鳳獨遑遑而無所集

猛犬狺狺而迎吠方
關梁閉而不通
塊獨守此無澤方
仰浮雲而永歎
右四
卻騏驥而不乘方
策駑駘而取路
見執轡者非其人方
故駶跳而遠去
圜鑿而方枘方
吾固知其鉏鋙而難入
願銜枚而無言方
嘗被君之渥洽

[illegible]

太公九十乃顯榮兮　謂騏驥兮安歸
誠未遇其匹合　謂鳳凰兮安棲
變古易俗兮世衰　騏驥伏匿而不見兮
今之相者兮舉肥　鳳皇高飛而不下
鳥獸猶知褱德兮　驥不驟進而求服兮
何云賢士之不處　鳳亦不貪餧而妄食
君棄遠而不察兮　欲寂漠而絶端兮
雖願忠其焉得　竊不敢忘初之厚德
獨悲愁其傷人兮　霜露慘悽而交下兮
馮鬱鬱其何極　右五　心尚希其弗濟
霰雪紛糅其增加兮　顧微幸而有待兮
乃知遭命之將至　泊莽莽與壄草同死

願自直而經往兮
路壅絕而不通
欲循道而平驅兮
又未知其所從

然中路而迷惑兮
自厭按而學誦
性愚陋以褊淺兮
信未達乎從容

竊美申包胥之氣晟兮
恐時世之不固
何時俗之工巧兮
滅規榘而改鑿

獨耿介而不隨兮
願慕先聖之遺教
處濁世而顯榮兮
非余心之所樂

與其無義而有名兮
寧窮處而守高
食不媮而為飽兮
衣不苟而為溫

竊慕詩人之遺風兮
願託志乎素餐
蹇充倔而無端兮
泊莽莽而無垠

無衣裘以御冬兮
恐溘死而不得見乎陽春 右六
靚杪秋之遙夜兮
心繚悷而有哀
春秋逴逴而日高兮
然惆悵而自悲
四時遞來而卒歲兮
陰陽不可與儷偕
白日晼晚其將入兮
明月銷鑠而減毀
歲忽忽而遒盡兮
老冉冉而愈弛
心搖悅而日幸兮
然怊悵而無冀
中憯惻之悽愴兮
長太息而增欷
年洋洋以日往兮
老嵺廓而無處
事亹亹而覬進兮
蹇淹留而躊躇 右七
何氾濫之浮雲兮
猋壅蔽此明月
忠昭昭而願見兮
然露曀而莫達

黕點垢汙 讒毀也

願皓日之顯行兮 雲蒙蒙而蔽之

竊不自料而願忠兮 或黕點而汙之

堯舜之抗行兮 瞭冥冥而薄天

何險巇之嫉妬兮 被以不慈之僞名

言黑黯黮日月 使有瑕也 膠加戾也

彼日月之照明兮 尚黯黮而有瑕

何況一國之事兮 亦多端而膠加

此言荷裯有美名而無實用也 驕美自矜其美也 伐武自誇其武也 負恃也 左右侍臣之耿介 正剛勇之士

被荷裯之晏晏兮 然潢洋而不可帶

既驕美而伐武兮 負左右之耿介

憎慍惀之脩美兮 好夫人之慷慨

衆踥蹀而日進兮 美超遠而逾邁

農夫輟耕者 不恤田野之荒蕪之

農夫輟耕而容與兮 恐田野之蕪穢

事緜緜而多私兮 竊悼後之危敗

世雷同而炫曜兮　何毁譽之昧昧
今脩飾而窺鏡兮　後尚可以竄藏
願寄言夫流星兮　羌儵忽而難當
卒壅蔽此浮雲兮　下暗漠而無光

右八

堯舜皆有所任舉兮　故高枕而自適
諒無怨於天下兮　心焉取此怵惕
乘騏驥之瀏瀏兮　馭安用夫強策
諒城郭之不足恃兮　雖重介之何益
邅翼翼而無終兮　忳惛惛而愁約
生天地之若過兮　功不成而無効
願沉滯而不見兮　尚欲布名乎天下
然潢洋而不遇兮　直怐愗而自苦

莽洋洋而無極兮
忽翱翔之焉薄
國有驥而不知乘兮
焉皇皇而更索
寗戚謳扵車下兮
桓公聞而知之
無伯樂之善相兮
今誰使乎譽之
罔流涕以聊慮兮
惟著意而得之
紛忳忳之願忠兮
妬被離而鄣之
願賜不肖之軀而別離兮
放遊志乎雲中
乘精氣之摶摶兮
騖諸神之湛湛
驂白霓之習習兮
歷羣靈之豐豐
左朱雀之茇茇兮
右蒼龍之躣躣
屬雷師之闐闐兮
通飛廉之衙衙
前輕輬之鏘鏘兮
後輜乘之從從

載雲旗之委蛇兮 計專專之不可化兮
扈屯騎之容容 願遂推而為臧
賴皇天之厚德兮
還及君之無恙

招魂

朕幼清以廉潔兮 主此盛德兮
身服義而未沫 牽於俗而蕪穢
上無所考此盛德兮 有人在下
長離殃而愁苦 帝告巫陽曰 我欲輔之
魂魄離散 汝筮予之 巫陽對曰
掌夢上帝 其命難從 若必筮予之 恐後之謝
不能復用 巫陽焉 乃下招曰
魂兮歸來 去君之恒幹 何為乎四方些
舍君之樂處 而離彼不祥些

魂兮歸来　長人千仞　十日代出　彼皆習之
東方不可以託些　惟魂是索些　流金鑠石些　魂往必釋些
魂兮歸来　魂兮歸来　雕題黑齒　得人肉以祀　蝮蛇蓁蓁
不可以託些　南方不可以止些　以其骨爲醢些　封狐千里些
雄虺九首　往来儵忽　歸来歸来　魂兮歸来　旋入雷淵
吞人以益其心些　不可以久淫些　西方之害　流沙千里些　爢散而不可止些
幸而得脫　赤螘若象　五穀不生　其土爛人
其外曠宇些　玄蠭若壺些　藂菅是食些　求水無所得些
彷徉無所倚　歸来歸来　魂兮歸来　增氷峨峨
廣大無所極些　恐自遺賊些　北方不可以止些　飛雪千里些
歸来歸来　魂兮歸来　虎豹九關　一夫九首
不可以久些　君無上天些　啄害下人些　拔木九千些

豺狼從目 懸人以娭 致命於帝 歸來歸來
往來侁侁些 投之深淵些 然後得瞑些 往恐危身些
魂兮歸來 土伯九約 敦脄血拇 參目虎首
君無下此幽都些 其角觺觺些 逐人駓駓些 其身若牛些
此皆甘人歸來歸來 魂兮歸來 工祝招君 秦篝齊縷
恐自遺災些 入脩門些 背行先些 鄭綿絡些
招具該備 魂兮歸來 天地四方 像設君室
永嘯呼些 反故居些 多賊姦些 靜閒安些
高堂邃宇 層臺累榭 網戶朱綴 冬有突廈
檻層軒些 臨高山些 刻方連些 夏室寒些
川谷徑復 光風轉蕙 經堂入奧 砥室翠翹
流潺湲些 氾崇蘭些 朱塵筵些 挂曲瓊些

翡翠珠被 蒻阿拂壁 纂組綺縞 室中之觀
爛齊光些 羅幬張些 結琦璜些 多珍怪些
蘭膏明燭 二八侍宿 九侯淑女 盛鬋不同制
華容備些 射遞代些 多迅衆些 實滿宮些
容態好比 弱顏固植 姱容脩態 蛾眉曼睩
順彌代些 謇其有意些 絚洞房些 目騰光些
靡顏膩理 離榭脩幕 翡帷翠帳 紅壁沙版
遺視矊些 侍君之間些 飾高堂些 玄玉之樑些
仰觀刻桷 坐堂伏檻 芙蓉始發 紫莖屏風
畫龍蛇些 臨曲池些 雜芰荷些 文緣波些
文異豹飾 軒輬既低 蘭薄戶樹 魂兮歸來
侍陂陁些 步騎羅些 瓊木籬些 何遠爲些

室家遂宗 稻粢穱麥 大苦鹹酸 肥牛之腱
食多方些 挐黃粱些 辛甘行些 臑若芳些
和酸若苦 胹鱉炮羔 鵠酸臇鳧 露雞臛蠵
陳吳羹些 有柘漿些 煎鴻鶬些 厲而不爽些
粔籹蜜餌 瑤漿蜜勺 挫糟凍飲 華酌旣陳
有餦餭些 實羽觴些 酎清涼些 有瓊漿些
歸返故室 肴羞未通 敶鍾按鼓 涉江採菱
敬而無妨些 女樂羅些 造新歌些 發揚荷些
美人旣醉 娭光眇視 被文服纖 長髮曼鬋
朱顏酡些 目曾波些 麗而不奇些 艶陸離些
二八齊容 衽若交竿 竽瑟狂會 宮庭震驚
起鄭舞些 撫案下些 搷鳴鼓些 發激楚些

吳歈蔡謳 士女雜坐 放敶組纓 鄭衛妖玩
奏大呂些 亂而不分些 班其相紛些 來雜陳些
激楚之結 崑蔽象棊 分曹並進 成梟而牟
獨秀先些 有六簙些 遒相迫些 呼五白些
晉制犀比 鏗鐘搖簴 娛酒不廢 蘭膏明燭
費白日些 揳梓瑟些 沈日夜些 華鐙錯些
結撰至思 人有所極 酎飲盡歡 魂兮歸來
72
蘭芳假些 同心賦些 樂先故些 反故居些

亂曰
獻歲發春兮 菉蘋齊葉兮 路貫廬江兮 倚沼畦瀛兮
汩吾南征 白芷生 左長薄 遙望博
青驪結駟兮 懸火延起兮 步及驟處兮 抑騖若通兮
齊千乘 玄顏烝 誘騁先 引車右還

夢澤名[illegible] [illegible] 朱明日也 [illegible]

與王趨夢兮課後先 君王親發兮憚青兕 朱明承夜兮時不可淹 皐蘭被徑兮斯路漸

[illegible]

湛湛江水兮上有楓 目極千里兮傷春心 魂兮歸來哀江南

惜誓 賈誼

[illegible]

昔余年老而日衰兮 歲忽忽而不反 登蒼天而高擧兮 歷衆山而日遠

觀江河之紆曲兮 離四海之霑濡 攀北極而一息兮 吸沆瀣以充虛

朱鳥南方宿 蚴虬龍貌 象牙以[illegible]

飛朱鳥使先驅兮 駕太一之象輿 蒼龍蚴虬於左驂兮 白虎騁而爲右騑

建日月以爲蓋兮 載玉女於後車 馳騖於杳冥之中兮 休息虖崐崙之墟

願無神明
但逍遙也
丹水猶赤
水大夏外
國名

樂窮極而不猒方
願從容虖神明
涉丹水而馳騁方
右大夏之遺風
黃鵠之一舉方
知山川之紆曲
再舉方
睹天地之圜方
臨中國之衆人方
託回飇乎尚羊
乃至少原之埜方
赤松王喬皆在旁

均亦調也清
商曲名

二子擁瑟而調均方
余因稱乎清商
澹然而自樂方
吸衆氣而翱翔
念我長生而久僊方
不如反余之故鄉
黃鵠後時而寄處方
鴟梟羣而制之
神龍失水而陸居方
為螻蟻之所裁
夫黃鵠神龍猶如此方
況賢者之逢亂世哉

(儃[illegible]也)
壽冉冉而日衰兮
固儃佪而不息
(權以知輕重量所以別多少 權稱錘也)
或偷合而苟進兮
(槩平斛木 衡平也)
或隱居而深藏
(迻一作移)
或推迻而苟容兮
或直言之諤諤
方世俗之幽昏兮
眩白黑之美惡
梅伯數諫而至醢兮
(來革[illegible] 佞臣也 [illegible])
來革順志而用國
比干忠諫而剖心兮
箕子被髮而佯狂

俗流從而不止兮
衆枉聚而矯直
苦稱量之不審兮
同權槩而就衡
傷誠是之不察兮
幷紉茅絲以爲索
放山淵之龜玉兮
相與貴夫礫石
悲仁人之盡節兮
反爲小人之所賊
水背源而流渴兮
木去根而不長

非重軀而處難方已矣哉 獨不見夫鸞鳳之高翔方
惜傷身之無功 乃集大皇之壄
循四極而回周方 彼聖人之神德方
見盛德而後下 遠濁世而自藏
使麒麟可得羈而係方
又何以異虖犬羊

服賦 誼在長沙三年有服飛入誼舍止於坐隅服似鴞不祥鳥也誼以長沙卑濕恐壽不得長故爲賦以自廣太史公以後讀其同死生輕去就又爲爽然自失

單閼(선안)之歲 庚子日斜 止于坐隅 異物來崒 太歲在卯曰單閼文帝六年丁卯也崒聚也
四月孟夏 服集余舍 貌甚閒暇 私怪其故
發書占之 曰野鳥入室 問於子服 吉乎告我 子服其加之美稱也
讖言其度 主人將去 余去何之 凶言其災
淹速之度 服乃太息 口不能言 萬物變化
語余其期 舉首奮翼 請對以意 固亡休息

斡[illegible]相傳共也

斡流而遷 形氣轉續 沕穆亡間 禍兮福所倚
或推而還 變化而嬗 胡可勝言 福兮禍所伏
憂喜聚門 彼吳彊大 越棲會稽 斯遊遂成
吉凶同域 夫差以敗 句踐伯世 卒被五刑
傅說胥靡 夫禍之與福 命不可測 水激則旱
乃相武丁 何異糾纆 孰知其極 矢激則遠

糾紐也俗[illegible] 也 水激下去遠 [illegible] [illegible] [illegible]

萬物回薄 雲蒸雨降 大鈞播物 天不可與慮
震蕩相轉 糾錯相紛 坱圠無垠 道不可與謀
遲速有命 天地為鑪 陰陽為炭 合散消息
烏識其時 昊造化為工 萬物為銅 安有常則
千變萬化 忽然為人 化為異物 小智自私
未始有極 何足控揣 又何足患 賤彼貴我

控揣玩弄 愛惜之意

小自從物 品庶猶品庶 每貪也 怵為利所誘 迫為貧所逼也

達人大觀 貪夫徇財 夸者死權 怵迫之徒

物無不可 列士徇名 品庶每生 或趨西東

大人不曲 愚士係俗 至人遺物 衆人惑惑

積意積於胸臆也

億變齊同 窘若囚拘 獨與道俱 好惡積意

恬安也 漠靜也

眞人恬漠 釋智遺形 寥廓忽荒 乘流則逝

獨與道息 超然自喪 與道翺翔 得坎則止

縱軀委命 其生若浮 澹乎若深淵之靚 不以生故自寶

不私與己 其死若休 泛乎若不繫之舟 養空而游

若空舟也

德人無累 細故芥滯

知命不憂 何足以疑

招隱士

淮南王安好古愛士招致賓客有八公之徒分造詞賦以類相從或稱大山或稱小山如詩之有大小雅其義猶詩之稱大雅小雅也而招隱以招屈原也小山之所作也

桂白華香生山峯冬夏常青閒無雜木疑寓意貌

桂樹叢生兮山之幽 偃蹇連蜷兮枝相繚山氣巃嵸兮石嵯峨 谿谷嶄巖兮水曾波

猿狖羣嘯兮虎豹嗥

攀援桂枝兮聊淹留

王孫遊兮不歸

春草生兮萋萋

歲暮兮不自聊

蟪蛄鳴兮啾啾

坱兮軋山曲岪

心淹留兮恫慌忽

罔兮沕憭兮栗虎豹穴

叢薄深林兮人上慄

嶔岑碕礒兮碅磳磈硊

樹輪相糾兮林木茷骫

青莎雜樹兮薠草靃靡

白鹿麏麚兮或騰或倚

狀貌崟崟兮峩峩

[illegible][illegible]凄凄兮漇漇

獼猴兮熊羆

慕類兮以悲

攀援桂枝兮聊淹留

虎豹鬪兮熊羆咆

禽獸駭兮亡其曹

王孫兮歸來

山中兮不可以久留

## 秋風辭

漢武帝幸河東祠后土 讌飲中流欣甚作此文 中已有秋風樂極之象未 具悵心之萌乎

秋風起兮白雲飛
草木黃落兮鴈南歸
蘭有秀兮菊有芳
懷佳人兮不能忘
汎樓船兮濟汾河
橫中流兮揚素波
簫鼓鳴兮發棹歌
懽樂極兮哀情多
少壯幾時兮奈老何

## 長門賦

漢武帝陳皇后得幸頗妒別在 長門宮聞司馬相如工爲文奉黃 金求解悲愁之辭相如爲文以悟 主上后復得幸 朱子曰此詞 非高唐洛神之流

夫何一佳人兮
步逍遙以自虞
魂踰佚而不返兮
形枯槁而獨居
言我朝往而暮來兮
飮食樂而忘人
心慊移而不省故兮
交得意而相親
伊余志之慢愚兮
懷貞慤之歡心

願賜問而自進兮
得尚君之玉音
奉虛言而望誠兮
期城南之離宮
脩薄具而自設兮
君不肯兮幸臨
廓獨潛而專精兮
天飄飄而疾風
登蘭臺而遙望兮
神怳怳而外淫
浮雲鬱而四塞兮
天窈窈而晝陰
雷隱隱而響起兮
聲象君之車音
飄風迴而赴閨兮
舉帷幄之襜襜
桂樹交而相紛兮
芳酷烈之誾誾
孔雀集而相存兮
玄猿嘯而長吟
翡翠脅翼而來萃兮
鸞鳳飛而北南
心憑噫而不舒兮
邪氣壯而攻中

下蘭臺而周覽兮
步從容於深宮
閒徙倚於東廂兮
觀夫靡靡而無窮
刻木蘭以爲榱兮
飾文杏以爲梁
施瑰木之欂櫨兮
委參差以槺梁
五色炫以相燿兮
燠爛爆而成光
張羅綺之幔帷兮
垂楚組之連綱

正殿塊以造天兮
鬱並起而穹崇
擠玉戶以撼金鋪兮
聲噌쟁吰횡而似鐘音
羅丰茸之游樹兮
離樓梧而相撐
時髣髴以物類兮
象積石之將將
緻錯石之瓴甓兮
象瑇瑁之文章
撫柱楣以從容兮
覽曲臺之央央

白鶴噭以哀號兮
孤雌跱於枯楊
日黃昏而望絕兮
悵獨託於空堂
懸明月以自照兮
徂清夜於洞房
援雅琴以變調兮
奏愁思之不可長
案流徵以卻轉兮
聲幼妙而復揚
貫歷覽其中操兮
意慷慨而自卬
左石、悲而垂淚兮
涕流離而從橫
舒息悒而增欷兮
蹝履起而彷徨
揄長袂以自翳兮
數昔日之諐殃
無面目之可顯兮
遂頹思而就床
摶芬若以爲枕兮
席荃蘭而茝香
忽寢寐而夢想兮
魂若君之在傍

惕寤覺以無見兮
魂廷廷若有亡
衆鷄鳴而愁予兮
起視月之精光
觀衆星之行列兮
畢昴出於東方
望中庭之藹藹兮
若季秋之降霜
夜漫漫其若歲兮
懷鬱鬱其不可再更
澹偃蹇而待曙兮
荒亭亭而復明
妾人竊自悲傷兮
究年歲而不敢忘

自悼賦 (漢孝成班婕妤之所作也班氏世以儒學顯婕妤以選入宮貴幸後趙飛燕姊弟自微賤興婕妤稍隱見乃求共養太后長信宮因作賦以自悼)

承祖考之遺德兮
何性命之淑靈 (何音賀任也陳列也)
登薄軀於宮闕兮
充下陳於後庭
蒙聖皇之渥惠兮
當日月之盛明 (增成後宮之館婕妤所居也)
揚光烈之翕赫兮
奉隆寵於增成

累息書標而增累息也 離佩同種衣帶 女子適人父結其縭而戒之以自思也 晨鷄見尚書 閻妻詩所謂豔妻煽方處也

既過幸於非位兮
竊庶幾乎嘉時
陳女圖以鏡監兮
顧女史而問詩
美皇英之女虞兮
榮任姒之母周

陽祿柘館二觀名婕妤嘗於產子數月失之

歷年歲而悼懼兮
閔蕃華之不滋
豈妾人之殃咎兮
將天命之不可求
被覆載之厚德兮
不廢捐於罪郵

每寤寐而累息兮
申離佩以自思
悲晨鷄之作戒兮
哀褒閻之為郵
雖愚陋其靡及兮
敢含心而忘茲
痛陽祿與柘館兮
仍襁褓而離災
白日忽已移光兮
遂晻莫而昧幽
奉共養于東宮兮
託長信之末流

山足謂陵下 休蔭也

共洒掃於帷幄兮 願歸骨於山足兮
永終死以爲期 依松柏之餘休

應門正門 闥小門也

重曰

潛玄宮兮幽以淸 華殿塵兮玉階落
應門閉兮禁闥扃 中庭萋兮綠草生

感動也 綷縩衣聲

廣室陰兮帷殿暗 感帷裳兮發紅羅
房櫳虛兮風泠泠 紛綷최縩채兮紈素聲

丹墀赤地也 綦履下飾也 雲屋高屋 [illegible]

神眇眇兮密靚處 俯視兮丹墀 仰視兮雲屋
君不御兮誰爲榮 思君兮履綦 雙涕兮橫流
顧左右兮和顏 惟人生兮一世
酌羽觴兮銷憂 忽已過兮若浮

虞娛同

已獨享兮高明 勉虞精兮極樂
處生民兮極休 與福祿兮無期

綠衣衛莊姜失位自傷之詩 白華周幽王申后被廢而作

綠衣兮白華
自古兮有之

# 思玄賦

漢侍中張衡之所作也 順帝時問衡天下所疾惡者 宦官懼其毀己 皆共目之 衡乃詭對而出 閹竪恐終爲其患 衡常思圖身之事 以爲吉凶倚伏 幽微難明 乃作思玄賦以宣寄情志云

仰先哲之玄訓兮 雖彌高其弗違
匪仁里其焉宅兮 匪義迹其焉追
潛服膺以永靚兮 綿日月而不衰
伊中情之信脩兮 慕古人之貞節
竦余身而順志兮 遵繩墨而不跌
志團團以應懸兮 誠心固其如結
旌性行以制佩兮 佩夜光與瓊枝
纗幽蘭之秋華兮 又綴之以江蘺
美襞積以酷裂兮 允塵邈而難虧
既姱麗而鮮雙兮 非是時之攸珍

奮余榮而莫見兮
播余香而莫聞
幸二八之遻虞兮
嘉傳說之生殷
何孤行之煢煢兮
孑不羣而介立
彼無合其何傷兮
悲衆偽之冒真
覽烝民之多僻兮
畏立辟以危身
私湛憂而深懷兮
思繽紛而不理

幽獨守此仄陋兮
敢怠皇而舍勤
尚前良之遺風兮
恫後辰之無及
感鸞鷟之特棲兮
悲淑人之稀合
旦獲譖于羣弟兮
啓金縢而乃信
曾煩毒以迷惑兮
羌孰可與言已
願竭力以守義兮
雖貧窮而不改

執雕虎而試象兮
阽鳥原而跟止
俗遷渝而事化兮
泯規矩之圓方
斥西施而弗御兮
羈要褭以服箱
唯天地之無窮兮
何遭遇之無常
欲巧笑以干媚兮
非余心之所嘗
辨貞亮以爲鞶兮
雜技藝以爲珩

庶斯奉以周旋兮
要既死而後已
珍蕭艾於重笥兮
謂蕙芷之不香
行陂僻而獲志兮
循法度而離殃
不抑操而苟容兮
譬臨河而無航
襲溫恭之黻衣兮
披禮義之繡裳
昭彩藻與雕琢兮
璜聲遠而彌長

淹棲遲以恣欲兮 燿靈忽其西藏
恃己知而華予兮 鶗鴂鳴而不芳
冀一年之三秀兮 遒白露之為霜
時亹亹而代序兮 疇可與其比伉
咨妒嫮之難並兮 想依韓以流亡
恐漸冉而無成兮 留則蔽而不章
心猶與而狐疑兮 即岐阯而攄情
文君為我端蓍兮 利飛遁以保名
歷衆山以周流兮 翼迅風以揚聲
二女感於崇岳兮 或冰折而不營
天蓋高而為澤兮 誰云路之不平
勔自強而不息兮 蹈玉階之嶢崢

懼筮氏之長短兮 鑽東龜以觀禎
遇九皐之介鳥兮 怨素意之不逞
遊塵外而瞥天兮 據冥翳而哀鳴
鵰鶚競於貪婪兮 我脩潔以益榮
子有故於玄鳥兮 歸母氏而後寧
占既吉而無悔兮 簡元辰而俶裝
旦余沐於清原兮 晞余髮於朝陽
漱飛泉之瀝液兮 咀石菌之流英
翾鳥舉而魚躍兮 將往走乎八荒
過少皞之窮野兮 問三丘於句芒
何道真之淳粹兮 去穢累而票輕
登蓬萊而容與兮 鼇雖抃而不傾

留瀛洲而採芝兮
聊且樂乎長生
噏青岑之玉醴兮
食沆瀣以為糧
朝吾行於湯谷兮
從伯禹於稽山
指長沙以邪徑兮
存重華乎南鄰
流目覜夫衡阿兮
睹有黎之圯墳
態蔚蔚以慕遠兮
越卭州而愉敖

憑歸雲而遐逝兮
夕余宿乎扶桑
嗟昔夢於木禾兮
轂崐崘之高岡
集羣神之執玉兮
疾防風之食言
哀二妃之未從兮
翩儐處彼湘瀕
痛火正之無懷兮
託山陂以孤魂
躋日中于昆吾兮
憩炎天之所陶

揚芒熛而絳天兮
水泫沄而湧濤
顧羈旅而無友兮
余安能乎留玆
前祝融使舉麾兮
纏朱鳥以承旗
超軒轅於西海兮
跨汪氏之龍魚
思九土之殊風兮
從蓐收而遂徂
欻白門而東馳兮
云台行乎中野

溫風翕其增熱兮
惄鬱邑其難聊
顧金天而歎息兮
吾欲往乎西嬉
躔建木於廣都兮
拓若華而躊躇
聞此國之千歲兮
曾焉足以娛余
欻神化而蟬蛻兮
朋精粹而為徒
亂弱水之潺湲兮
逗華陰之湍渚

踊馮夷俾清津兮
擢龍舟以濟予
悃河林之蓁蓁兮
偉關雎之戒女
曰近信而遠疑兮
六籍闕而不書
牛哀病而成虎兮
雖逢昆其必噬
死生錯以不齊兮
雖司命其不晰
王肆侈於漢庭兮
卒銜恤而絕緒

會帝軒之未歸兮
悵相佯而延佇
黃靈詹而訪命兮
摎天道其焉如
神逵眛其難覆兮
疇克謨而從諸
鼈令殪而尸亡兮
取蜀禪而引世
賓歸行於代路兮
後膺祚而繁廡
尉尨眉而郎潛兮
逮三葉而遘武

董弱冠以司衮兮
設王隧而弗處
夫吉凶之相仍兮
恒反側而靡所
穆屆天以悅牛兮
豎亂叔而幽主
文斷袪而忌伯兮
閹謁賊而寧后
通人闇於好惡兮
豈愛惑之能剖
嬴擿讖而戒胡兮
備諸外而發內
或輦賄而違車兮
孕行產而為對
慎竈顯於言天兮
占水火而妄諄
梁叟患夫黎丘兮
丁厥子而剸刃
覿所睎而弗識兮
矧幽冥之可信
母綿攣以涬己兮
思百憂以自疢
彼天監之孔明兮
用棐忱而佑仁

湯蠲體以禱祈方
蒙尨褫以拯人
景三慮以營國方
熒惑次於他辰
魏顆亮以從理方
畀亢回以敝秦
咎繇邁而種德方
樹德茂于英六
桑末寄夫根生方
卉既彫而已毓
有無言而不讐方
又何往而不復
盍速迹以飛聲方
孰謂時之可蓄
仰矯首而遙望方
魂懭惘而無儔
偪區中之隘陋方
將北度而宣遊
行積氷之磑磑方
清泉沍而不流
寒風淒而永至方
拂穹岫之騷騷
玄武縮於殼中方
螣蛇蜿而自糾

魚矜鱗而并凌兮
鳥登木而失條
坐太陰之屏室兮
慨含欷而增愁
怨高陽之相寓兮
㑄顓頊而宅幽
庸織絡於四裔兮
斯與彼其何瘳
望寒門之絕垠兮
縱余緤乎不周
迅颷潚其媵我兮
鶩翩飄而不禁
趨谽呀之洞穴兮
標通淵之碄碄
經重陰乎寂寞兮
愍墳羊之潛深
追慌忽於地底兮
軼無形而上浮
出石密之闇野兮
不識蹊之所由
速燭龍令執炬兮
過鍾山而中休
瞰瑤谿之赤岸兮
弔祖江之見劉

騁王母於銀臺兮　羞玉芝以療飢
戴勝慭其旣歡兮　又誚余之行遲
載太華之玉女兮　名洛浦之宓妃
咸姣麗以蠱媚兮　增嫮眼而娥眉
舒妙婧之纖腰兮　揚雜錯之袿徽
離朱脣而微笑兮　顏的瀝以遺光
獻環琨與璵縞兮　申厥好以玄黃
雖色豔而賂美兮　志浩蕩而不嘉
雙材悲於不納兮　並詠詩而清歌

歌曰
天地煙熅　百卉含蘤
鳴鶴交頸　鴡鳩相和
處子懷春　精魂回移
如何淑明　忘我實多

將荅賦而不暇兮　爰整駕而亟行

瞻崑崙之巍巍兮　伏靈龜以負坻兮
臨縈河之洋洋　亘螭龍之飛梁
登閬風之曾城兮　屑瑤蘂以為糇兮
構不死而為床　斟白水以為漿
抨巫咸以占夢兮　滋令德於正中兮
迺貞吉之元符　含嘉秀以為敷
旣垂穎而顧本兮　安和靜而隨時兮
爾要思乎故居　姑純懿之所廬
戒庶寮以夙會兮　豐隆軒其震霆兮
僉恭職而並迓　列缺爗其照夜
雲師䨗以交集兮　轙琱輿而樹葩兮
凍雨沛其灑塗　擾應龍以服輅

百神森其備從兮
屯騎羅而星布

冠嵒嵒其映蓋兮
佩綝纚以煇煌

氛旄溶以天旋兮
蜺旌飄而飛揚

羨上都之赫戲兮
何迷故而不忘

前長離使拂羽兮
委水衡乎玄冥

曳雲旗之離離兮
鳴玉鸞之譻譻

振余袂而就車兮
脩劍揭以低昂

僕夫儼其正策兮
八乘攄而超驤

撫軨軹而還睨兮
心灼藥其如湯

左青琱以揵芝兮
右素威以司鉦

屬箕伯以函風兮
澄淟涊而為清

涉清霄而升遐兮
浮蔑蒙而上征

紛翼翼以徐戾兮　叫帝閽使闢扉兮
焱回回其揚靈　覿天皇于瓊宮
聆廣樂之九奏兮　考理亂於律鈞兮
展洩洩以肜肜　意建始而思終
惟盤逸之無斁兮　素女撫弦而餘音兮
懼樂往而哀來　太容吟曰念哉
既防溢而靜志兮　出紫宮之肅肅兮
迨我暇以翺翔　集太微之閬閬
命王良掌策駟兮　建罔車之幕幕兮
踰高閣之鏘鏘　獵青林之芒芒
彎威弧之撥剌兮　觀壁壘於北落兮
射嶓冢之封狼　伐河鼓之磅硠

乘天潢之汎汎兮

浮雲漢之湯湯

偃蹇夭矯娩以連卷兮

雜沓叢顀颯以方驤

凌驚雷之砊磕兮

弄狂電之淫裔

廓盪盪其無涯兮

乃今窺乎天外

悲離居之勞心兮

情悁悁而思歸

雖遨遊以媮樂兮

豈愁慕之可懷

倚招搖攝提以低回剹流兮

察二紀五緯之綢繆遹皇

戫汩飂戾沛以罔象兮

爛熳麗靡藐以迭逿

踰尨澒於宕冥兮

貫倒景而高厲

據開陽而頫眡兮

臨舊鄉之暗藹

魂眷眷而屢顧兮

馬倚輈而徘徊

出閶闔兮降天塗

乘飍忽兮馳虛無

雲霏霏兮繞余輪
續躑躅兮紛晻曖
風眑眑兮震余旟
倏睒睆兮反常閭
收晴昔之逸豫兮
循初服之婆娑兮
卷淫放之遐心
長余珮之參參
文章煥以粲爛兮
御六藝之球駕兮
美紛紜以從風
遵道德之平林
結典籍而為罟兮
玩陰陽之變化兮
敺儒墨而為禽
詠雅頌之徽音
嘉曾氏之歸耕兮
共夙昔而不貳兮
慕歷陵之欽崟
固終始之所服也
夕惕若厲以省諐兮
苟中情之端直兮
懼余身之未敕也
莫吾知而不恧

墨無爲以凝志兮
與仁義乎消搖
晉天長地久 俟河之清
歲不留 秪懷憂
超踰騰躍 飄飄神舉
絶世俗 逞所欲
喬松高跱 結精遠遊
孰能離 使心攜

悲憤詩

身執畧兮入西關
歷險阻兮之羌蠻

不出戶而知天下兮
何必歷遠以劬勞
願得遠度 上下無常
以自娛 蹻六區
天不可階 柏舟悄悄
仙夫希 吝不飛
回志揭來 獲我所求
從玄謀 夫何思
嗟薄祜兮遭世患
宗族殄兮門戶單
山谷眇兮路曼曼
眷東顧兮但悲歎

冥當寢兮不能安
飢當食兮不能餐
常流涕兮皆不乾
薄志節兮念死難
雖苟活兮無形顏
惟彼方兮遠陽精
陰氣凝兮雪夏零
沙漠壅兮塵冥冥
有草木兮春不榮
人似禽兮食臭腥
言兜離兮狀窈停
歲聿暮兮時邁征
夜悠長兮禁門扃
不能寐兮起屏營
登朝殿兮臨廣庭
玄雲谷兮翳月星
北風厲兮肅泠泠
胡笳動兮邊馬鳴
孤鴈歸兮聲嚶嚶
樂人興兮彈琴箏
音相和兮悲且清
心吐思兮匈憤盈

欲舒氣兮恐彼驚
含哀咽兮涕沾頸
兒呼母兮號失聲
我掩耳兮不忍聽
還顧之兮破人情
心怛絶兮死復生
我生之初尚無爲
我生之後漢祚衰
干戈日尋兮道路危
民卒流亡兮共哀悲
對殊俗兮非我宜
遭惡辱兮當告誰

家既迎兮當歸寧
臨長路兮捐所生
追持我兮走煢煢
頓復起兮毁顔形

胡笳

天不仁兮降亂離
地不仁兮使我逢此時
煙塵蔽野兮胡虜盛
志意乖兮節義虧
笳一會兮琴一拍
心憤怨兮無人知

○戎羯逼我兮為室家
將我行兮向天涯
雲山萬重兮歸路遐
疾風千里兮揚沙
人多暴猛兮如虺蛇
控弦被甲兮為驕奢
兩拍張絃兮絃欲絕
志摧心折兮自悲嗟
○越漢國兮入胡城
亡家失身兮不如無生
氈裘為裳兮骨肉震驚
羯羶為味兮枉遏我情
鼙鼓喧兮從夜達明
胡風浩浩兮暗塞營
傷今感昔兮三拍成
銜悲畜恨兮何時平
○無日無夜兮不思我鄉土
稟氣含生兮莫過我最苦
天災國亂兮人無主
唯我薄命兮沒戎虜
殊俗心異兮身難處
嗜欲不同兮誰可與語
尋思涉歷兮多艱阻
四拍成兮益悽楚

○鴈南征兮欲寄邊聲
鴈北歸兮爲得漢音
鴈飛高兮邈難尋
空斷腸兮思愔愔
攢眉向月兮撫雅琴
五拍泠泠兮意彌深
○氷霜凜凜兮身苦寒
飢對肉酪兮不能餐
夜聞隴水兮聲嗚咽
朝見長城兮路杳漫
追思往日兮行李難
六拍悲來兮欲罷彈
○日暮風悲兮邊聲四起
不知愁心兮說向誰是
原野蕭條兮烽戍萬里
俗賤老弱兮少壯爲美
逐有水草兮安家葺壘
牛羊滿野兮聚如蜂蟻
草盡水竭兮羊馬皆徙
○七拍流恨兮惡居於此
○爲天有眼兮
何不見我獨漂流
爲神有靈兮
何事處我天南海北頭

我不負天兮
天何配我殊匹
我不負神兮
神何殛我越荒州
製兹八拍兮擬俳優
何知曲成兮心轉愁
○天無涯兮地無邊
我心愁兮亦復然
人生倏忽兮
如白駒之過隙然
不得歡樂兮
當我之盛年
怨兮欲問天
○天蒼蒼兮上無緣
舉頭仰望兮空雲煙
九拍懷情兮誰與傳
城南烽火不曾滅
疆場征戰何時歇
殺氣朝朝衝塞門
胡風夜夜吹邊月
故鄉隔兮音塵絕
哭無聲兮氣將咽
一生辛苦兮緣離別
十拍悲深兮淚成血

○我非貪生而惡死
不能捐身兮心有以
日居月諸兮在戎壘
胡人寵我兮有二子
十有一拍兮因茲起
哀響纏綿兮徹心髓
羌胡蹈舞兮共謳歌
兩國交懽兮罷兵戈
喜得生還兮逢聖君
嗟別稚子兮會無因
○不謂殘生兮却得旋歸
撫抱胡兒兮泣下沾衣

生仍冀得兮歸桑梓
死當埋骨兮長已矣
鞠之育之兮不羞恥
○閔之念之兮生長邊鄙
東風應律兮暖氣多
知是漢家天子兮布陽和
忽遇漢使兮稱近詔
遣千金兮贖妾身
十有二拍兮哀樂均
去住兩情兮誰具陳
漢使迎我兮四牡騑騑
號失聲兮誰得知

與我生死兮逢此時
愁為子兮日無光輝
一步一遠兮足難移
魂消影絕兮恩愛遺
○身歸國兮兒莫知隨
心懸懸兮長如飢
山高地闊兮見汝無期
更深夜闌兮夢汝來斯
十有四拍兮涕淚交垂
河水東流兮心是思
處穹廬兮遇殊俗
願得歸來兮天從欲

焉得羽翼兮將汝歸
十有三拍兮絃急調悲
肝腸攪刺兮人莫我知
四時萬物兮有盛衰
唯我愁苦兮不暫移
夢中執手兮一喜一悲
覺後痛吾心兮無休歇時
○十五拍兮節調促
氣填胸兮誰識曲
再還漢國兮歡心足
心有懷兮愁轉深

日月無私兮曾不照臨
子母分離兮意難任
同天隔越兮如參商
生死不知兮何處尋

○十六拍兮思茫茫
我與兒兮各一方
日東月西兮徒相望
不得相隨兮空斷腸
對萱草兮憂不忘
彈鳴琴兮情何傷
今別子兮歸故鄉
舊怨平兮新怨長
泣血仰頭兮訴蒼蒼
胡爲生我兮獨罹此殃

○十七拍兮心鼻酸
關山阻脩兮行路難
去時懷土兮心無緒
來時別兒兮思漫漫
塞上黃蒿兮枝枯葉乾
沙場白骨兮刀痕箭瘢
風霜凜凜兮春夏寒
人馬飢豗兮筋力單
豈知重得兮入長安
歎息欲絕兮淚闌干

胡笳本自出胡中 十八拍兮曲雖終
緣琴翻出音律同 響有餘兮思無窮
是知絲竹微妙兮 哀樂各隨人心兮
均造化之功 有變則通
胡與漢兮異域殊風 苦我怨氣兮浩於長空
天與地隔兮子西母東 六合雖廣兮受之應不容

登樓賦 魏侍中王粲之所作也粲 詩去楚適遠又不及陳舊稱 [illegible]所極帶無陸機懷潮 居懷舊躬作蓋擬之賦 杜詩云云

登茲樓以四望兮
聊假日以銷憂
覽斯宇之所處兮 挾清漳之通浦兮
實顯敞而寡仇 倚曲沮之長洲
背墳衍之廣陸兮 北彌陶牧 華實蔽野
臨皐隰之沃流 西接昭丘 黍稷盈疇

雖信美而非吾土兮
曾何足以少留
遭紛濁而遷逝兮
漫踰紀以迄今
情眷眷而懷歸兮
孰憂思之可任
憑軒檻以遙望兮
向北風而開襟
平原遠而極目兮
蔽荊山之高岑
路逶迤以脩迥兮
川既漾而濟深
悲舊鄉之擁隔兮
涕橫墜而弗禁
昔尼父之在陳兮
有歸歟之歎音
鍾儀幽而楚奏兮
莊舃顯而越吟
人情同於懷土兮
豈窮達而異心
惟日月之逾邁兮
俟河清乎其未極
冀王道之一平兮
假高衢而騁力

懼匏瓜之徒懸兮 畏井渫之莫食
步棲遲以徙倚兮 白日忽其將匿
風蕭瑟而並興兮 天慘慘其無色
獸狂顧以求羣兮 鳥相鳴而舉翼
原野闃其無人兮 征夫行而未息
心悽愴以感發兮 意忉怛而憯惻
循階除而下降兮 氣交憤於胸臆
夜參半而不寐兮 悵盤桓以反側

歸去來辭 晉處士陶淵明之所作也 [illegible]

歸去來兮
田園將蕪胡不歸
旣自以心爲形役
奚惆悵而獨悲
悟已往之不諫
知來者之可追

實迷塗其未遠 舟遙遙以輕颺
覺今是而昨非 風飄飄而吹衣
問征夫以前路 乃瞻衡宇 童僕歡迎
恨晨光之熹微 載欣載奔 稚子候門
三逕就荒 携幼入室 引壺觴以自酌
松菊猶存 有酒盈樽 眄庭柯以怡顔
倚南窓而寄傲 園日涉以成趣
審容膝之易安 門雖設而常關
策扶老以流憩 雲無心以出峀
時矯首而遐觀 鳥倦飛而知還
景翳翳以將入 歸去来兮
撫孤松而盤桓 請息交以絶遊

世與我而相遺
復駕言兮焉求
悅親戚之情話
樂琴書以消憂
農人告余以春及
將有事乎西疇
或命巾車
或棹孤舟
既窈窕以尋壑
亦崎嶇而經丘
木欣欣以向榮
泉涓涓而始流
羨萬物之得時
感吾生之行休
已矣乎
寓形宇內復幾時
曷不委心任去留
胡為乎遑遑欲何之
富貴非吾願
帝鄉不可期
懷良辰以孤往
或植杖而耘耔
登東皐以舒嘯
臨清流而賦詩

聊乘化以歸盡
樂夫天命復奚疑
若有人兮思鳴皐
阻積雪兮心煩勞
邈仙山之峻極兮
聞天籟之嘈嘈
玄猿綠熊舔談岌危咤柯振石駭膽慄魄
羣呼而相號
送君之歸兮
動鳴皐之新作
君不行兮何待
若返顧之黃鶴

鳴皐歌 唐翰林供奉李白之所作也 白天才絶出尤長於詩 而賦不及親古獨此篇近楚辭

洪河凌兢不可以徑度
冰龍鱗兮難容舠
霜崖縞皓以合沓兮
若長風扇海湧滄溟之波濤
峯崢嶸而路絕
挂星辰於巖敖
交鼓吹兮彈絲
觴清泠之池閣
掃梁園之羣英
振大雅於東洛

中征軒兮歷阻折　盤白石兮坐素月
尋幽居兮越巉崿　琴松風兮寂萬壑
望不見兮心亂亂　水橫洞而下深
蘿冥冥兮靄紛紛　波小聲而上聞
虎嘯谷而生風　寡鶴清唳
龍藏溪而吐雲　飢鼯嚬呻
塊獨處此幽默兮　雞聚族以爭食
愀變山而愁人　鳳孤飛而無隣
蝦蟆朝龍　嫫母衣錦　若使巢由桎梏於軒冕兮
魚目混珍　西施負薪　亦奚異乎夔龍蹩躠於風塵
哭何苦而救楚　吾誠不能學三字沽名矯節以耀世兮
笑何誇而却秦　固將棄天地而遺身

白鷗兮飛来
長與君兮相親
天曠漭兮杳泱茫
氣浩浩兮色蒼蒼
彼元極兮靈且異
思一見兮邈難致
思假翼兮鸞皇
乘長風兮上羾

山中人 唐尚書右丞王維之所作也維以詩名開元間遭祿山亂陷賊不死其人既不足言詞雖清雅亦萎弱少氣骨獨此篇無他有迎送神之勝云

羣龍兮滿朝
君何為兮空谷

引極 唐容管經畧使元結之所作也結性耿介有憂道閔俗之意天寶之亂或仕或隱自謂與世聱牙故其見於文字者亦時隱于隱約古鏗鏘不諧俗耳可謂亭中所玩之備此者有塵外趣云

上何有兮人不測
積清寥兮成元極
思不從兮空自傷
心慅勞兮意惶懹
揖元極兮夲實深
餐至和兮永終日
山寂寂兮無人
又蒼蒼兮多木
文寡和兮思深
道難知兮行獨

悅石上兮流泉
與松間兮草屋
神與棗兮如瓜
虎賣杏兮收穀
誓解印兮相從
何詹尹兮可卜
水鷺波兮翠管靡
白鷺忽兮翻飛
山萬重兮一雲
混天地兮不分
忽山西兮夕陽
見東皐兮遠村

入雲中兮養鷄
上山頭兮抱犢
媿不才兮妨賢
嫌既老兮貪祿
○山中人兮欲歸
雲冥冥兮雨霏霏
君不可兮褰衣
樹晻曖兮氤氳
猿不見兮空聞
平蕪綠兮千里
眇惆悵兮思君

## 魚山迎送神曲

吹洞簫望極浦
女巫進紛屢舞
神之來兮不來
使我心兮苦復苦
來不語兮意不傳
作暮雨兮愁空山
倏雲收兮雨歇
山青青兮水潺湲
居悒悒之無解兮
獨長思而永歎

坎坎擊鼓
魚山之下
陳瑤席湛清酤
風凄凄兮夜雨
紛進拜兮堂前
目眷眷兮瓊筵
悲急管思繁絃
靈之駕兮儼欲旋

## 復志賦

貞元十二年[illegible]武節度使[illegible]

豈朝食之不飽兮
寧冬裘之不完

昔余之既有知方 當歲行之未復方
誠坎軻而艱難 從伯氏以南遷
凌大江之驚波方 至曲江而乃息方
過洞庭之漫漫 適南紀之連山
嗟日月其幾何方 值中原之有事方
携孤嫠而北旋 將就食於江之南
始專專於講習方 竆前脩之遺迹方
非古訓爲無所用其心 超孤擧而幽尋
既識路又疾驅方 考古人之所佩方
孰知余力之不任 閱時俗之所服
忽忘身之不肖方 自知者爲明方
謂青紫其可拾 彼吾之所以爲惑

擇吉日余西征兮 君之門不可徑而入兮
亦既造夫京師 遂徙試於有司
惟名利之都府兮 競乘時而附勢兮
羌衆人之所馳 紛變化其難推
全純愚以靖處兮 欲奔走以及事兮
將與彼而異宜 顧初心而自非
朝騁騖乎書林兮 諒卻步以圖前兮
夕翺翔乎藝苑 不浸近而愈遠
哀白日之不與吾謀兮 豈不登名於一科兮
至今十年其猶初 曾不補其道餘
進既不獲其志願兮 排國門而東出兮
退將適而窮居 愧余行之舒舒

時憑高以廻顧兮
涕泣下之交如
假大龜以視兆兮
求幽貞之所廬
非天子之洵美兮
吾何爲乎從之
固余異乎牛馬兮
寧止乎飮水而求芻
時乘間以獲進兮
顔垂歡而愉愉
昔余約之吾心兮
謂無施而有獲

反洛師而悵望兮
鄕隆盛而躊躇
甘潛伏以老死兮
不顯著其名譽
都小人之懷忠兮
猶知獻其至愚
伏門下之默默兮
竟歲年以康娛
仰威德以安窮兮
奚何忠之能輸
嬉飮媛之濟酒兮
曰吾其記學而從食

懲此志之不備兮
愛此言之不可忘
情怊悵以自失兮
心無歸之茫茫
茍不内得其如斯兮
孰與不食而高翔
抱關之隘陋兮
有肆志之揚揚
伊尹之樂於畎畝兮
焉富貴之能當
恐誓言之不固兮
斯自訟而成章
往者不可復兮
冀來今之可望

享羅池

荔子丹兮蕉黃
雜肴蔬兮進侯堂
侯之船兮兩旗
度中流兮風泊之
侯不來兮不知我悲
侯乘駒兮入廟
慰我民兮不嚬以笑

鵝之山兮柳之水
桂樹團團兮白石齒齒
北方之人兮爲侯是非
千秋萬歲兮侯無我違
下無苦濕兮高無乾
秔稻充羨兮蛇蛟結蟠

## 招海賈

唐柳州刺史柳宗元之所作
也昔居官不通於世職乘雲
騎龍遨遊注去之悄怱故
國精神離散於作大招招魂
招魂雖意異義蓋旨操此事
以諷世之士行險以徼幸不如居易以俟命云

大海盪泊兮 龍魚傾側兮
顚倒日月 神怪隳突
君不返兮 舟航軒昂兮
逝恍惚 下上飄鼓

侯朝出遊兮暮來歸
春與猿吟兮秋鶴與飛
福我兮壽我
驅厲鬼兮山之左
我民報事兮無怠
其始自今兮欽于世世

咨海賈兮
君胡以利易生而卒離其形
滄茫無形兮 陰陽開闔兮
往來遽卒 氣霧滃渤
騰踔嶢(요)嵲(얼)兮 崪入潝坳兮
萬里一覩 視天若畝

奔螭出抃兮
翺鵬振舞
黑齒棧齴
鱗文肥
羣沒互出
讙遨嬉
投之必沉
負羽無力
高下迴置
滔危顛
終古回薄
旋天垠

天吳九首兮
更笑迭怒
三角駢列
耳離披
臭腥百里
霧雨瀰
鯨鯢疑畏
遙遙嶷嶷
崩濤搜疏
剗戈鋋
八方易位
更錯陳

垂涎閃舌兮
揮霍旁午
反斷叉牙
蹄嶔崖
君不返兮
以充飢
君不返兮
卒自賊
君不返兮
耆泥顛
君不返兮
亂星辰

君不返兮
終焉虜
蛇首豨鬣
虎豹皮
弱水蓄縮
其下不極
怪石森立
涵重淵
其外大泊
泙[illegible]淪
東極傾海
流不屬

泯泯超忽 殆而一跌方 舳艫霏解 君不返方
紛溢沃 沸入湯谷 梢若木 䰟焉薄
海若畜貨 巨鼇頷首 猖狂震虩 君不返方
雖風雷 丘山顛 翻九垓 靡以摧
咨海賈方 惆駭愁苦 上黨易野
君胡樂出幽險而疾平夷 而以忘其歸 怙以徐
蹈蹂厚土 歧路脉布 出無入有 周游傲睨
陸無虞 彌九區 百貨俱 神自如
撞鐘擊鮮 君不返方 膠鬲得聖 范子去相
姿歡娛 欲誰須 捐鹽魚 安陶朱
呂氏行賈 弘羊心計 煮鹽大冶 祿秩山委
南面孤 登謀謨 九卿居 收國租

賢智走諾 逍遙繼傲
爭下卑 世所趨
死爲險䰟兮 亦獨何樂哉
生爲貪夫 歸來兮寧君軀
秋風夕起兮
白露爲霜
明月皎皎兮照空房
晝日苦短兮夜未央
登山無車兮涉水無航
願言思子兮使我心傷
歲月徂邁兮忽如流星
少壯幾時兮老冉冉其相仍

君不返兮 洛海賈兮 賈尙不可爲而又海是圖
謚爲愚 樂府部居實一以作也

秋風三疊

草木憔悴兮
鷫獨悲此衆芳
有美一人兮天一方
欲往從之兮路渺茫
○秋風淅淅兮雲冥冥
鵂梟晝號兮蟋蟀夜鳴
展轉反側兮涕夜達明
悵獨處此兮誰適爲情

長歌激烈兮涕泣交零
顧言思子兮使我心怦
登高望遠兮不自聊
駕言適野兮誰與遊遨
浮雲千里兮歸路逶迤
顧言思子兮使我心勞
上帝若曰 斯道之微
哀我人斯 肖天之儀
視聽食息皆有則兮
予何敢私
圈豚放馳 蟻慕羊羶
徽無適歸 聚附弗離

○秋風浩蕩兮天宇高
羣山逶迤兮溪谷寂寥
空原無人兮四顧蕭條
猿狖與伍兮麋鹿為曹

擬招

章北藍田呂大臨之所作也大臨從學於張之門其爲此詞蓋以寓其求放心復常性之微意也特爲詳識之深以致附張子之言以爲是書之卒章使游藝者知所歸宿云

神明精粹降爾德兮
予無汝欺
顧弱喪以流徙
返故居兮謬迷
予哀若時 乃命巫陽
魂莫予遐 為予招之

陽拜稽首
敢不祗承上帝之耿命
退而招之以辭辭曰

魂乎来歸魂無東
大明朝生兮啓羣蒙
萬物搖蕩兮隱以風
還流正性兮失厥中

魂兮来歸魂無南
離明獨照兮萬物瞻
文章煥發兮不可緘
夸淫侈大兮志弗厭

魂兮来歸魂無西
日入昧谷兮草木萎
實落材成兮雖有時
志意彫謝兮與物衰

魂兮来歸魂無北
幽都闇黷兮深閉塞
歸根獨有兮專靜默
有心獨藏兮吝為德

魂兮来歸魂無上
清陽朝徹兮文惚恍
絶類離羣兮八無象
杳然高擧兮極驕亢

魂芳来歸魂無下
素位安行芳以時舍
魂芳来歸及故居
盡歸休芳復吾初
植大中以為常芳
蘊至和以為廚
隶離明以為燭芳
御巽風以[illegible]車
資糧器械惟所用芳
何物之不儲
雖備物以致用芳
廓吾府而常虛

沌濁下流芳甘土苴
固狀成形芳不知化
範愽厚以為宮芳
戴高明以為廬
動震雷以鼓昕芳
守艮山以止偶
守吾坎以禦侮芳
開吾兌以進翹
四方上下惟所之芳
何適而非塗
縱奔鶩以終日芳
燕吾居而晏如

字書惟從心
者思也維從
糸者繫也皆
語辭也唯從
口者專辭也
應詞也三字
同用各有當然
古書多通用之
唐類函

惟漢惟宗 其尊無對 曷自苦兮一方拘
疑有疑無 其大無餘 魂兮來歸返故居

望秋月 望秋月
秋月明如練 照曜三爵臺 九華玳瑁梁 以[illegible] 擬華人寶
排細九華殿 華榱無璧璫 持照明月光 清輝懸洞
帳 先過飛燕戶 潛奪質兮似規 照椘軒之蓬髮 居人臨此笑以歌
房 却映班姬床 委清光兮如素 影金階之輕步 別客對之傷且慕
經衰園 凝清夜 隨庭[illegible]僭素 照玉墀之皎皎 隱岩崖之半陽 散來庭之
映寒叢 帶清風 共池荷以共紅 含霜露之濛濛 出帷幌而俱通 入青瑣而

唐詩品彙

赫赫 懷仙引 宋之問 若有人兮山之曲 往從之 披洞戶 石瀨潺湲橫石逕
玲瓏 盧照鄰 駕青虬兮乘白鹿 遊願心足 訪容軒 松蘿幂䍥掩松門
下空濛而無鳥 懷飛閣 休余馬於幽谷 曲復曲兮烟莊邃 脩途杳其未半
上巉岩而有猿 度飛梁 掛余冠於夕陽 行復行兮天路長 飛雨忽以茫茫
山坱軋 攀石壁而無據 何無情之白日 廻行遵故道 通川遍流滌 珠爲闕
磴連褰 泝泥溪而不前 竊有恨於皇天 回首望群峯 白雲正溶溶 青雲蓋
兮玉爲樓 天長地久時相憶 冬宵引 宋之問 河有氷山有雪 獨坐山中兮對
兮紫霜裘 千齡萬代一來遊 北戶墐兮行人絶 懷美人兮屢
松月 明月灼灼寒潭中 此情不向俗人說 下山歌 宋之問 下嵩山兮多所思 松間明
盈缺 青松幽幽吟悲風 [illegible]而不見恨無窮 攜佳人兮步遲遲 君再遊
月長如此 [illegible] 日云暮兮下嵩山 出谷口兮見明月 春臺引 陳子昂 咸陽春
兮復何時 [illegible] 路連綿兮水石間 心褭細兮不能還 生碧草
芳 [illegible] 逢美人兮不見 陟平皋以酣飲 採芳蕙於北渚 何雲木
之[illegible] [illegible] 怨青歲之遙遒 寄林塘而一留 憶桂樹於南洲 而池籞

之美麗 星冶青士 嘉青鳥之殿 挟寶書些瑶瑟 掩白蘋 酒歌醉 [illegible]
之宗出 月出諸子 迎火龍之爲 芳蕙華兮蘭靡 乃藉緑芷 鬯未已 歌舞
鍾 怨青春之蕤絶 願一見兮道意 写余情之蕩漾 悵三山之飛鶴 翁山去
水 贈瑶華之猗靡 結衆芳之綢繆 贈青雲兮增愁 憶海上之白鷗 且曰 歲華 [illegible]
芳青春顔 富貴壁樂幾時芳 白雲芳歸来 月洲歌 皇甫冉 漢之廣矣中有洲 洲[illegible]
芳蕙鳥哀 朱宮碧檻生青苔 洲如月芳水環流 草青
芳淵世瀨 苦竹林香楓樹 萬山飛雨一川来 歸人不可逆 無限風烟暮
芳春復秋 燕子思師幾家住 巴客歸船衛洲去 芳杜滿洲時 莫辭貧賤阻
自悲 家住洲頭定近遠 不能隨帝卧芳洲 江皋芳春早 靜靡蕪
心期 朝夜桂棹暮蘭返 自念天涯一何淺 江草歌 文 江上芳芳草 作叢秀
芳杜蘅 被遙隰芳徑長衍 目眇眇芳增悲 澧之浦芳湘之濱 芳洲曲芳
芳復羅生 雨中深芳烟中淺 步遲遲芳堪寧 思夫君芳送美人 遠孤城芳
從鄉築 新月能芳褒露時 問君行遊往何之 處處汀洲有芳草
依獨戍 夕陽照見遠天涯 滿泊沿洄風日遲 王孫誰肯念歸期 迎神曲 [illegible]
吉日芳臨水 假山鬼芳請來皇 吹參差芳正苦 鸞旗圓蓋望欲来 [illegible]
沐青蘭芳白芷 託靈約芳邀帝子 舞婆娑芳未已 山雨霏霏江浪起 回[illegible]
降芳我獨極 神之去 桂尊瑤席不復陳
拜拜為陳詞 送神曲 田風搧搧雲容典 碧山綠水暮愁人 登岳故城歌 劉長卿
登古城芳思古人 望平原芳寄遠目 黄池高會事未終 伍員殺身誰不冤
感霸達芳同埃塵 歎姑蘇芳聚麋鹿 滄海横流人蕩覆 竟看墓樹如所言
越王嘗膽安可敵 一朝空謝會稽人 黍離離芳城坡地 野無人芳秋草綠
遠取石田何所益 萬古猶傷甬東客 牛羊踐芳牧豎歌 國為墟芳古木多
白楊蕭蕭芳悲故柯 荒阡斷芳誰重過 天寒日暮江楓落
黄雀啾啾芳爭晩禾 孤舟逝芳愁若何 葉去辭風水自波

九章

屈子初放猶未嘗有奮然自絕之意故九歌天問遠遊卜居以及此卷惜誦涉江哀郢諸篇皆無一語以及自沉之事而其詞氣雍容整暇尚無以異於平日若九歌則含意悽惋悲移低徊而以自媚於其君者尤為深厚騷經漁父懷沙雖有彭咸江魚死不可讓之說然猶未有決然之計也是以其詞雖切而猶未失其常度抽思以下死期漸迫至惜往日悲回風則其身已臨沅湘之淵而命在晷刻矣顧恐小人蔽君之罪闇而不章不得以為後世深切著明之戒故忍死以畢其詞焉計其出於瞀亂煩惑之際其傾輸罄竭又不欲使吾長逝之後冥漠之中胸次介然有毫髮之不盡則固宜有不暇擇其辭之精粗而悲吐之者又故原之作其志之切而詞之哀蓋未有甚於此數篇者讀者其深味之真可為慟哭而流涕也

蹇難於言也蹇難於行也

天問 啓棘賓商

物蔽啇曰古帝王教子必登諸民間俾知小人疾苦稼穡艱難可見禹之勤勞亦必如是勤難也禹勤猶言勞於鄙鄭鄭於賓於商賈之事卒成帝位也九辯九歌宜非誣言皆啓之樂章于啓棘與王皆傚倣之九辯者悲其曲寫民情之變樂九歌者非是敬事天地人之鬼神之偏其流于淫其源可知也

九歌 魂魄

子產有言物生始化曰魄既生魄陽曰魂孔子曰氣也者神之盛也魄也者鬼之盛也鄭氏註曰噓吸出入者氣也耳目之精明為魄氣則魂之謂也淮南子曰天氣為魂地氣為魄高誘註曰魂人陽神也魄人陰神也此數說者其於魂魄之義詳矣蓋以形之初精也之聚其間有靈者名之曰魄也既生此魄便有暖氣其間有神者名之曰魂也二者既合然後有物易所謂精氣為物者是也及其散也則魂遊而為神魄降而為鬼矣

遠遊 載營魄

蓋魂陽動而魄陰靜魂火二而魄水一故曰載營魄抱一能勿離乎言以魂加魄以動守靜以火迫水以二守一而不相離如人登車而常載於其上則魂安靜而魄精明火不燥而水不溢固長生之要訣也

楊萬里跋楚辭解云霸後枯林然可愛儀吟長作仮虫拜勝神上訴天應泣又賜江離與杜衡楊誠朱子窮貧一業者書故云朱子和云春到寒汀百草生馬蹄香動楚江縱不堪強借三年而且為某[illegible]自註云三年謂華陰也此時用太常賜陳希夷詩之語曾向前朝出白雲後來消息[illegible]有隨徵名總把五雲與君盡希夷居華山是時趙汝愚謫死朱子[illegible]名戲遣[illegible]不仕[illegible]意若曰寧作[illegible]均[illegible]乞與[illegible]楊亦蜀人也[illegible]

惟漢惟宗 其尊無對 曷自苦兮一方拘
疑有疑無 其大無餘 魂兮來歸返故居

字書惟從心者思也維從糸者繫也皆語辭也唯從口者專辭也應詞也三字不同用各有當從古書多通用之

唐類函

望秋月 望秋月 秋月明如練 照曜三爵臺 徘徊九華殿 九華瑊玏梁 華榱與璧璫 以茲燭鹿也 持照明月光 凝華入寶 清輝懸洞
房帳 先過飛燕戶 却映班姬床 湛秀質兮似規 委清光兮如素 照蕙軒之蓬髮 影金階之輕步 居人臨此笑以歌 別客對之傷且慕
經裏闈 凝清夜 隨庭雪以偕素 照玉墀之皎皎 隱巖崖而半隔 散朱庭之
映寒叢 帶清風 與池荷而共紅 含霜靄之濛濛 出帷幌而徐通 入青瑣而

唐詩品彙

赫赫
玲瓏 懷仙引 宋之問 盧照鄰 若有人兮山之曲 駕青虬兮乘白鹿 徃從之 遂願心匪 披閭戶 訪岩軒 石瀨潺湲橫石逕 松蘿冪䍥掩松門
下空濛濛無鳥 懷飛閣 休余馬於幽谷 曲復曲兮烟莊邃 倘逢者其未半
上巉岩兮有樓 度飛梁 掛余冠於夕陽 行復行兮天路長 飛雨忽以茫茫
山峽軋 攀石壁而無據 何無情之白日 廻行遵故道 通川偏流瀁 珠爲闕
陰連寨 泝泥淺兮不前 恨有恨於皇天 回首望峯巒 白雲正溶溶 青雲蓋
兮玉爲樓 天長地久時相憶 千齡萬代一來遊

冬宵引 宋之問 河有冰山有雪 北戶墐兮行人絕 獨坐山中兮對
兮紫爲裘 懷美人兮愛
松月 明月灼灼寒潭中 青松出出吟悲風 此情不向俗人說 愛而不見恨無窮

下山歌 仝 下嵩山兮多所思 携佳人兮步遲遲 松間明
盈缺 君再遊
月長如此 兮復何時

王無競 白雲暮兮下嵩山 山路連綿兮水石間 出谷口兮見明月 心喪徊兮不能還

春臺引 陳子昂 咸陽春 生碧草
兮 惜宇宙以傷遠 登高台以寫憂 遲美人兮不見 恐青歲之遂遒 恨平□以酣飲 寄林塘而一留 採芳蓀於北渚 憶桂樹於南州 何靈木
之曲曲 而池館

之美麗 星宿秀士 嘉育鳥之辰 挾夷書與瑤瑟 摘白蘋 酒既醉 擘青
之崇幽 月豈諸子 迎火龍之始 芳蕙華兮蘭靡 乃藉綠芷 冀未已 歌旃
鍾 想青春之姜絕 顧一見兮道意 曷余情之蕩漾 悵三山之飛鶴 尋仙去
水 贈瑤華之猗旎 結衆芳之綢繆 瞻青雲兮增愁 憶海上之白鷗 且曰 歲暮歌
兮青春頹 富貴榮樂幾時兮 白雲兮歸來 月洲歌 皇甫冉 漢之廣矣中有洲 流晧晧
兮黃鳥哀 朱宮碧堂生青苔 洲如月兮水環流 草青青
兮渚興瀨 苦竹林香楓樹 萬山飛雨一川來 歸人不可還 無限風煙皆
兮春復秋 樵子罟師幾家住 巴客歸船傍洲去 芳杜滿洲時 莫辭貧賤阻
自悲 家住洲頭定近遠 不能隨爾卧芳洲 江草歌 全人 江畢兮春早 雜蘼蕪
心期 朝泛輕橈暮當返 自念天性一何淺 江上兮芳草 作叢秀
兮杜衡 被遙隰兮經長衍 目眇眇兮增愁 澧之浦兮湘之濱 吳洲曲兮
兮復羅生 雨中深兮烟中淺 步遲遲兮堪嗟 思夫君兮送美人 遠孤城兮
楚鄉髮 新月能兮褭露時 問君行邁將何之 處處汀洲有芳草 迎神曲 司空曙
依觸戍 夕陽照見連天樹 海泊沿洄風日遲 王孫詎肯念歸期
吉日兮臨水 假山鬼兮請東皇 吹參差兮正苦 鸞旌圓蓋望欲來 神既
沐青蘭兮白芷 託靈均兮邀帝子 舞婆娑兮未已 山雨霏霏江浪起 因成
降兮我獨知 神之去 桂尊瑤席不復陳
再拜爲陳詞 送神曲 回風嫋嫋雲容與 碧山綠水暮愁人 登吳故城歌 劉長卿
登古城兮思古人 望平原兮寄遠目 黃池高會事未能 伍員殺身誰不冤
感覽達兮同埃塵 歎姑蘇兮聚麋鹿 滄海橫流人萬變 竟看墓樹如所言
越王嘗膽安可敵 一朝空謝會稽人 黍離離兮城坡地 野無人兮秋草綠
遠取石田何所益 萬古棲傷雨東春 牛羊踐兮牧豎歌 園爲墟兮古木多
白楊蕭蕭兮悲故柯 荒阡斷兮誰重過 天寒日暮江楓落
黃雀啾啾兮爭晚禾 孤舟逝兮愁若何 葉去辭風水自波

**九章**

屈子初放猶未嘗有奮然自絶之意故九歌天問遠遊卜居以及此卷惜誦涉江哀郢諸篇皆無一語以及自沉之事而其詞氣雍容整暇尚無以異於平日若九歌則含意悽惋委移低徊而以自媚於其君者尤爲深厚騷經漁父懷沙雖有彭咸江魚死不可讓之說然猶未有決然之計也是以其詞雖切而猶未失其常度抽思以下死期漸迫至惜往日悲回風則其身已臨沅湘之淵而命在晷刻矣顧恐小人蔽君之罪闇而不章不得以爲後世深切著明之戒故忍死以畢其詞焉計其出於瞀亂煩惑之際而其傾輸罄竭又不欲使吾長逝之後冥漠之中胷次介然有毫髮之不盡則固宜有不暇擇其辭之精粗而悉吐之者矣故原之作其志之切而詞之哀蓋未有甚於此數篇者讀者其深味之眞可爲慟哭而流涕也　蹇難於言也蹇難於行也

**天問** 啓棘賓商

楊誠齋曰古帝王教子必寘諸民間俾知小人疾苦艱難與遂可見禹之屬啓亦必如是棘難也賓商猶言賓旅謂艱難於賓旅商賈之事卒踐帝位也九辯九歌豈非誣言皆啓之樂章之後原與玉皆倣傚爲之九辯非悲是曲寫民情之變與九歌非亦是敬事天地人之鬼神也循其流而泝其源可知也

**九歌** 魂魄

子産有言物生始化曰魄既生魄陽曰魂孔子曰氣也者神之盛也魄也者鬼之盛也鄭氏註曰噓吸出入者氣也耳目之精明爲魄氣則魂之謂也淮南子曰天氣爲魂地氣爲魄高誘註曰魂人陽神也魄人陰神也此數說者其於魂魄之義詳矣蓋受形之初精血之聚其間有靈者名之曰魄也既生此魄便有暖氣其間有神者名之曰魂也二者既合然後有物易所謂精氣爲物者是也及其散也則魂遊而爲神魄降而爲鬼矣

**遠遊** 載營魄

蓋魂陽動而魄陰靜魂火二而魄水一故曰載營魄抱一能勿離乎言以魂加魄以動守靜以火迫水以二守一而不相離如人登車而常載於其上則魂安靜而魄精明火不燥而水不溢固長生之要訣也

楊萬里跋楚辭解云　嗣後桂林無可羨饑吟古作假虫辭腸神上訴天應泣文賜江蘺與杜蘅 楊謂朱子窮貧之業著書故云 朱子和云春到寒汀百草生馬蹄香動楚江聲不堪強借三年面且爲靈均作杜蘅 自註云三年謂華陰也此借用太宗賜陳希夷詩云曾向前朝出白雲後來消息杳無聞如今若肯隨徵召總把三峯乞與君 蓋希夷居華山遊華陰云云 是時趙汝愚謫死朱子纂乞退還新舊職名俄而遂致已判不仕之志楚辭解成於此時其意若曰寧作靈均之杜蘅不願三峯之乞與也 楊亦蜀人也 星湖僿說

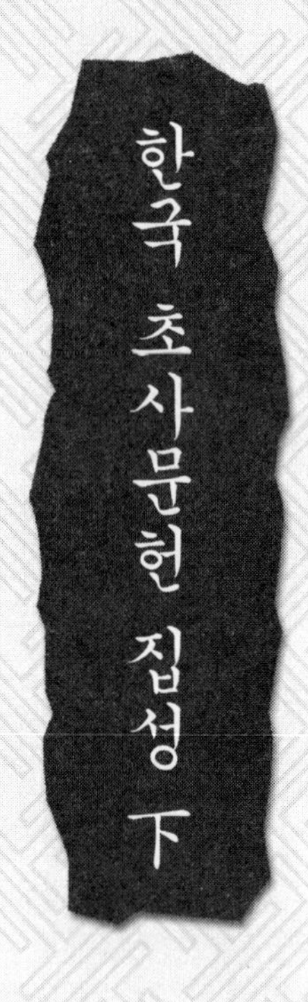


여기서부터 영인본을 인쇄한 부분입니다. 이 부분부터 보시기 바랍니다.

## 가첩 賈捷

중국 산서사범대학교 중문과를 졸업하고 중국 남통대학교 중문과 대학원에서 석사학위를 취득하였으며 연세대학교 국문과 대학원에서 박사학위를 취득하고, 현재 중국 남통대학교 인문대학 강사로 재직 중이다. 저서로는 『한국 초사 문헌 연구』(제1저자), 『楚辭』(공저), 『韓國古代楚辭資料彙編』(공저)가 있으며, 주요 논문으로는 「『楚辭・大招』創作時地考」, 「『楚辭・天問』'顧菟'考」, 「조선본 『楚辭』의 문헌학적 연구」 등 다수가 있다.

## 허경진 許敬震

1974년 연세대학교 국문과를 졸업하면서 시 '요나서'로 연세문화상을 받았고, 1984년에 연세대학교 대학원에서 연민선생의 지도를 받아 '허균 시 연구'로 문학 박사학위를 받았으며, 목원대 국어교육과를 거쳐 현재 연세대학교 국문과 교수로 재직 중이다. 열상고전연구회 회장, 서울시 문화재위원 등으로 활동하고 있다. 『허난설헌시집』, 『허균 시선』을 비롯한 한국의 한시 총서 50권, 『허균평전』, 『사대부 소대헌 호연재 부부의 한평생』, 『중인』 등의 저서가 있으며 『삼국유사』, 『서유견문』, 『매천야록』, 『손암 정약전 시문집』 등의 역서가 있다. 최근에는 조선통신사 문학과 수신사, 표류기 등을 연구하고 있다.

## 주건충 周建忠

중국 양주사범학원(현 양주대학교) 중문과를 졸업하고 상해사범대학교 중문과 대학원에서 박사학위를 취득하였으며, 남통대학교 부총장, 인문대 학장 등을 역임하였다. 현재 남통대학교 인문대학 교수이며 초사연구센터 주임으로 재직 중이다. 또한 남통대학교 范曾藝術館 종신 관장, 중국굴원학회 부회장, 북경대학 겸임교수 등을 맡고 있다. 주요 저서로는 『當代楚辭研究論綱』, 『楚辭論稿』, 『楚辭와 楚辭學』, 『蘭文化』, 『楚辭學通典』, 『楚辭考論』, 『五百種楚辭著作提要』, 『楚辭演講錄』, 『中國古代文學史』 등 십여 종이 있으며, 주요 논문으로는 「屈原仕履考」, 「출토문헌과 굴원 연구」, 「楚辭의 층차와 구조 연구－「離騷」를 중심으로」, 「王夫之의 『楚辭通釋』 연구」 등 100여 편이 있다.

한국초사문헌총서 4
# 한국 초사 문헌 집성 下

2018년 8월 30일 초판 1쇄 펴냄

**엮은이** 가첩·허경진·주건충
**발행인** 김흥국
**발행처** 보고사

**책임편집** 이순민
**표지디자인** 손정자

**등록** 1990년 12월 13일 제6-0429호
**주소** 경기도 파주시 회동길 337-15 보고사 2층
**전화** 031-955-9797(대표), 02-922-5120~1(편집), 02-922-2246(영업)
**팩스** 02-922-6990
**메일** kanapub3@naver.com / bogosabooks@naver.com
http://www.bogosabooks.co.kr

ISBN 979-11-5516-815-8 94810
979-11-5516-710-6 (세트)


정가 30,000원